U0644336

译文纪实

安楽死を遂げるまで

宮下洋一

[日]宫下洋一 著

木兰 译

安乐死现场

上海译文出版社

· 安乐死的见证者们 ·

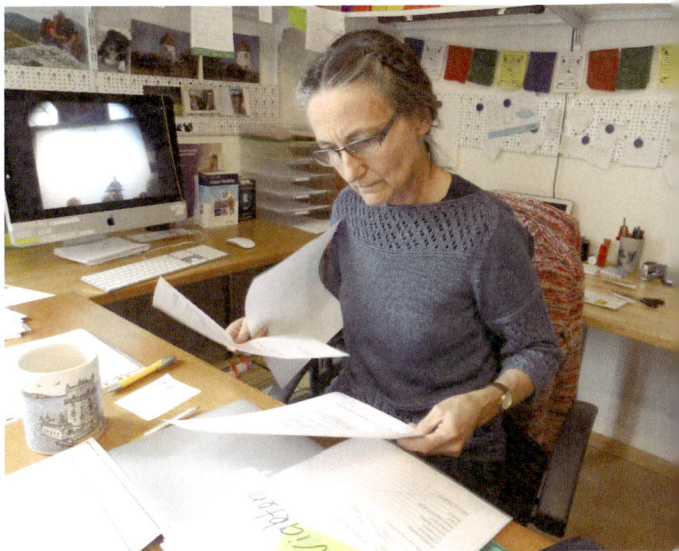

艾丽卡·普莱西柯 / 瑞士协助自杀机构 LIFE CIRCLE 的法人代表。以协助因脑中风而卧床不起的父亲自杀为契机，踏入了安乐死的领域。这一年，她帮助 80 人"启程"，也接受国外的申请人。

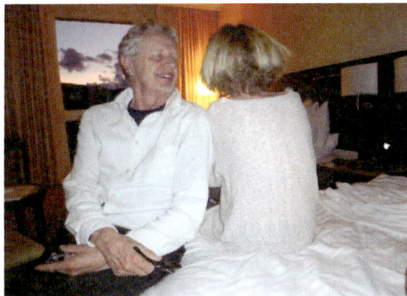

约莱尔·文努（右）和丈夫安德鲁斯·由布林克 / 瑞典人文努罹患胰腺癌，被告知还能活半年。瑞典不允许安乐死，因此她来到了瑞士。16 小时后，她借助医生的帮助，离开了人世。享年 68 岁。

沙维娜·杰立卡斯（右）和情人布鲁诺·海尔曼 / 担任客舱乘务员的沙维娜在 31 岁时，因脑干梗死失去了身体的自由。之后，她度过了 22 年的病榻生活。接受协助自杀的前一天，沙维娜跟布鲁诺说："希望您怀着希望活下去。"享年 53 岁。

威尔·费萨（前排中央穿红色开衫的男子）/ 患有扁平上皮癌，决心安乐死。实施当天，他召集朋友与家人，举行派对并进行了道别。拍照后 1 小时，离开人世。享年 66 岁。

库恩·德布里克（右）和继女塞丽娜·德布兰德 / 2013 年，长期患有精神疾病的库恩实现了安乐死。享年 49 岁。当时 14 岁的塞丽娜在不知道底细的情况下送走了库恩。17 岁的塞丽娜，现在是怎么想的呢？

布列塔尼·梅纳德（左）和丈夫丹·狄阿思 / 布列塔尼患有脑瘤，被告知存活期为半年。她从加州搬到有《尊严死亡法》的俄勒冈州，并将自己的决心发布在 YouTube 上。2014 年去世。享年 29 岁。

西班牙
Spain

安德莱·拉贡·奥尔多尼斯（右）和母亲埃斯特拉·奥尔多尼斯 / 出生时就身患绝症的少女，在父母的强烈要求下，通过临终镇静结束了生命。享年 12 岁。由于西班牙不允许安乐死，此事被大肆报道。

interviú 提供

日本
Japan

须田节子 / 因给"植物人状态"的患者使用肌肉松弛剂的行为，2002 年她以杀人罪被起诉。一审对她作出有期徒刑 3 年、缓刑 5 年的有罪判决。后来上诉到最高法院，但没有推翻有罪判决。

序　章

"道丽思，准备好了吗？"

"嗯……"

突然，英国老妇人的蓝眼睛里，滚落出大滴的泪珠。她用已经被右手握得皱巴巴的纸巾擦拭着眼角，颤抖着用尽全身的力气喃喃地说道：

"呜呜，对不起。我明明早料到会这样……"

老妇人仰卧在倾斜成 30 度左右的床上，女医生普莱西柯一边微笑说"不要紧哦"，一边开始提问。

"请告诉我您的姓名和出生年月日。"

"道丽思·赫兹（化名），1934 年 4 月 12 日。"

"您为什么会来这里？"

"去年，发现得了癌症。我不希望今后在检查和吃药中度日。"

"您不想检查，是因为迄今为止已经尽最大努力生活过了吗？"

"是的，我的人生非常棒！我如愿以偿地度过了人生。我曾经想过，如果生活不能随愿了，那个时候就是我人生的节点了。"

"我给您扎吊针，把流量调节器固定在您的手腕上，您知道打开开关会发生什么事情吗?"

"知道,我会死的。"

"道丽思,做好心理准备后,随时都可以打开哦。"

此时,老妇人想到了什么呢?是人生的落幕?还是与10年前逝去的丈夫在天国的再会?她微微地吸了一口气,亲手打开开关,轻轻地闭上了眼睛。

普莱西柯对老妇人小声说道:

"已经没事了。再过一会儿就轻松了。"

15秒、16秒、17秒……20秒过去后,老妇人半张着嘴,躺在枕头上的头部无力地垂向了右侧,仿佛在电视机前打起了盹一样。

2016年1月28日上午9点26分。瑞士西北部巴塞尔的某个小公寓里,普莱西柯的协助自杀结束了。

我坐在离老妇人3米远的沙发上,目睹了整个过程。我停下笔,合上记录本,最后关掉录音笔的电源,抬起了莫名沉重的腰部,试着向已经咽气了的老妇人靠近了几步。

我探向她的面庞,几分钟前她还笑容满面地讲述着西班牙旅游的趣闻。她完全停止了呼吸。她不是痛苦地完成了自然死亡,而是,刚刚,在这里,亲手往自己的血液里下毒,在"别人的守护中自杀了"。

——这是在我默默坐在沙发上的时候发生的吗?我不应该劝说她不要这样做吗?

她去世之后,我被一种身临犯罪现场的心情所包围。最终,我什么也没能为她做。在如同见死不救的状态下,我呆立在老妇人的身旁,唯有献上祈祷,扮演着为自己"赎罪"的角色。

道丽思·赫兹,享年81岁。她已是永远逝去之人了。

说到我参与道丽思临终的契机,不得不追溯到我与普莱西柯的相识。

2015 年 11 月，我开始准备探访世界各地的安乐死与协助自杀的现场时，最早接触的是瑞士的大型协助自杀机构。我试着向世界上很多名人为了迎接死亡而前去的"DIGNITAS（尊严）"和瑞士国内最大的"EXIT（解脱）"等两个机构发送了采访申请书。

可是，两周过去了，也没有回音。我急忙上网反复搜索，看看有没有其他类似的协会或机构。于是我了解到有一个叫"LIFE CIRCLE（生命循环）"的机构，虽然规模不大，但运营和组织形态最接近 EXIT。

LIFE CIRCLE 的负责人是 58 岁的家庭医生艾丽卡·普莱西柯。她很快回信，向我提出了一个条件：请读完我写的书，再来采访。

书的标题是 *Dad, You Are Allowed to Die*（爸爸，您能够去死了），封面照片上是地中海或者哪里的日落前的海边，天空中艳丽的彩虹熠熠生辉。在她的网页（https：//www. lifecircle. ch）上订购这本书时，说实话，我脑海中浮现出新兴宗教的形象。

书很快就到了。我一个晚上就把它读完了。她为什么步入协助自杀的世界呢？这本书坦言，其契机是"父亲的死"。

普莱西柯的母亲在生孩子的过程中因脑溢血去世。从那而后，她的父亲独自一人抚养 7 个孩子。2000 年，这位父亲 77 岁时，因脑中风病倒，后遗症使他的右胳膊和右腿失去了自由。

> 既是父亲的女儿也是家庭医生的我，最终为了实现父亲的愿望，开始帮助他。这是我第一次帮助别人离世。作为医生，我的义务原本是维持生命。（中略）这份经验对我的将来会产生多大的影响，当时我还未能理解。

到了 82 岁，她的父亲已不能随心所欲地行走了。但此时还没有对生活造成很大影响。随后，父亲第二次脑中风。这次他变得卧床不起，连话也说不出。有一天早晨，她目击到了父亲在床上吞下所有的药片，企图自杀的现场。虽然父亲捡回了一条性命，但是从这天起，她对于"临终"的想法发生了巨大的转变。

人为了活下去，有必要做到这一步吗？为什么人想死却不能死呢？

身为医生的话，就应该让父亲活下去。为了理清这种矛盾的想法，走出进退两难的困境，最终她咨询了只要注册为会员就能立即申请协助自杀的 DIGNITAS。2005 年 5 月，终于接受父亲想要离开的愿望时，她泪流不止。据说那天风雨大作。

今天是个很重要的日子。这是您自己决定的哦。

她这么说着，父亲温柔地握住了她的手。为了隐藏泪水，她开始准备早餐。父亲坐在沙发上，头枕着一个靠垫，上面画着白马奔跑的图案。父亲很喜欢马。在她和 DIGNITAS 工作人员的陪同下，父亲将致命药物倒进了嘴里。他在长眠之前，喊了一声："红酒!"他不是以苦涩的药物终止了人生，而是抿了一口自己最喜欢的红酒后与世长辞的。

我有很长一段时间，无法接受父亲的死，充满了不安。但是，当我重新感受到他是幸福地离去时，我就想，如果家属也可以理解，那么协助自杀是否就不是一件错事呢？

自那以后到 2011 年的 6 年间，她作为 DIGNITAS 工作人员，诊治各国罹患各种疾病、希望安乐死的患者，有时还到外国出差。在判断患者的情况不违反机构的规定后，她会在瑞士协助患者自杀。2011 年 11 月，她创建了 LIFE CIRCLE。在我们认识前的 4 年里，国内外已有 150 名患者经由她的帮助，如愿以偿地死去。

　　对于"帮助别人死亡"，她有自己特殊的理念。她既受到来自世界各国的激励，又受到猛烈抨击，批评的声音之多让她都陷入自我厌恶。然而，就连瑞士国内也没有几个人了解她的理念和开始这份工作的契机。

　　在她的指引下，我走向了"安乐死的世界"。

　　先说明一下。我惧怕死亡。我既不是垂暮的老人，也不是患了绝症或者晚期癌症的病人。死亡是什么？说实话，我也不清楚。不，是完全不清楚。

　　我现年 41 岁，在日本说是"厄运之年"。我在美国、法国、西班牙等国家生活了 23 年，但也没有什么特别的。估计大多数日本人跟我有同感，在日常生活中，从来没有意识过死亡。如果没有经历过亲人的去世，就更是如此。

　　再说一下我的家人。除了因患胰腺癌，67 岁就去世的外祖父以外，大家都很长寿。曾外祖父母和外祖母以及祖母（祖父在战争结束的两天前战死）都活到了 90 岁左右。

　　或许是受我小时候居住的环境——长寿县长野的县民气质的影响，在那里，老人们健康地生活，然后衰弱、卧床不起，最终去世。在我的记忆里，除了患胰腺癌的外祖父和 2014 年骑自行车跨越国道时死于交通事故的外祖母以外，所有人都是因为衰老而迎来了"自然死亡"。大家即使感到身体不舒服，也在家里生活，临死之前才麻烦医生，最后咽气。

在医院迎接死亡的患者人数与在家里死亡的人数发生逆转，是在 20 世纪 70 年代中期。从那以后，在日本，对医生的信仰日益加深。20 世纪 90 年代时就几乎与现在一样，大约有 80％的人在医院迎接死亡。不知不觉间，医疗剧也把救助患者的故事作为素材。无论是在日本还是欧美，人类不再像半个世纪前那么容易死去。不，准确地说是变得死不了了吧。

本书所介绍的安乐死和协助自杀，是指在迎接自然死亡之前，借助医生的手将死期提前的行为。在瑞士、荷兰、比利时、卢森堡、美国的一部分州，以及最近的加拿大，患者可以根据自己的意志选择死亡。这不是"自然死亡"。

惧怕死亡的我，相信自己可以一直活到自然死。当然，我既没有被痛苦折磨得痛不欲生，也没有被宣布几个月后就会死亡。所以，我无法从根本上理解那些病患的心情。在开始采访之前，这种想法极其强烈，我对于安乐死抱有怀疑态度。

听说罹患胰腺癌的外祖父在临死前十几天，曾对我母亲感叹说想活下去。无论是谁，不都应该相信"继续生存的可能性"吗？这些想法，原本就在我的思想深处。这是因为我是日本人呢，还是因为我的性格使然呢？我也不清楚。但是，在采访的过程中，我的信念被动摇过无数次。

我对安乐死产生兴趣，是因为生活在我的采访基地巴塞罗那的西班牙女友。她经常一本正经地说："我要是得了晚期癌症，就会毫不犹豫地去安乐死。因为我觉得那是有尊严的死亡。"然后，她会接着问我："你想怎么做？"

她在巴塞罗那的特别护理养老院工作，同时也是一名给晚期癌症患者进行舒缓疗护的护士（现在兼任家庭医疗的护士），几乎每天都在照看老人和癌症患者。经常听说有的临终患者因为法律制度不完善，无法安乐死，于是企图从病房跳楼自杀；有的被剧烈的神经痛折磨得想去自杀。然而，问我想怎么办，我一时也找不到答案。看到如此优柔寡断的我，她说道：

"不是所有人都适合安乐死。但是根据情况，可以认可安乐死，让有的人去死。"

她为何如此断言呢？后面会提到，西班牙是不允许安乐死的①。不过，近年想要在法律上认可安乐死的呼声越来越高。不，即使纵观欧美的整体倾向，关于安乐死是非曲直的讨论也在日渐活跃。

在大海对面的我的祖国——日本，这些呼声很少显露出来（后来得知有很多潜在的希望安乐死的人）。宗教和文化因素是如何影响安乐死的呢？与从前相比，我对安乐死产生了更大的兴趣。

就这样，我开始了大约两年的安乐死采访之旅。我遇见了次日即将迎接死亡的患者，将他们的绝望和愿望铭刻在心，见证了次日清晨安乐死的瞬间，听到了被留下来的家属和实际参与的医生的心声，在此过程中，我的生死观被颠覆了。

假设您只能活一个月，您想让家人看到您痛苦的样子吗？抑或是您想根据自己的判断，安详地迎接死亡吗？对于您来说，有尊严的死亡方式是什么呢？

请与我一起思考终将到来的"最后的日子"，如果能让您与至爱之人就此问题进行交流，我将非常高兴。

---

① 本书成书之后，西班牙当地时间 2021 年 3 月 18 日通过了安乐死法，并于 6 月正式生效。——译注

目 录

荷兰（第2章）

❶ 主动安乐死、协助自杀

❷ 需要2名医生的诊断。医生处置后，有义务写报告并提交给地区审查委员会。如果违反规定，会被当局通报。

❸ 家庭医生制度成熟，安乐死时要遵从家庭医生的判断。对象年龄为12岁以上。适用范围在扩大，可适用于老年痴呆症患者或夫妻一起安乐死等。

比利时（第3章）

❶ 主动安乐死

❷ 需要2名以上医生的诊断。处置后的流程与荷兰相似。审查机制不如荷兰严格。

❸ 不仅是肉体上的痛苦，伴有精神上的痛苦的患者也可以安乐死。2014年以后，取消了年龄限制。默认接受外国人。

加利西亚地区放大图

拉科鲁尼亚省
诺亚　□ 圣地亚哥-德
孔波斯特拉
└ 谢拉

加利西亚地区

英国

阿姆斯特丹 □　雷登　　厄伊特丹
荷兰
安特卫普
谢尔多宾德克 □ 布鲁塞尔　拉米伊 · 奥菲
比利时　　　　德国
□ 巴黎　　卢森堡
法国　　　　　巴塞尔
瑞士
洛桑
日内瓦
意大利

葡萄牙

西班牙
□
马德里

□ 佩皮尼昂

□ 巴塞罗那

地 中 海

□
马尔韦利亚

西班牙（第5章）

出于宗教价值观（天主教），强烈反对所有形式的安乐死，但部分州正在进行终末期的临终镇静合法化运动。

❶ 认可的手段
❷ 运用方面
❸ 特殊说明

注：由于后面凡例中所示的"被动安乐死"和"临终镇静"，各国都在实施，因此不包含在❶里面。此外，日本和西班牙不承认主动安乐死和协助自杀，所以只记录了终末期医疗的实际情况。

瑞士（第1章）

❶ 协助自杀

❷ 原则上只帮助协助自杀机构的会员。在此基础上，需要2名医生的诊断。实施后，警察要到现场搜查。

❸ 有的机构对于规则和法律的遵守模棱两可。也协助非终末期的患者。符合条件的话，医生以外的人也可以协助患者。此外，只要注册为会员，外国人也可以获得协助。

日本（第6章）

虽然在医疗现场有实施终止延命治疗（被动安乐死）和临终镇静，但是没有立法。主动安乐死和协助自杀违法。过去，曾经多次发生医生被问责的"安乐死事件"。

美国俄勒冈州（第4章）

❶ 协助自杀（当地称为"尊严死"）

❷ 需要2名医生的诊断。被诊断为"剩余生命不到6个月"之后，由医生开出致死的处方药物。

❸ 医生没有对患者临终看护的义务。只限18岁以上的州民。全美只有在地图上的5个州以及华盛顿特区合法（截止到2017年11月）。其他州也在使用俄勒冈模式。

华盛顿州
▫ 波特兰
俄勒冈州

美国

佛蒙特州

科罗拉多州

华盛顿D.C.

○ 奥克兰
加利福尼亚州

"协助自杀"合法的州与城市

凡 例

- 本书写明"安乐死"时，是指（根据患者本人的自愿要求）有意识地结束或缩短生命的行为。
- 接下来明确安乐死的种类。上述的广义的安乐死分为（1）主动安乐死、（2）协助自杀、（3）被动安乐死、（4）临终镇静（终末期镇静）四大类。
- （1）主动安乐死，是指"医生投用药物，使患者死亡的行为"。
- （2）协助自杀，是指"用医生给的致死药物，患者自身结束生命的行为"。
- （3）被动安乐死意味着，"暂缓或终止延命治疗的行为"。在很多国家的临床上都可以看到。日本也会采取相应的行为，如在对衰老患者的胃瘘处置或者晚期癌症患者的延命治疗等情况中。但是，没有对这些行为作出规定的法律。
- （4）临终镇静，是"给终末期患者投用缓和疗护用的药物，最终导致生命缩短的行为"。在有的国家被称为"间接安乐死"。例如，给晚期癌症患者用药，通过降低意识来解脱痛苦，同时不予补充水分和营养，让其死亡等医疗措施。一般作为缓和疗护的一个环节进行，大多数与"安乐死"不相关。
- 专业上，狭义的安乐死大多专指（1）主动安乐死。为了区分协助自杀，本书使用的"安乐死"是（1）的意思。
- 安乐死一词，有的国家将其与尊严死等同视之，有的国家区分使用，各不相同。混乱的原因是，各国的尊严死亡协会等所使用的"Death with dignity"的说法，即"尊严死"（直译是带着尊严死亡），在解释上有差异。瑞士和荷兰认为利用上述（1）和（2）的死亡，"对于患者来说，是尊严死"。相反，美国不喜欢将安乐死和尊严死混为一谈。而日本所谓的尊严死，接近上述的（3）。除了说明美国的情况以外，本书没有使用"尊严死"这个词汇。

- 除了在荷兰和比利时的法兰德斯地区用英语采访以外，其余地区均用当地语言，没有通过翻译。
- 文章中的职称、机构名称、年龄，均以采访时为准。省略了敬称。
- 汇率以 1 欧元＝132 日元、1 美元＝112 日元、1 瑞士法郎＝115 日元计算（2017 年 10 月）。

第1章　安乐死的瞬间［瑞士］

请告诉我您的职业

如果没能有幸遇到瑞士协助自杀机构"LIFE CIRCLE"的负责人普莱西柯，本书就不会问世。

这场相遇是从"2016年1月21日下午2点以后"这个模棱两可的约定开始的。

我们只互通过几封邮件，她还没有告诉我电话号码。不知是不是在诊断患者过程中出了问题，过了下午6点也联系不上她。白跑瑞士一趟，我有点失落。下午7点，就在我被迫重新规划第二天以后的采访计划时，电话铃响了。

"你在哪里？今晚8点以后的话，可以见面。你能坐电车到巴塞尔的郊外吗？我现在很忙，不能长时间通话。那么，8点钟请到奥伯维尔车站大楼来。"

从巴塞尔市中心搭乘有轨电车30分钟。我走进约定车站旁边的一家餐厅里，等待了几分钟后，看见一位开着白色轿车的女性来到停车场。她身材纤细，身高约有160厘米，穿蓝色牛仔裤，上身披一件红色外套。从束在脑后的银灰色辫子，可以感受到古朴和英姿飒爽的气质。

我在心中暗叹："哎呀呀，已经都这个时间了。"我轻轻握住她纤细柔软的手以示问候，她嫣然一笑，说道：

"来，上车。去我家吧。"

当时我以为她是一名不守时的女性，后来我才知道像她这样遵守约定的人实属罕见。零下 6 度的夜晚，汽车在漆黑的巴塞尔郊外行驶了 10 分钟左右，来到了一处别墅区。她解释说，再往前走几公里就是法国领土了。

她的家是一座高大的 3 层别墅。这么漂亮的石头建筑，在日本很难买得到，仿佛是艺人的住宅。然而，环视四周，还有几座比这更高级的房屋，从烟囱上袅袅升起青烟，真是奢侈得令人羡慕。

她在家门口停下车，让我穿过车库，到二楼的玄关。我脱下靴子，进入打扫得干干净净的客厅，只见有两位貌似 90 多岁的老人在看德语电视剧。顺便说一句，巴塞尔同苏黎世一样，都是德语圈。随后会介绍的同属瑞士的洛桑和日内瓦则是法语圈。

老人们的身旁，有一位 50 岁模样的保姆正拿着扫帚，清扫地板上的垃圾。难道这些老人某一天也会借普莱西柯的手，离开这个世界吗？我突然冒出了这个念头。

"他们是我丈夫的父母。我们没有让他们住在养老院，而是住在这里。"

就在她说话的时候，我看见在外面的阳台上，一条狗摇着尾巴向她靠近。好像是条白色日本犬，下半身几乎一动不动。"Akita！"她呼唤着，打开了窗户。狗高兴地用头蹭着她的脚。"这是秋田犬，名字叫 Akita，已经 16 岁了。"她边说，边抚摸着狗的后背。

给厨房的咖啡机装上胶囊后，她给我倒了杯咖啡，自己则往杯子里倒入红茶。

"刚才打电话时您好像很忙，是在与患者商量事情吗?"

我姑且这样发问，首先想知道她是一名什么样的女性。她神情疲惫地啜了一口热茶，回复了一个惊人的答案。

"我在帮一位男性结束生命。"

此时，我还未能完全理解她具体的职务，对她的轻描淡写的言辞产生了怀疑。她依旧没什么表情，接着说："我刚才在协助自杀。"

我急忙从包里掏出笔记本和录音笔，她继续说道:

"那是非常好的死亡方式。他是德国人，患有晚期癌症，曾是一名职业钢琴家。似乎没有结婚，他是在亲友的守护下咽气的。"

她的语气，仿佛是在医院里看着患者自然死亡一样，我一时难以理解。首先，脑海里有一个想要弄明白的事情。

"请告诉我您具体的职业是?"

"我是一名家庭医生，到患者家里，为他们诊治各种疾病。一些衰老状态的老人，没被送去看护设施，而是在自己家里接受护理，就这样在家里迎接死亡。今天也有两位晚期癌症患者，在各自的家中毫无痛苦地离开了。"

"是死在医院? 还是死在家里?"这种类型的话题，近来在日本也备受争议。我似乎明白了，普莱西柯是反对让老人变成药罐子、死在医院的医生。但是，协助自杀的工作该当何论呢?

在瑞士，虽然主动安乐死违法，但是，如果满足一定条件，协助自杀是"不违法的"。瑞士刑法第 114 条规定，受托杀人是违法的，要处以 5 年以下的徒刑或者罚款。这就意味着禁止主动安乐死。但是，紧接着的第 115 条里存在着这样的条款:如果没有利己的动机（比如以金钱为目的），干预自杀将不被追究法律责任。也就是说，可以解释为不认定它是合法的，但是"不处罚（不问责）"。

她将瑞士的安乐死现状做了以下整理。

"荷兰、比利时和卢森堡允许医生使用加入致死药物的注射剂（主动）实施安乐死。但在瑞士，如果我这样做，会被送到监狱里。这里是患者自己打开加入药物的点滴开关自杀。我虽然进行了协助，但是如果我打开开关就是犯罪。"

除此之外，瑞士还允许对晚期患者进行"临终镇静"。所谓的临终镇静，通常是给寿命只剩 1 到 2 周的晚期癌症患者用药，在缓解难以忍受的痛苦的同时，人为使患者陷入昏迷状态，走向死亡。因为降低患者意识以后，不再提供营养和水分，所以 3 到 7 天就会死亡。

就在我进行采访期间，有一则新闻称，法国终于将针对终末期患者的临终镇静合法化。迄今为止，法国一直坚决反对自然死亡以外的方法。

"虽然我也做临终镇静，但是我基本上是反对的。罹患癌症的老年痴呆症患者知觉和意识都在下降，所以才用这种方法。但我不清楚他们发生了什么，即使打了吗啡，也不知道痛苦是不是减轻了，不知道真实情况到底是怎样。医生只能期待他们没有痛苦。"

有些反对安乐死和协助自杀的国家，也像法国一样，允许使用临终镇静，这可能是因为患者缓慢死去的过程和自然死亡很接近吧。很多专家称之为"慢性安乐死"，在很多国家还处于争论的旋涡中。或许是出于这个原因，她才相信，倒不如协助自杀能让患者迎来他们本人可以接受的死亡。

"因为可以和亲戚朋友提前告别，而且是患者自身打开开关结束生命的。在父亲去世之前，我的脑海里只有缓和疗护。父亲接受协助，我也开始帮助别人。这种离世方法，患者和家属都能够接受，是一个很美好的离别方式。现在我认为这是一种正确的手段。"

美好的离别

　　终末期患者经常问同样的问题。"医生，什么样的死法最理想？"
每次她都重复着同一个答案，"在病情恶化之前，先等等看怎么样？"

　　这样一来，患者在病情恶化之前会观察自己的状态。随着痛苦
逐渐加深，患者自然而然就会明白应该如何结束人生的旅途。

　　"2 周前，我送走了一名咽喉癌患者。她是不喜欢协助自杀的类
型。我没做任何推荐，根据她的意愿，我只告诉她如果发生万一，
我可以实施镇静。但是，死期临近时，她说道：'医生，我实在是受
不了了，能拜托您协助我自杀吗？'于是，她没有选择在缓和疗护中
慢慢死去，而是在我的帮助下安详地逝去。"

　　最终选择协助自杀的这位女性 54 岁。普莱西柯形容她的死是
"美丽的死亡"。长子将母亲抱在怀里，长女坐在床旁边，注视着母
亲。为了不留遗憾，母亲在临死前倾吐了所有的心声，然后打开开
关，结束了自己的生命。用她的话来说，是"周围所有人都认可的
和平之死"。

　　普莱西柯知道，即使做缓和疗护，也有可能无法去除痛苦，反
而延长了痛苦。但是，她一次也没有推荐过协助自杀。她在等待患
者本人自己决定。即使认可协助自杀，也不能强行推荐给患者，她
懂得这个危险性。

　　听了这段话，我了解到 LIFE CIRCLE 不会轻率地实施协助自
杀。有的人适合协助自杀，有的人不适合。医生在仔细分析患者特
征的基础上，再伸出援手。当然，不能说只有普莱西柯是这样做的，
所有其他相关机构的医生也是如此。

　　"在那里的公公卢尼今年 90 岁，他体内有出血，几乎不吃东西，

已经时日不多了。我和丈夫马卡斯希望他在这里，而不是在养老院去世。护理他的女性是 LIFE CIRCLE 的员工。"

LIFE CIRCLE 很大程度地体现出了普莱西柯对于"临终"的理念。年会费为 50 瑞士法郎（约 5 750 日元），实际需要协助自杀时，外国人需要支付 1 万瑞士法郎（约 115 万日元），瑞士国籍的人需要支付 4 000 瑞士法郎（约 46 万日元）。

四分之三的患者是外国人，外国人之所以费用高是因为会产生火葬和搬运遗体等费用。每次协助自杀，该协会只留下 1 000 瑞士法郎（约 11.5 万日元），其余的都捐赠给养老院。

LIFE CIRCLE 的患者会员，可以根据医生的判断，接受协助自杀。但是，有时也会遇到没有必要将死期提前的患者。她想起了这样一个小插曲。

"刚才说的钢琴家患者，他是 4 年前成为会员的。当时他就要求马上协助自杀，但我判断他还可以活很长时间。正好那时他在写书，我就劝他继续写。就在刚才，他在出版的书上签上名字，作为礼物送给了我。能多活 4 年，他感到很高兴。"

LIFE CIRCLE 以"只要有可能，就让患者多活一天"为宗旨持续开展活动。她强调，这就是他们与 DIGNITAS 和 EXIT 最大的区别。

有日本患者吗？

这 4 年来，由她经手送走的 150 名患者中，有一位令她印象深刻。她将热水倒入杯中，一边喝着第二杯红茶，一边娓娓道来。

"那是在 2013 年年末，挪威人欧拉患上了肌萎缩性侧索硬化症（ALS），他才 42 岁。欧拉与妻子和孩子们分居 7 年，所以家人并不知道他患病的事。他的病情恶化得特别快，于是我就劝他将病情告诉家人，跟他们做个临终告别。他一开始拒绝了，但后来还是给妻子打了电话，他妻子竟然赶到他所在的临终关怀医院，每天照顾他。"

ALS 是全身神经受损，令身体逐渐失去自由的不治之症，但不会直接威胁到生命。所以，听到这里时，我有些怀疑这名男子选择协助自杀死亡是否合适。她平静地继续说道：

"临去世的前一天，他说想去平生从未去过的动物园。夫妻俩一起去了动物园，悠闲地在里面转悠，肚子饿了就在餐厅里吃点饭，不知不觉就到了晚上 10 点闭园的时间。第二天早晨，临死前他对我说，那是最美好的回忆，他可以幸福地死去了。他死后，妻子没有离开病床，一直久久地抱着他。那个画面真的很美好。"

她以每周一次的频率协助外国患者自杀。我有一个问题想问她。

"您协助过日本人吗？"

似乎早已料到我会这样问，她注视着我，轻声苦笑了一下。

"有一位苦于重度肺病而向我求助的 70 多岁的瑞士患者，他的女朋友是一位 50 多岁的日本人。她两三个月从日本来一次瑞士。有一次，她感觉身体不好，在日本做了检查，结果是晚期胃癌，她强撑着来到瑞士，但是身体状态使她回不了日本。她请求我协助自杀，可是我手头没有英译的日本诊断书，最终她在瑞士的乡村自然死亡。"

据普莱西柯说，她在 DIGNITAS 工作期间，也没有遇到过日本人申请协助自杀的案例。关于其中的缘由，我听说过是因为需要用英语申请，还需要提交本国医生的诊断报告书等，注册手续过于繁琐，申请起来很费事。向她问及此事，她一边苦笑着一边说道：

"不仅是对日本人，对世界任何国家的患者来说，都是一项费时费力的工作。很多患者从中国香港、澳大利亚、加拿大（采访时在当地安乐死还是违法的）等遥远的地方来到这里。为了给外国患者看病，我一两个月也会去一次国外。但是，今后应该小心为妙啊！因为反对安乐死和协助自杀的欧盟（EU）各国变得越来越敏感了。"

瑞士与意大利、德国和法国接壤，这三个国家全都不承认安乐死和协助自杀。

2015年12月，德国修改刑法，严禁"以工作的名义支援自杀"，对于提供协助自杀的机会或做中介的人，处以3年以下的自由刑（剥夺自由的刑罚）和罚款。"以工作的名义"这一措辞，是在暗指瑞士的协助自杀机构。近年，以接受协助自杀为目的，从德国进入瑞士的人数在增加。当局对在德国建立分部，从中牵线搭桥的DIGNITAS等机构，非常敏感。

"为什么瑞士允许协助自杀呢？"

"那是因为决定自己的生死，被认为是属于人权范围内的吧。我倒是奇怪，为什么在其他国家，个人不能决定人生的结局？"

然而，从世界范围来看，仅有几个国家在法律上同意她的想法。她的想法可以说是异端。英国的几大主要报纸，抨击她协助自杀的行为，经常使用患者"被谋杀"之类的字眼。

"在帮助某个英国癌症患者进行协助自杀前的两天，《星期日泰晤士报》（英国报纸）打出了《惧怕衰老，决心死亡》的标题。想必读者也会认为我在帮助没有患病的人吧。"

普莱西柯跟我说，从那以后，她对应对媒体采访变得很敏感。无论哪家媒体都只刊登错误的报道，很多采访把她定义为"杀手"。她总是后悔接受采访，因此对媒体产生了厌倦。

我向她传达了自己真实的想法：

"我还不具备安乐死和协助自杀的知识。但是，对于人类临终的活法，我同意您的部分看法。如果时日不多，死期将近，也可以自己选择死亡方式，不是吗?"

我也被普莱西柯的书籍刺激到了吧。她神情严肃地倾听着我的讲话。我将笔放在一旁，注视着对方的眼睛，表情严肃地继续往下说。因为我的说法一旦有差错，对她的这第一次采访，很可能会变成最后一次。

"今后我将在好几个国家继续推进这次取材工作，我的想法也会随之发生变化吧。在采访反对安乐死的国家时，或许对于您所进行的协助自杀会产生怀疑的念头。这在日本属于违法行为也应该有它的理由。正因为如此，我才不想只凭想象，我要切切实实询问过，并见证您进行协助自杀的现场，切身感受死亡的瞬间。"

我强调有必要亲眼看看患者接受协助自杀的现场。她的表情似乎在说"那可不好办"。因为各家媒体都向她提出过同样的要求，但是几乎没有哪家实现过。

时间已经到了晚上 10 点，疲惫不堪的她，喝光了红茶，终于开口了。

"我希望您能采访各种人，以中立的立场来写。世界上不只有我，还有很多医生和患者。"

她的反应出乎了我的意料。虽然并没有约定什么，但是她的话里有话。我们相视而笑，她又继续说道:

"我会努力的，希望您的愿望能够实现。"

第二天早上我去了洛桑，次日暂时返回巴塞罗那，然后因足球采访直接飞到西班牙北部的毕尔巴鄂，当天还有西班牙大选的采访，我又前往马德里。我在安乐死、体育、政治间不停切换主题，忙得不可开交，就在这时，我收到了来自普莱西柯的短信。

"明天，您能来巴塞尔吗？"

我瞬间就觉察到这意味着什么。我立刻回信，决定第二天一早再次飞回瑞士的巴塞尔。如果说作为记者，我没有因为能够见证"现场"而兴奋的话，那是撒谎。但是，我更多是在反复问自己一个没有答案的问题：在别人的生死关头，一个不相干的人真的可以在场吗？

带着丈夫的情书面对死亡

2016 年 1 月 27 日上午 10 点，我与普莱西柯一道，访问了这位高龄患者居住的旅馆。旅馆的相关人员不喜欢接受协助自杀的客人住在这里，他们并不知道我们是以什么目的去见该住客（患者）的。

我这样跟普莱西柯开口问道：

"这周边的人都认识您吧？"

听了此话，她从车里取出了棕色的公文包，微笑着答道：

"几乎没有人认识我。我个头这么小，不起眼的。这家旅馆我也是第一次来，旅馆经理也想象不出我是什么人吧。没关系，就正常上去吧。而且要像朋友一样对待她哦。"

敲门之后，一位身材修长、金色短发的女性从里面探出头来，打开了房门。

"嗨，道丽思，您好吗？"

普莱西柯伸开双臂，与老妇人拥抱在一起。道丽思·赫兹，81岁，英国人。

我第一次碰到这种情况，很困惑是否可以轻易说出平时挂在嘴

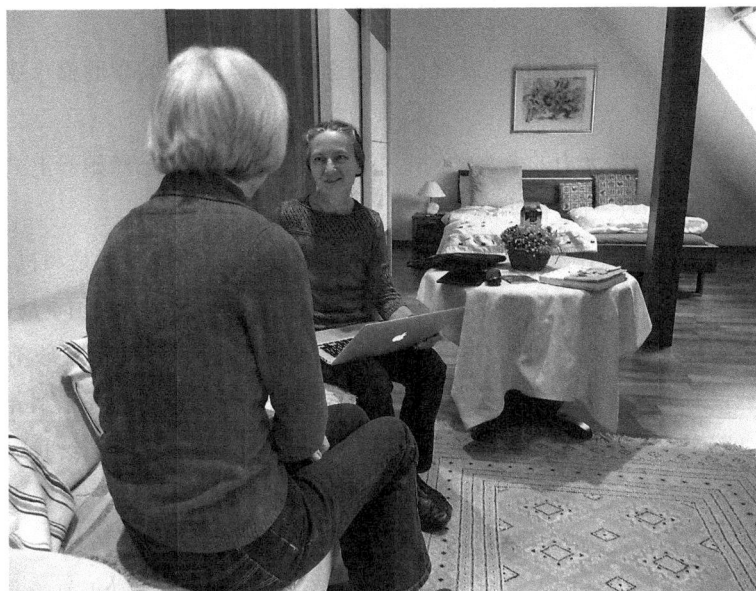

接受普莱西柯（里侧）诊断的道丽思

边的"您好"。结果她倒先向我问好了，我反射性地回答道："是的，我很好。"然后关上了房门。

那是一个偏僻的瑞士乡下小旅馆。道丽思的房间位于二楼，是别墅风情的构造，里面放着一张双人床和一台电视。越过窗户，辽阔的绿色牧场尽收眼底。完全听不到汽车、电车和飞机的噪声，唯独能听到楼下工作人员的只言片语和脚步声。床旁边放着一台老年人专用的大按键手机。其余能看到的只有打开的旅行箱。其他所有物品，她都在英国的家里处理好了吗？

我里外穿着一身黑，为了不引人注意，坐在房间的角落里，在笔记本上记录着两人的对话。

或许为了缓和紧张的气氛，普莱西柯和道丽思闲聊了两三句。在确认了老妇人的癌细胞已经转移到多个部位后，立刻表情严肃地开始向她提问：

"从报告书来看，我发现您选择这种死法，是在发现肿瘤（癌症）之前呀。"

道丽思将无力的拳头送到嘴边，开始啃起指甲。虽然她看上去很紧张，但是意志很明确。

"2 年前，在发现肿瘤之前，我因肺炎住院，这件事就是契机。医生赶过来，把我从怀特岛（英国南部）用直升机送到了英国本岛，因为怀疑我是心肌梗死。醒来时，我发现自己既没有衣服，也没有钱，一个人被扔在医院里。从那时起，他们就开始准备把我送到养老院。养老院不是我待的地方。我无法忍受别人给我洗澡、给我喂饭。当时我一味地拒绝，但下次再有同样的事情发生的话，我一定会被送到养老院吧。"

这位英国老妇人没有子女。相依为命的丈夫在大约 10 年前，夫妻俩在香港旅游途中，突然身体不适，6 个星期后离开了人世，享年 79 岁。他是一个从来没有生过病的健壮男人，但改不了老烟枪的坏毛病，最终被肺癌击垮。

普莱西柯将与老妇人的英语对话翻译成德语，输入电脑。她继续发问。

"您能否告诉我，为什么认为现在是结束人生的节点呢?"

"今后，我的健康状态没有希望得到改善，不知道什么时候又会出大事。或许再也不能靠自己的力量回家了。而且我已经 81 岁了。"

81 岁……从日本人的感觉来看，似乎还可以再活 10 年。我不禁想说，从外表来看，还可以再活一阵子。然而，其坚定意志的背后，也有家庭环境的影响。

"如果我有孩子，或许我会选择不一样的结束方式。然而现实是没有人照顾我。家里虽然有保姆，我连她可不可靠也不知道。"

"您对养老院印象不好吗？"

"我去看过几次。每天的生活就是吃药，靠这种方法续命，真的是人类应有的活法吗？我不这样认为。"

因为这是确认是否适合协助自杀的最后一次诊断，所以普莱西柯的眼神格外有力。"平时您也这么瘦吗？""癌症的症状怎么样？""有没有亲戚朋友？"……为了让即将来临的死亡有意义，她在反复询问。

"癌症有很多疗法。医生跟您解释过吗？"

"是的。解释过了。但我不希望那么做。如果我的人生没有令我满意，或许我会希望再多活一阵子。"

听到这句话，普莱西柯的手指离开了电脑，第一次转向我，眯缝着眼睛问道："刚才那句话，您听到了吗？"据说她迄今为止经手过的很多接受协助自杀的患者，都说过类似的话。

——"如果我的人生没有令我满意，或许我会希望再多活一阵子。"

道丽思再次提到这 81 年是"美好的人生"，说完，她突然热泪盈眶，然后继续讲述道：

"今后，已经到达顶点的人生只能走下坡路。好不容易拥有的美好人生，却要因为身体的衰弱而失去。我可不想这样。"

此时，老妇人想起了最爱的丈夫，声音哽咽起来。他因为肺癌反复进行化疗，在临终关怀医院走完了人生。突然发病的丈夫一直痛苦了 6 周，或许是因为有过照顾丈夫的经验，她断言不希望过以药度日的医院生活。

"今后，我只能痛苦地活着。我希望就这样幸福地死去。"

我可以始终保持沉默吗？真的就这样让她去死吗？她不怕死吗？就没有什么留恋吗？她不是还很有精神吗？我的脑海里浮现出各种

疑问。

然而，在知识欠缺的情况下，我没有信心将自己的想法向 24 小时内即将迎来死亡的女性如实坦露，唯有相信普莱西柯的行为是正确的。

从这次取材开始以来，道丽思除了想起去世的丈夫时流下了眼泪，一直都很平静，没有表露出对死亡的恐惧和对人生的悔恨。

普莱西柯强调接下来这点很重要后，这样问道：

"您说您没有家人，您赴死的决心没有受到任何人的强迫，是这样没错吧。"

"是的。听说也有以金钱（保险金）为目的寻死的人。但我十分清楚自己要做什么。没有人强迫我。而且，刚才我也说过，如果有家人在，或许我会选择其他死亡方式。"

问答大约 40 分钟就结束了。在普莱西柯往公文包塞资料的间隙，道丽思看到我的靴子，夸奖道："鞋子不错啊！"她注视着我，笑容可掬。诊断结束了，如果我想搭话的话，就只有此时了。我不能就这样走出房间。经历了刚才的一个小时，我有件事情无论如何都想问问她。

"道丽思女士，您带来了什么一直视为珍宝的私人物品了吗?"

她只回答了一句"是的"，走向了行李箱。她弯下腰，取出了两个眼看就要破了的黑色简易背包，用双手抱在怀里。当她起身转向我这边时，大颗的泪珠从她那碧蓝的眼睛里滚落下来，润湿了脸颊。

"这是我丈夫在去世前的 30 年里写给我的情书。这数百封书信就是我唯一的宝贝。"

赴死的四个条件

离开旅馆，上了车，普莱西柯邀请我到家里吃中饭。到了她家之后，她先把我领到了自己的工作室，向我展示了堆积如山的资料。这些都是 LIFE CIRCLE 的文件，是申请协助自杀的患者们的健康诊断书和"死亡申请书"。

"我现在必须立即填写道丽思的诊断书报告，把它交给律师。他看过后，如果没有问题，就会颁发明天执行协助自杀的许可。根据我的经验，道丽思应该不会被拒绝。"

是否允许协助自杀，是以什么标准进行审查的呢？

首先，患者要满足下列条件：

（1）有难以忍受的病痛。

（2）没有治愈的希望。

（3）能够明确地表达意愿。

（4）没有患者期望的治疗手段。

虽然对于这四个条件，在表达方式上会有微妙的差异，但在其他允许安乐死的国家，审查标准大致也是如此。

普莱西柯会就这些条件亲自与患者面谈，直接进行审查。患者必须会说最基础的英语。那么，假设患者已经得到了普莱西柯的同意。

接下来，需要不属于 LIFE CIRCLE（没有利益关系）的第三方医生的诊断。他会直接审查诊断书是否有假、判断病情恶化的程度，等等。

如果该医生认为患者不符合条件，那么患者的申请会被驳回。如果这两位医生都同意，那么就等擅长生命伦理领域的律师给予许可了。道丽思正处于这个阶段。

后面还会讲到，在瑞士，从国家层面来说，协助自杀并不合法，这些程序由各个机构来制定。审核时，融入医生私人感情的余地很大。也就是说，如果普莱西柯强烈主张患者满足这四个条件的话，会对后面的医生和律师造成压力。

顺便说一句，瑞士是唯一一个接受外国人安乐死的国家（在荷兰，有居留资格的外国人也可以安乐死），因此有时被批判为这是在开发"自杀旅游业"。

我们坐好等待午餐，曾经是厨师的婆婆将白色奶油做的意面放在桌上。为了让她94岁的丈夫也能嚼动，面煮得很软。虽然他们的食量很少，但与生活在家里的老夫妇一起笑着吃午饭，既特别又愉快。饭后，我和普莱西柯一起领着秋田犬 Akita 出去遛弯。到了这个时候，她的语气才较之前随意了许多。

在这里，普莱西柯提了一个话题：道丽思问过一种药物。

道丽思说过她曾经想尝试一种不需要处方就可以邮购的墨西哥的致死药物。但是，听说有可能会死得很痛苦，所以就放弃了。普莱西柯针对这个药物进行了说明。

"她说的是墨西哥向世界各地出口的危险药物。要好几百美元，必须喝两大瓶，不仅烧心、恶心，有时还死不了。我使用的是15克戊巴比妥钠。这个药可以使人安详地死去哦。"

这个药是镇静麻醉药，根据患者的状态和药物的使用量，能够引起窒息和心跳骤停。

她凝望着在林间小路上悠闲地行走的 Akita，继续说道：

"洋一，我的愿望一直都没有变。我希望不用帮助外国人的一天能够到来。那就需要世界各国改变对死亡的看法和应对方法。虽然前路漫漫……"

当天夜里，我躺在巴塞尔市中心宾馆的床上，突然冒出一个念头。

——老妇人也跟我一样，现在已经躺在床上了吗？还是说，今晚终究彻夜难眠呢？

次日清晨，她就要为 81 岁的人生划上休止符，服药长眠了。

最后一天

1 月 28 日上午 8 点 30 分，普莱西柯的哥哥路艾迪开车将道丽思送来，她隔着车窗微笑着向我招手。我条件反射地挥了挥手。身披黑色大衣的道丽思，下了车，朝我走来。

从宾馆到这里的路上，我一直在犹豫一件事情。那就是说"早上好"是否正确。我等着对方先打招呼。

"嗨，早上好！您好吗？"

道丽思莞尔一笑，朝这边走来。

"早上好！"最终我鹦鹉学舌般地做了应答。我稍微放下心来，望着老妇人的笑脸，伸出了手。到了迎接死亡的现场，她还这么镇定自若，这到底是为什么？我的年龄还不到她的一半，用我的生死观，是无法估量的。

巴塞尔市内的这间公寓，路艾迪以前曾当作摄影棚使用。40 平方米左右的小公寓，最近成了协助外国人自杀的房间。

房间里有一张木质长方形的桌子，正中间有一个 2 米长的木质书架，书架后面是一张橘黄色的沙发，离沙发 3 步远的地方是一张可调节床。入口左侧的里面、床的前面是一间小厨房，放着一台意式浓缩咖啡机和两瓶矿泉水。床单是白底带红色和黄绿色的圆点，房间整体给人一种用宜家产品装饰的印象，严冬的巴塞尔大部分时间是在 0 度以下，而室内暖气开得非常舒适。

道丽思脱下大衣，挂在衣架上。她今天的衣着是黑色裤子和白灰粉三色的条纹毛衣，加上黑色的短靴，打扮得非常年轻，一点也不像 81 岁。在路艾迪找东西的时候，道丽思靠近我，一脸认真地说道：

"您能来我真是太高兴了。希望您的书能非常精彩，如果能让更多的人思考我的死，我会非常快乐。也希望（对于安乐死的想法）稍微发生点变化。"

道丽思随后即将面临死亡，我深深体味着这句话的分量。她希望丝毫不要浪费这次相遇与离别。然而，一直以来的困扰还在我的脑海里盘旋——可以让她就这样死去吗？

老妇人开始讲起几十年前与丈夫去西班牙加泰罗尼亚旅游的回忆。

"晴朗的天气和美味的料理让我难忘怀。"她笑着说道。她的笑容究竟来自哪里呢？即使决心一死的人，也应该有恐惧。再过几十分钟，她就要死了。我百思不得其解。

普莱西柯打开房门，若无其事地走了进来。跟老妇人相互问候后，两人相视而笑。普莱西柯的样子一如往常，仿佛老妇人还能迎来明天和后天。

两人看完资料后，进入签字环节。我从一旁窥视着名为"Declaration of Voluntary Death"（直译为《自愿死亡声明书》）的契约书，这表示用协助自杀离世的患者是"自愿死亡"，发誓这"不是"医生和家人强迫的"被动的死亡"。

桌子旁边有一个小药瓶。这就是用于协助自杀的致死药物。床前，路艾迪将摄像机架在高处。LIFE CIRCLE 规定，必须将患者到死为止的整个过程录下来。如果不严格遵守这个规定，就有可能被怀疑是他杀，而不是自杀（这个现场里，犯人就在普莱西柯、路艾迪或我之中），发展成刑事案件。

签约大概花了 20 分钟。"那么，请到床上去吧。"普莱西柯引领着老妇人到里面。她说得如此轻松，不禁令我动摇。道丽思从放在沙发上的行李箱里取出了塞满情书的简易背包，放在沙发上。

路艾迪将点滴挂在架子上，普莱西柯将针头扎进她的左臂。用胶布将开关固定在手腕上。

"可以将这个手表摘下来吗?"普莱西柯问道。

"如果可以的话，我想就这样戴着。"道丽思答道。

所有的东西都准备就绪了。接下来要问道丽思几个问题，因此普莱西柯提醒道丽思要小心开关。她背对着摄像机，走到床前，与道丽思面对面。然后，开始了序章里面的提问。

"道丽思，准备好了吗?"

"嗯……"

上午9点34分，普莱西柯用听诊器测量了心跳次数，确认道丽思已经死亡。她一再抚摸着安详逝去的道丽思的头部，在老妇人的耳边喃喃地说道："您是一名多了不起的女性啊!"来到这里以后，协助自杀用了不到一个小时。我第一次目睹现场，对于他人太过简单的死亡，茫然不知所措。

45分钟后，来了两名巴塞尔男警察。年轻的男女验尸官也同一时间到达。我被要求出示护照。如果没有发现充分的证据证明死因是自杀，我也有可能以故意杀人罪被当场逮捕。

路艾迪打开苹果电脑，向警察播放了刚录制完的协助自杀的录像。他们判断道丽思是以正当的形式死亡后，一位貌似上司的年长警察走到屋外，用手机跟警察局联络。

验尸官和警察4个人还要花些时间确认死亡现场，普莱西柯邀请我去附近的餐厅吃早餐。她点了一杯树莓酸奶和一杯卡布奇诺。坐到位子上，她一脸不满地抱怨道：

"那个警察讨厌我。刚才他在公寓外面跟上司说又有单身老人去世了。他一来，总是不给我好脸色看。虽然我们没有争吵过，但您要知道瑞士也有这种人哦。"

我信任普莱西柯是因为一个理由，那就是她从来不批判攻击她的反对协助自杀的个人和宗教机构，或是厌恶她在公寓周围进行活动，煽动她搬家的人们。

不仅如此，为了避免我将这个主题带偏方向，普莱西柯经常提醒我"一定也要采访反对我的人哦"。她凝视着我的眼睛，热心地讲述道：

"接触患者，亲眼看现场和不看现场，传达出来的内容应该截然不同。如果您这么期望的话，为了您能亲身感受死亡的瞬间，今后我会努力争取患者的同意。"

普莱西柯的这种人性，也体现在她协助自杀的行动上。大型机构只实现会员（患者）的愿望，也就是说，只以进行协助自杀为目的。然而，除此之外，她还会一直支持患者直至其离世，会在患者死后给其家人以关怀。

拜访 EXIT

从巴塞尔乘火车 2 个小时。位于巴塞尔与日内瓦之间的湖畔城市就是洛桑。这里有瑞士最大的协助自杀机构 EXIT 的法语圈总部。在瑞士，不同地区使用不同的语种，德语圈的总部在苏黎世。

与普莱西柯初次会面的第二天是 1 月 22 日，我拜访了这个机构。

蓄有长八字胡的詹罗姆·索贝尔代表（63）说了一句"Bonjour（您好）"，打开了入口的大门。对于索贝尔来说，耳鼻喉科医生才是他的本职工作，在 EXIT 的工作属于副业。

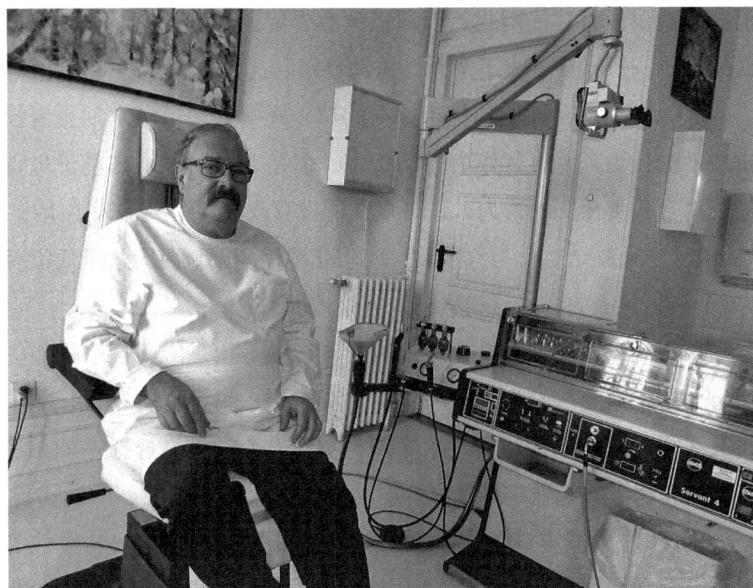

对向外国人提供协助自杀持反对立场（索贝尔代表）

EXIT 诞生于 1982 年，是世界上第一个协助自杀机构。讲述该机构的历史，就是讲述关于瑞士协助自杀的历史。

20 世纪 70 年代，医学的发展让死亡变成一个遥远的存在。由于延命治疗的进步，全世界都开始讨论"死亡的权利"。成为伏笔的是荷兰的波斯特马事件（1971 年）和美国的卡伦事件（1975 年），详情留待后章再叙。1981 年，对延命治疗的批判日益高涨的瑞士召开了"死亡的自我决定权"会议，围绕人类的临终问题进行了讨论。次年的 1982 年 1 月 23 日，20 名有识之士创立了 EXIT。他们开展了将迄今为止医生所拥有的治疗的决定权归还给患者的运动。具体是指让"Directives Anticipées（中止延命等，写有患者希望的医疗行为的指示书）"发挥效力的运动。

针对协助自杀，瑞士没有"明确的规定"。过去的几十年里，政府曾多次讨论将其法制化，但均以失败告终。于是，就像钻现有刑法的空子一样，推导出了"允许协助自杀"这样的解释。

2004年，相当于日本医生协会的瑞士医学会认可向末期患者提供协助的行为，并将其作为行动指南。但是，协助自杀是基于患者们的"自我责任"的行为，这一点惯例没有改变。索贝尔医生指出："由患者本人终结生命与（主动）安乐死截然不同，因为这里面没有（以金钱为目的的）利己动机介入的余地。"

该国严格遵从患者自身的判断，申请者必须是协助自杀机构的会员。这是因为，成为会员才能交付事前指示书，也就是说，如果没有在重病发作或者事故发生之前，明确表达过最终选择，就无法证明这是患者本人所期望的。

EXIT法语圈本部的会员人数达24 225人（2016年），男性为33.3％，女性为66.7％。2016年接受协助自杀的患者为216人。按年龄层来看，最多的是51岁到75岁之间，占59％；接下来75岁以上占33％；50岁以下占8％。未成年人不能成为会员。顺便说一

瑞士：协助自杀人数的发展　　　　　　　　　　不包含外国人

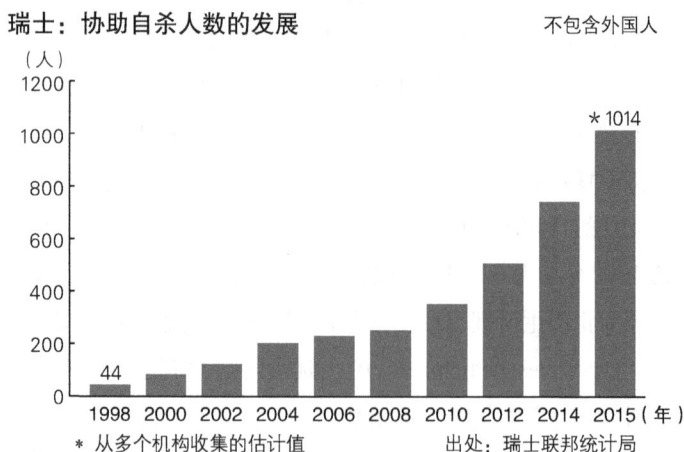

（人）

1200

1000　　　　　　　　　　　　　　　　　　　　　　　＊1014

800

600

400

200

44

0

1998　2000　2002　2004　2006　2008　2010　2012　2014　2015（年）

＊从多个机构收集的估计值　　　　　　　出处：瑞士联邦统计局

下，德语圈本部（也管辖意大利语圈）的会员更多，为104 200人。仅2016年，就有720名患者通过协助自杀死亡。

与DIGNITAS和LIFE CIRCLE不同，EXIT"会员仅限瑞士居民"，不接受外国人。LIFE CIRCLE的普莱西柯因接受外国患者而异常忙碌。她经常感叹说："要是外国也承认协助自杀，就没有必要看这么多患者了。"

对此，索贝尔医生提出批评。

"不接受外国人的理由之一是，要耗费大量的时间和精力。我们有2万多会员，要优先办理这些人的手续。接受外国人的话，就无法工作了。另一个理由是，如果在瑞士国内的话，我可以和认识的医生聊聊，一起看看诊断书，还可以跟患者私下在家里交谈，跟其家人讨论。能做到这些，协助自杀的手续也可以顺利完成。相对的，DIGNITAS和LIFE CIRCLE要到外国去完成这些手续。我的本职工作（耳鼻喉科医生）在这里，没法花那么大的力气。"

协助自杀的方法也各有不同。EXIT是让患者用杯子喝下致命药物，迎接死亡。据说到死为止大约需要30分钟。如果像普莱西柯那样将致命药物用输液方式注入的话，几十秒就能毙命。但是，后者的方法在其他机构似乎不多见。

接下来谈到了费用。EXIT的会员年费是40瑞士法郎（约4 600日元），对退休人员下调到约35瑞士法郎（约4 000日元）。与向外国人大开门户、需要花费几千瑞士法郎的LIFE CIRCLE和DIGNITAS，在费用方面差别很大。索贝尔强调说："如果是会员的话，EXIT会免费提供协助自杀。"

说起来，他是为什么踏入这个领域的呢？他温和的表情一瞬间阴沉了下来。"在我还是医学生的时候，常年受神经痛煎熬的祖母让我帮她一死。当时我还是学生，什么也做不了，亲眼看到祖母一直到死都备受折磨的惨状。"

年轻时的记忆后来赋予了他使命感。最后他如此叹息道：

"为了让人们临终没有痛苦，我想帮助他们死去。"

剩下的人生，还有 16 个小时

"这一点我可以很明确地说。我从来也没有想到，竟然会在这个年龄迎来死亡。这是我如今唯一的悲哀吧。因为之前我从未生过病。但我并不怕死哦。与这个无法忍受的痛苦相伴、慢慢死去才是最恐怖的……"

2015 年 9 月，在西班牙南部疗养胜地马尔贝拉度假的 68 岁的瑞典女性约莱尔·文努突然感到背部疼痛。在当地接受 B 超检查后发现胆结石，成功做了摘除手术。然而，在那之后疼痛也有增无减，于是又做了 CT 检查，发现是胰腺癌，被告知仅能活半年。

我与文努见面，正好是在道丽思死后一个星期。她和丈夫安德鲁斯·由布林克（72）住在巴塞尔郊外一家静静伫立的高级旅馆里。她将与英国老妇人在同一个地方，由普莱西柯协助自杀，计划第二天早晨施行。从这一刻起，她所剩下的时间大约是 16 个小时。此时我也体会到了死亡时间被设置好的违和感。

这次没有普莱西柯作陪，只有我和夫妻俩三个人见面。她什么也没叮嘱我。我稍微提前来到约定的旅馆，检查完写在笔记本上的问题后，向前台走去。我假装是文努的朋友，工作人员同意后，服务员把我引到电梯，用卡解除了电梯锁。

这次究竟是什么样的患者在等着我呢？会跟上次一样冷静地交谈吗？如果她突然哭起来怎么办？针对各种情形，应该如何应对？

摆出过于同情的表情太做作，反之，态度平淡也不自然。总之，顺其自然吧。我就这样说服着自己，敲响了房门。

"正等着您呢。"

丈夫由布林克一脸平静地打开了房门。这里与道丽思所住的旅馆房型不同，是大型连锁酒店里常见的所谓的"舒适标准间"。

消瘦的文努蜷缩着卧在床上，沉重缓慢地向这边伸出了右手，悄无声息，想要握手。说着"初次见面"的脸上没有笑容。我还没怎么见过初次问候时不带微笑的欧洲人，开头就有点尴尬。

首先我不知道坐哪儿好。坐在床前的话，她就得支起上身，坐在另一张床上又太近。坐在窗边的椅子上，她就必须转过身来。若是护士的话，可以轻松地将患者的身体转过来，就不必为此烦恼了吧。

"随便坐哪儿都好。我一动弹，浑身剧痛，所以只想保持这个姿势。"

听文努这么说，最终我将床前的椅子移到正对着她视线的地方，坐了下来。房间里只有两个旅行箱，仿佛他们夫妻俩是来旅游的。由布林克坐在窗边的椅子上。

文努说，她殷切希望瑞士这样的举措能够推广到世界各地。她允许我用她的真名报道。但是她拜托我，照片只能用背影。4 个月时间里，她的体重从 60 公斤暴瘦到 43 公斤，所以她不想被拍到"瘦骨嶙峋、丑陋不堪的自己"。

无神论者

文努与由布林克相识于 40 年前。他们都离过一次婚，又同是妇产科医生，因此两人相敬如宾。他们辗转于阿联酋、阿曼、瑞典等国，整日埋头工作。几年前两人退休，来到了西班牙南部的安达卢西亚的别墅，度过了奢侈的日子。

文努的大半生都贡献给了瑞典的医学界，对于祖国认为安乐死和协助自杀违法的方针，她叹息说完全无法理解。

"从世界范围来看，我们国家属于福祉国家，国民的生活应该受到保护，可对于人的死亡问题，连提也不提。瑞典宗教色彩不浓厚，所以也应该不是由于伦理问题。我真是搞不懂为什么不讨论一下。"

她说由于使用了吗啡，所以采访时的痛苦是"10 个等级中的 3 级"。可是，第二天早上，由布林克透露说："您走以后，她一直痛到早上，连觉也没睡。"此时文努的状态是只能勉强走个十几米，饭后一直深受恶心和腹痛之苦。

在被预告死亡的人面前进行采访的体验，在我的取材人生中，已是第二次。第一次是一周前。由于是不同一般的采访，所以我在传达了提出的问题可能会有点失礼之后，决定直言不讳。

"明天，您真的觉得可以去死了吗？"

正因为是做好了死的准备，文努才特意赶来瑞士，我的问题有点愚蠢。但是，想要自杀的人，不也有临到头放弃的吗？

还没听完我的提问，她就斩钉截铁地回答道：

"当然了。这是我自己的死。我为什么要忍受痛苦的煎熬活下去呢？我忍到底会有什么奖励吗？我是无神论者，可不相信神灵和死后的世界……"

在欧美，反对安乐死和协助自杀的大都是宗教机构或基督教系的政治机构。因为"只有神能够主宰人何时、如何去死"，所以自己寻死是剥夺了神的权威。文努继续补充道：

"其实，今天早上，我在报纸上看到了报道，说普莱西柯造成了麻烦。报道说她进行协助自杀的公寓周边的居民在投诉，貌似是要强迫她搬家。今后她要在工业区进行协助自杀了吧，我想尽量避免这样，如果是那种死法的话，还不如找其他机构呢。"

不断有人投诉普莱西柯和路艾迪使用的公寓，这件事我从他们两人那里也听说了。然而，投诉是由于附近居民和餐厅的老板"不喜欢附近每周都有人死"的心理。搬家定在下个月。

文努成为普莱西柯经营的 LIFE CIRCLE 的会员，是在 2015 年 11 月，3 个月后，她的愿望就这样实现了。原本她决定在 2016 年 1 月 14 日执行安乐死，但因为程序上的问题，时间被延后了。

"他们联系我称，我寄到 LIFE CIRCLE 的资料丢了。本来身体就不舒服，还得特意从西班牙跑到瑞典再寄一次诊断书。我失去了对普莱西柯的信任，心想，把死交给这种人不要紧吗？最终我被排到 3 月份，但我强烈要求提早到了 2 月份。"

她想尽快死亡，哪怕是提早一天。身为医生，她深知自己的身体今后不可能治愈。这一期望绝无虚假，从她的表情里就可以看出。然而，让我震惊的是，注册成为会员后 2 个月就可以自愿死亡这件事。

"您现在希望尽早离世，是吧？"

"总之，我想快点从这个痛苦中解脱出来。脏器不断被破坏，只有痛苦在侵蚀我的身体。作为医生，我很清楚什么样的结局在等着我。"

文努作为一名退休医生，此时又作为一名患者，也有不满要诉说。

"世界各国都流行缓解患者疼痛的缓和疗护，我认为毫无意义。那只是欺骗，根本缓解不了我的疼痛。我知道它对特定的癌症有效，但我的癌症带来的是非常不愉快的痛苦啊。"

时间到了下午 5 点 30 分。鲜明的橙色、红色和紫色的晚霞在窗边辉映，丈夫由布林克静静地倾听着妻子的诉说。

身穿白色薄毛衣的文努，从刚才起就几乎没有改变过姿势。由于后背和胃部附近的疼痛，她在腰部垫了一个枕头。虽然知道她身体不适，但是我还有必须要问的问题。

"您有孩子吗?"

"有，女儿43岁，儿子40岁。"

"他们在这家宾馆里吗?"

"不在。"

"那么是留在瑞典了吗?"

"是的。"

文努没有多说什么，只是单调地回答是或不是。可以感受到母子关系并不融洽。道丽思曾说，有孩子的话，或许会做出其他选择。那么文努怎么想呢?

"您不伤心吗?"

"不，我没事。孩子们也一样。"

她异常冷静。如果是小说和电影的世界里的话，此处热泪盈眶也不稀奇，但是，现实却与之相反。

"在瑞典，我已经与二人告别了。这个决定是我个人的事。死的时候我不想让孩子们看到。我只想让丈夫看着我最后的样子……"

前面已经说过，两个人是再婚，两个孩子是文努与前夫所生。儿子常年与他们关系疏远，几乎没有机会见面。然而，向他传达选择这个死法的决定时，儿子表示理解，并前所未有地开始支持母亲。关于女儿，文努只字未提。母女关系大概很复杂吧。

我与她的儿子同龄，我的母亲70岁，与文努差2岁，因此觉得与他们很亲近。如果处于同样的状况，我究竟会做出什么样的判断呢?如果我的母亲像这样与父亲一起待在外国宾馆的一个房间里，迎接人生的最后时刻……即便如此，我也想陪她到最后。想要守护她逝去的瞬间。我反射性地想到这些，是因为日本人的家族观吗？

离别时分的玩笑

我还有几个问题，想要问坐在窗边注视着妻子的由布林克。

"知道她生病时，您是什么样的心情？"

人们常说瑞典人不论男女，漂亮的人都很多。想必他年轻时一定很帅气。他姿态优雅，显得很年轻，看不出已经72岁，说话方式也儒雅稳重。

"在候诊室里，听到她得了胰腺癌时，我以为只是开玩笑。我笑着说不可能，但她的表情没有变。我深受打击。总之，这个病就是活不了多久。我也不知道如何是好。我自己是医生，应该很了解这一点，但是我第一次明白，如果是亲人的话，就另当别论了。"

"您是怎么战胜这些的呢？"

"是时间呀。对，是时间。时间从痛苦中拯救了我。可是，我还想跟她长久地在一起啊……"

背对着由布林克的文努，此时，伏在床上轻声低语了一声。那声音是如此微弱而嘶哑，他一定没有听到。

"我也是……"

我询问16个小时后将变成单身的由布林克，今后想要过什么样的生活？在第二天早上注定成为"先妻"的文努面前，问他这种问题，或许有些欠妥，但他坦诚地道出了心声。

"不清楚。后天我就坐飞机回瑞典。但是，今后的生活我还没有想过，或者说，不愿意去想，才是我现在的真实心情。"

最后我请求为他们两个人拍张照。前面说到文努抗拒正面照，但她挣扎着坐起身，靠在丈夫的肩上，由布林克微笑着侧首注视着她。与即将逝去之人的最后一张照片（参见卷首插图），是微笑着的。"您这个笑容是……?"我一边问着没礼貌的问题，一边又后悔自己失言。

"没关系的。40年来，即使痛苦的时候，我们也是笑着挺过来的。直到最后我都想看着他的笑脸。"

耳旁传来文努的话，一瞬间，由布林克失去了笑容。这位男士是真心地爱她的吧。

约定好的1个小时的采访时间过去了。我不能剥夺两人最后的时光。我和由布林克约定在她"沉睡"后的第二天早晨，一起吃早餐。

使用照片和对话内容需要文努的签字，我告诉她我会准备誓约书，她答道：

"明天我就死了，没法签字哦。"

虽然此话不假，但我却没礼貌地哈哈一笑。一瞬间，谁也没作声。随即，她自己也微笑起来。听到了第二天将死之人的幽默，让我再次感受到了她内心的充实。我收拾好装备，与他们道别。

"See you tomorrow."由布林克以绅士的表情，流利地说道。

然而，文努和我再也见不到了。她面无表情地说道：

"Goodbye."

"来生再见"

第二天早上8点30分，还是在前几日的那间公寓里，进行了协助自杀。根据夫妻俩的要求，与上次的老妇人不同，我没有被邀请进公寓。文努希望最后守护自己的只有丈夫一人，这也是情理之中的事。

从上午 8 点 30 分起，我就在巴塞尔的一家咖啡厅消磨时间。由于道丽思的临终画面深深印在我的脑海里，所以文努接受协助、直到死亡的一连串经过在我的脑海里一段段呈现。9 点过后，她应该打开开关了吧。我如此想象着。

由布林克是如何看待协助自杀的呢？也许他会感到疲劳一下子涌上来，决定取消约定的早餐。抑或是，这种情况也不是没有可能吧？文努放弃协助自杀，还活着……

我一边喝着咖啡，一边天马行空地想象。突然，电话铃响了。

"嗨，洋一。（协助自杀）结束了。我们在之前的餐厅等您哦。"

原来是普莱西柯。她以惯用的活泼口吻说道："顺利结束了。"前一天刚碰到的女性离开了人世。我在心中为文努祈祷。

"安息吧！"

我来到普莱西柯结束协助后一定会光顾的餐厅，老位置上，一如既往地穿着红色外套的她坐在那里。身旁是由布林克。看到他的表情并没有太大的变化，我这样询问道：

"一切都顺利吗？"

"一切都很顺利！"

由布林克神情略显疲惫，如此答道，将面前吃剩的巧克力塞到嘴里。他很平静，没有失去食欲。他对普莱西柯说道：

"我太太能认识您真是太好了。现在我觉得选择这种死法是正确的。"

普莱西柯说今晚打算协助一个瑞士男人。国内患者与外国患者不同，可以在家里进行协助。那个男人跟文努一样，罹患胰腺癌，据说他曾扬言，如果不能接受协助自杀，他就开枪爆头自杀。她解释说，为了不让他的男性伴侣看到最糟糕的场面，她紧急将协助自杀的日程提前了。

普莱西柯繁忙的一天又开始了。喝光了两杯卡布奇诺后，她起身与我和由布林克道别，离开了餐厅。

我仔细打量由布林克的神情。

"您现在是什么心情？"

"我没事。早就料到会有这么一天。她不是突然死去的。"

打开开关时，他握住了文努的手，两个人都流下泪来。当她感觉到喉咙有异样时，她望着由布林克喃喃地说道："到了最后时刻了。"

"最后您跟文努说了些什么呢？"

"你就要长眠了。谢谢你让我的人生快乐。我们来生再见。我爱你……"

据说昨天我离开旅馆后，夫妻俩聊起了来瑞士前一个月的回忆。在安达卢西亚邀请了很多友人开派对，两人一起在海边漫步……当晚，文努感触颇深地说道：

"不是1月14号，而是延长到了明天（2月4日）真是太好了。"

他已经没有妻子了。他的生活也会发生巨大的变化吧。瑞典的家中和悠闲度假的西班牙别墅里，都没有了文努的身影。由布林克虽然看似精神上有些疲劳，但从说话方式和食欲来看，他一定在某一个阶段，已经做好心理准备了吧。能够看出他的态度符合一名曾经的医生应有的态度。

我们一起走到进行协助自杀的公寓，途中我说道：

"半年后我想再见您一次，想问您些问题。"

"如果我还活着的话。"由布林克答道。

我不清楚这句话到底是什么意思。或许他感觉死亡这件事，其实并不遥远吧。

"加油!"

"谢谢!"

在文努"长眠"的公寓前,我们相互握手,约定半年后再见。

从苏黎世乘坐飞机返回巴塞罗那,尽管夜已经很深,我的女友仍然跟往常一样,在客厅的桌前用 iPad 看着电影。我拔下了红酒瓶塞,将红酒倒进两个杯子里,跟她聊了起来。

"你说,缓和疗护是不是没有意义?"

我提到了文努,她关掉了电影,一本正经地说了起来。

"缓和疗护并不是只缓和肉体上的痛苦哦。它也是缓和精神上痛苦的心理治疗。不仅是患者,家属的心理治疗也是我们的工作。"

"文努是不是没有受到精神上的治疗呢?"

"是的。不过,胰腺癌的疼痛非常强烈,我理解她想要否定缓和疗护的心情。而且,对疼痛的感觉也因人而异。但比起这些,我尊重她自己决定死亡。我觉得这一点谁都不可以否定。"

"在日本,你这样的想法并不多见……"

"那你就去日本,听听晚期患者的心声怎么样?是不是有的人也只是在医院里被迫活着呢?"

最近的我,连反驳她观点的余地都没有,甚至就连违和感都没有了。

第 2 章　我死的那天开个派对吧！[荷兰]

合法化的历程

在瑞士约 1 个月的时间里，我见证了普莱西柯进行协助自杀的现场。虽然被震撼到，但是对于她称其为"理想的死亡"一事，还是有点想不通。经过几个星期的采访，我的心中萌生了这种郁闷的心情。

那是我与巴塞罗那的友人在一家咖啡厅正聊得热火朝天的时候的事情。她曾在 2015 年夏天因中暑昏迷了 10 天。

"话说，医生给患者注射药物让其安乐死和医生协助患者结束生命是两码事。允许协助自杀的瑞士，医生自己不沾手，做法有点卑鄙……"

在瑞士，以普莱西柯为首的医生们强调协助自杀的优点，这位朋友竟然认为这种做法"卑鄙"。但是没有可以比较的对象。我对主动安乐死还没有进行取材。在荷兰，由医生注射药物，将患者引向死亡的"主动安乐死"，与瑞士采用的"协助自杀"，两者都是合法的。即使从比较两者的角度来讲，我也想把下一个采访舞台定在荷兰。

首先，让我们回顾一下荷兰安乐死合法化的历程（参见三井美奈《可以安乐死的国家》、盛永审一郎《为了思考终末期医疗》）。

推动该国安乐死趋势的，是 1971 年发生的"波斯特马医生安乐死事件"。母亲因脑溢血病倒，女儿波斯特马医生给她注射了 200 毫克的吗啡，致其死亡。随后，她向警察自首。她因嘱托杀人罪被起诉，博得了全国人民的同情。人们的疑问是，想让母亲没有痛苦地离去的波斯特马为什么要被问罪？这件事成为了安乐死运动的起因。

1973 年，在吕伐登法院，波斯特马被判以禁闭 1 周，缓期 1 年执行的处罚。法院接受了波斯特马投用止痛剂的行为，但是使用致死量的吗啡被认为有罪。免除实刑在震惊世界的同时，也被世界所接受。

同年，"荷兰自愿安乐死协会"（NVVE）成立，开启了修改刑法的社会运动，即希望"在法律上允许由医生实施自愿安乐死"。

紧接着，1981 年，设立了"荷兰国家安乐死委员会"和"检察厅长官委员会"。政府指出，"没有检察厅长官委员会的许可，不得起诉医学上实施的自愿安乐死案件"。可以说，这在事实上已经允许安乐死了。随后发生的阿尔克马尔事件（1982 年）等也引起争议，这在后文会有详述，此后生前预嘱（生前宣布终止延命等治疗）也普及开来。

1993 年，《埋葬和火葬法修正案》（规定实施安乐死的医生向自治体的验尸官报告，最终由检察厅长官委员会判断是否起诉的法律流程）在国会上通过，政令也提出了成为允许安乐死法律框架的行动指南。由此，以往的政府见解成了明文规定。

接下来，2001 年 4 月 10 日，荷兰议会上议院以 62% 赞成通过制定《经请求结束生命及协助自杀法》，即所谓的《安乐死法》。在此之前的法律，实施"主动安乐死""协助自杀"的医生会以"嘱托杀人罪"被检举，但是按照行动指南做的话，就不会被起诉。也就是说，医生暂时被视为嫌疑人。而新的《安乐死法》明确保护医生的权益，符合条件的话，将不被起诉。医生被检举时，检方有举证义务。

条件有"患者要求安乐死属于自愿""患者的病痛是难以忍受的且没有治愈希望的""医生向患者提供了关于病情的信息"，以及"医生和患者共同得出没有其他解决方案的结论"等六项规定。

该法的成立，公开允许可以选择安乐死或协助自杀作为终末期医疗。顺便说一句，安乐死的费用全部由健康保险支付。

荷兰没有明确规定符合安乐死条件的患者必须处于"终末期"。病痛没有限定为"肉体上的痛苦"。为此，虽然实施的件数不多，但老年痴呆（2016 年 141 件，地区审核委员会调查）和精神疾病（同上，60 件）也被视为"难以忍受的痛苦"的范畴。此外，适用年龄为 12 岁以上（12 到 16 岁，除了患者要求，还要有监护人的同意）。

虽然是世界第一个《安乐死法》，但对象和运用方面等范围很广，因此产生了各种各样的问题。而长期引导这些争论的就是 NVVE。

NVVE 现在有会员 16.5 万人，年会费仅为 17.5 欧元（约 2 300日元）。从《安乐死法》的制定起，NVVE 就发挥了综合审查的作用，同时，NVVE 也是希望安乐死患者的窗口。

2012 年 3 月开设的引起人们热议的"安乐死诊所（Levenseindekliniek）"也是由 NVVE 支援的。在这里，被家庭医生（荷兰的上门医疗制度后面有详述）拒绝的患者也可以免费接受协助，以死亡为目的的医院在世界上还是首例。

首先，我决定去拜见 NVVE 前任理事长，现在也是扩展到世界

50多个国家的"世界死亡权利联盟"行政总监的罗布·永吉埃尔（71）。

全部死因中4‰为安乐死

NVVE总部在首都阿姆斯特丹中心的莱克斯运河沿岸。在横跨运河的桥上，很多辆彩色自行车排列在一起，犹如点缀城市的饰品。在欧洲各个城市，不利用公共交通而是租赁自行车，英姿飒爽地骑行的游客大多是荷兰人。

一方面他们对任何事情都合理地消除浪费，另一方面在其他欧洲国家看来，他们又享受着充满人情味的生活。其国民性与"生活品质"（QOL）直接相关。《安乐死法》难道也是想要追求合理性、迎接有人情味的死亡这一想法的衍生品吗？

NVVE的内部，是被白色墙壁包围的平凡无奇、了无情趣的办公室。有几个按照工作类型分开的房间和一个小会议室。门口摆放着今年5月份召开的由世界死亡权利联盟主办的"安乐死2016"论坛的传单。

我坐在候诊室的椅子上，面前出现了一位身材高大魁梧的男性。他英俊帅气，须发花白，非常适合佩戴黑边圆框眼镜。有的人即使一句话也不说，旁人也能想象出他的性格和经历。罗布·永吉埃尔正是这种类型。平和温柔的眼神，使人感受不到威严。

到2008年为止，永吉埃尔一直担任NVVE的理事长，对于安乐死的合法化做出了巨大的贡献。他踏入安乐死这一领域的起因是什么呢？

永吉埃尔招呼我到接待室，边喝咖啡，边回顾年轻时代。

"从在莱顿大学医学部的学生时代起，我就经常针对患者情感方

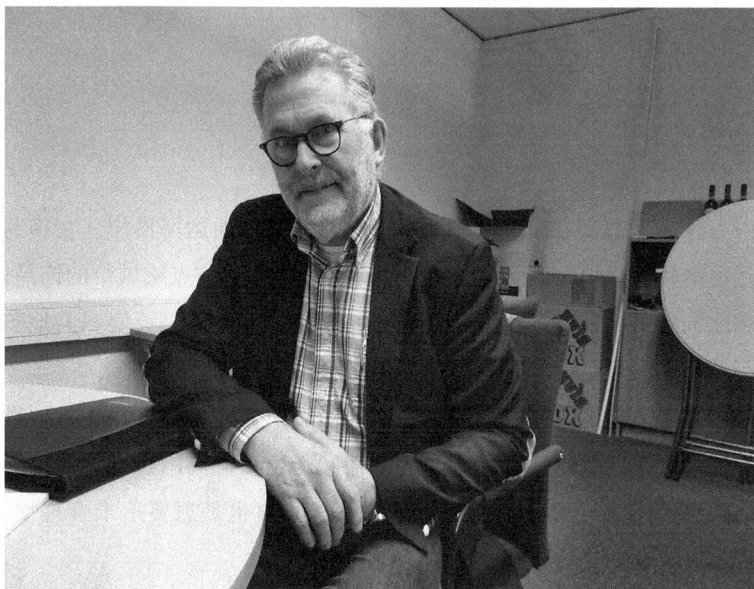

为安乐死合法化做出贡献的永吉埃尔

面的护理与他人进行讨论。1972 年成为家庭医生以后，我也认为倾听患者的生活方式、了解患者的生死观很重要。正好在第二年，也就是 1973 年，波斯特马的判决出来了，国民中认同安乐死的趋势高涨起来了。"

那是令荷兰举国震惊的事件，身为医生的女儿杀死了自己母亲。据说这件事对于他作为医生的思考方式产生了巨大的影响。从此以后，他不断自问自答："有尊严的死"到底是什么？在 20 世纪 70 年代，年轻的永吉埃尔医生想要实现患者期待的死亡，于是就"秘密地实施了"当时还是违法的安乐死。这是他本人向我透露的。

以后会有详述，在日本，也发生过根据现场医生的判断，终止患者生命的事件。医生们成为刑事诉讼的对象，此后，很难回归到工作岗位上。永吉埃尔很轻松地就说出了"实施过"这句话，在法律完善之前的荷兰，不会被司法问责吗？

"我没有报告过安乐死，所以也没有被调查过，检方也默许此事。"

这可以说是"不成文的规定"吗？在荷兰，波斯特马事件以后，进行过多次类似的刑事审判，每一次，司法方面都对医生的行为表现出宽容的一面。

1982 年，北荷兰省的私人医生让陷入昏迷状态的 95 岁患者安乐死，被以嘱托杀人罪起诉。在失去意识的两年之前，患者在生前预嘱上签字，选择最后安乐死，这是与家属商议后采取的行动。医生马上投案自首，等待司法当局的判决。1983 年，阿尔克马尔地方法院一审宣判医生无罪（阿尔克马尔事件）。它比波斯特马事件更进一步，表明"根据患者的要求，如果是在适当医学判断下的行为，可以免责"。该国的皇家医学会也表明了"主动克制无益的延命治疗"的方针，1984 年，最高法院也支持一审判决。

世界上也有很多国家像荷兰一样，以某起安乐死事件为契机，发展为"全民大讨论"，但实际上并没有与法律制度挂钩。为什么只有荷兰做到了呢？我提出了这个疑问，他赞扬说问得好。然后做出了以下分析。

"这个答案就是国民性。我认为荷兰人一般是比较宽容的。如果发生问题，就全力以赴去解决。问题本身并不重要，我们尊重为解决问题而开展的对话，并且接受从中得出的意见。作为我们的文化，这扎根在我们心中。"

我相信荷兰人与日本人在勤奋和追求效率上有相似之处，但是在接受改革这点上，性格截然不同。永吉埃尔提及日本也有"尊严死协会"（1976 年以"安乐死协会"之名成立，1983 年改名），然后这样补充道：

"日本的医生们本身，忌惮在医疗现场使用安乐死这个词，他们甚至感叹给终末期患者使用（可能将死亡提前的）注射剂或药物都觉得危险。"

我对日本的情况还不太了解。暂且将他的言论记在心里。

宗教问题应该也会左右人们对安乐死的想法。荷兰与天主教色彩浓厚的意大利和西班牙不同，宗教束缚少。但它也同样是天主教国家。根据荷兰中央统计局的调查（2015）显示，24％的人口是天主教教徒，16％的人口是新教教徒。这些天主教教徒没有反对安乐死吗？于是，我提出了关于宗教摩擦的问题。

他侧着脑袋，微微点了点头，开始解说。

"几乎没有出现过宗教问题。只有加尔文派的正统新教教徒认为'死亡是由神决定的'，对安乐死采取反对的立场。但是，普通天主教信徒对安乐死持肯定态度。而且，现在无神论者也在增加。"

这个看法出乎我的意料。对于普通天主教教徒而言，违背神的旨意的死亡，应该是不被允许的。但是在荷兰，安乐死似乎没有造成很大的问题。

另一方面，新教教徒推崇的是《圣经》，不是教会。他们是通过《圣经》面对自己的，所以倾向于重视个人的决定。在信奉新教的北欧诸国中，挪威、瑞典等人权大国较多，也离不开这些宗教观。但据说在荷兰，有反对安乐死的新教机构。

我原以为宗教观与生死观密切相关，但是，到了现代，事情好像并不那么简单。

接着，永吉埃尔继续强调："还有一点希望您注意的是，安乐死不是这个国家的普遍死法。因为安乐死只有整体的3％到4％。"

在日本人看来，虽说仅占整体死亡人数的百分之几，已经够惊

荷兰：安乐死人数的发展

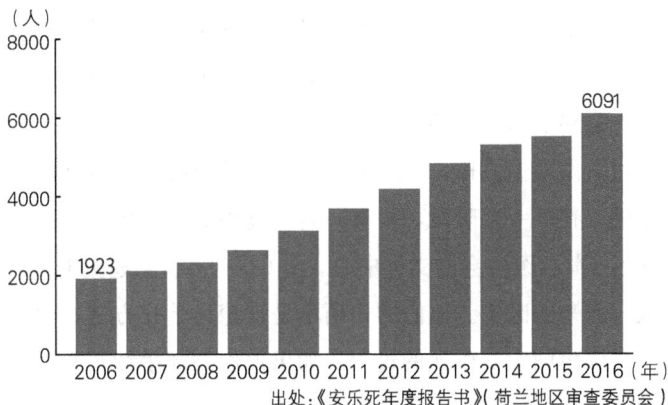

（人）

8000

6000 ┤   6091

4000

2000   1923

0

2006 2007 2008 2009 2010 2011 2012 2013 2014 2015 2016（年）

出处:《安乐死年度报告书》(荷兰地区审查委员会)

人了。

在这里，我试着询问了实施安乐死的具体过程。"假设我是荷兰人，患了晚期癌症……"我问道，他立即阐述了作为医生的见解。

"首先在确认您的癌症没有治愈希望的基础上，会询问您迄今为止有没有考虑过安乐死，有没有相关知识，然后再判断您是否希望安乐死。通过多次对话，寻找对您来说理想的死亡方式。荷兰的法律规定，安乐死的条件为'难以忍受的痛苦'和'没有治愈的希望'。难以忍受的痛苦由患者来判断，对痛苦的感知是有个人差异的。而另一方面，有没有治愈的希望则由医生来判断，而不是患者。"

这场患者与医生的对话，要持续几周到几个月。在这个阶段，医生会提议患者进行化疗或缓和疗护，尽最大努力把痛苦控制在患者"能忍受"的范围内。

在荷兰，"家庭医生制度"扎根已久。大部分国民都在居住地区的家庭医生那里登记。医生们在自己家里开业，对于患者来讲，除了紧急情况以外，这里是所有诊断和治疗的入口。需要专业检查和治疗时，必须通过他们的介绍，才能找大学医院等的专业医生。

有病危症状的患者，也要跟家庭医生商量最妥善的治疗方法。如果没有治愈希望，就跟家庭医生商量对于患者来讲最好的离世方式。也许最终的商定结果会是安乐死。

不过，跟瑞士一样，在这个国家，患者的情况也不是由一名医生判断的，在下一个阶段，会有一名立场中立的医生出场。他们是从 SCEN（荷兰医生会的支援中心。由 6 000 多名家庭医生和专业医生组成）派来的医生。他们的作用不是来探讨治疗方法，而是来检查第一名医生同意安乐死的过程。如果他们判断手续正常，那么他们就向第一名医生颁发同意安乐死的报告书。

实际上对患者进行实际操作的是第一名医生，也就是家庭医生。大约 90％的安乐死由他们执行。

但是，有的家庭医生由于个人的信念，回避安乐死。或者有时判断患者的情况不符合安乐死的条件。尽管如此，若患者还是希望安乐死，那么他们会跟安乐死诊所沟通。

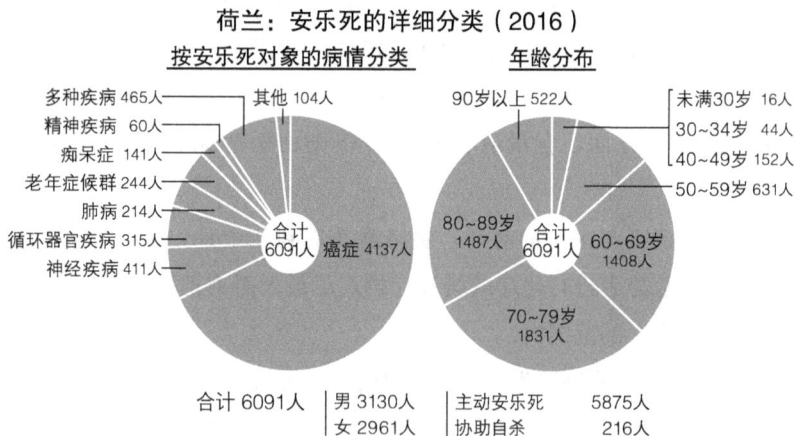

荷兰：安乐死的详细分类（2016）

按安乐死对象的病情分类

多种疾病 465人
精神疾病 60人
痴呆症 141人
老年症候群 244人
肺病 214人
循环器官疾病 315人
神经疾病 411人
其他 104人
合计 6091人
癌症 4137人

年龄分布

90岁以上 522人
未满30岁 16人
30~34岁 44人
40~49岁 152人
50~59岁 631人
80~89岁 1487人
合计 6091人
60~69岁 1408人
70~79岁 1831人

合计 6091人 | 男 3130人 / 女 2961人

主动安乐死 5875人 / 协助自杀 216人

出处：《安乐死年度报告书》（荷兰地区审查委员会）

与瑞士不同的是，在荷兰医生实施安乐死之前，不需要律师许可。也就是说，荷兰是全权委托给医生的。安乐死结束后，也不会像我所见到的那样，有警察来现场。唯一不能懈怠的是，医生要上报安乐死。

报告书被提交到设置在全国 5 个地方的地区审查委员会（隶属保健、福祉、体育省），由法学家、医生、生命伦理学家三者仔细审查。每个领域有 3 人，共计 9 人。这其中不包括神学家。如果在这时发现问题，就会发展成刑事案件。在荷兰，2002 年法制化以后，还没有被起诉的案例。

"地区审查委员会没有剥夺医生执照的案例。警告倒是频繁发生。警告内容是搞错致死药的剂量，或者是没有正确上报等。"

2017 年 4 月地区审查委员会的年度报告书显示，2016 年实施的安乐死件数为 6 091 件，比上一年增加 575 件，是包括自然死亡在内的整体死亡人数的 4％。其中，主动安乐死为 5 875 件，协助自杀为 216 件。

为什么在荷兰，主动安乐死是主流，而协助自杀较少呢？

永吉埃尔强调"这只不过是我个人的看法"，然后做出如下解释。

"是因为从开始协助自杀到死亡为止时间很长，痛苦相对较大，而医生实施的安乐死，更快，更万无一失吧。"

据永吉埃尔所说，主动安乐死中，医生一般是给患者投用安眠药，然后注射肌肉松弛剂。到死为止的时间不到 5 分钟。而饮用大量药物致死的协助自杀，大多数要几十分钟才能去世，有的人甚至在生死边缘徘徊几个小时。永吉埃尔所说的"痛苦"，不仅是指患者本人，也包括在一旁守护患者的家属的心理层面吧。

即便如此，这个国家仍然会有人选择协助自杀，这是为什么呢？

这是我个人的观点，应该是与"自己的死不想依赖别人"的个人生活方式有关吧。就是说，直到最后，自己都要对自己的人生负责。

此外，如果注射致命药物，当然也会给医生造成精神上的打击。各国的医疗相关人员都说，有的患者是顾虑到这个部分。

我最后有一件事想拜托永吉埃尔。那就是去"安乐死诊所"取材。然而，他的反应不尽如人意，一直闪烁其词。

这场荷兰访问过了一个月，也没有从"安乐死诊所"的宣传部长那里得到回信。我也拜托过 NVVE 多次催促，得到的回信是"请转告一声，我们很忙，没时间关照媒体"。我有种不好的预感。

3 月下旬，终于收到了医院宣传部门的邮件。

> 我们从很多人那里听说了您的事情。过去，我们接受过来自你们国家的采访申请，我们也努力过了，尽管如此，收效甚微。今后我们想专注自己的工作。敬请谅解。

言辞很冷淡。是因为协助日本媒体的采访也没有什么好处吧。虽说像在瑞士时那样顺风顺水实属罕见，但这一结果令我实在不甘心。然而只能暂且作罢。

意外相遇

我在荷兰中部城市阿莫斯福特的市中心，正一筹莫展。欲速则不达。我决定先在市中心一家安静的咖啡馆里，尝一尝荷兰人喜欢的西红柿汤。汤比看起来甜一些，帕尔马干酪和罗勒味道很搭配。我正仔细品味着，面前出现了两位上了年纪的女性。"好喝吗?"其中的一位笑着问道。

她们在旁边的位置落座，彼此聊了一会儿家常，突然转身面向我。

"您是来旅游的还是做什么的？"

"不，我是来取材的。我在写一本关于安乐死的书。"

听到亚洲人开始聊起她们国家的安乐死，两名老妇人似乎很感兴趣。

"这个国家的安乐死制度，在我这个外国人眼里令人震惊。你们怎么看呢？"我接着问道。因为这个问题有可能让人望而生畏，所以我问得比较委婉。殊不知一头银发的阿丽达·托林（79）冷不防这样说道：

"我是 NVVE 的会员，我希望自己能安乐死哦。"

听到这话，一旁的女性朋友浦科·基鲁斯马克（75）也惊讶道：

"咦？你也是会员？我也是哦。"

我目瞪口呆。此前我见的都是医生和协会的相关人员，忘记关注普通市民了。这个现实冲击力太大了。我兴奋地继续追问：

"你们有安乐死的亲戚朋友吗？"

阿丽达似乎没有想到什么。"有呀。"浦科说道，抿了一口白兰地后，她回想起 4 年前的往事。

"那是阳光明媚的 3 月。我和一对夫妻交往多年，是感情甚笃的朋友，其中丈夫酷爱吸烟，下巴周围长了癌。我和朋友及其家人，一共有 30 多个人，在他安乐死的当天，被邀请参加派对呢。"

"派对吗？"

"对，派对很盛大哦。我们在他家院子里喝着啤酒和红酒，吃着美食，嘻嘻哈哈过得很开心。到了下午 3 点，夫妻俩向所有人致以问候。最后他令我们都吃了一惊。您知道他做了什么吗？"

"跟夫人一起一展舞姿？"

"不，他掏出烟，开始抽了起来。说这是最后一根了。"

决定安乐死的人们，为了不留遗憾，大多会事先决定好要做些什么。尽管如此，这是多么沉重的一根香烟啊！一旁的阿丽达也瞪大了眼睛，听得入迷了。

"到了下午3点，来了一名年轻的女医生。她进屋之前说是第一次注射安乐死的药物，很紧张。"

据说在荷兰，家庭医生至少要经历一次患者的安乐死。虽说允许安乐死，但即使是医生，刚开始也会心里不舒服，被罪恶感所折磨吧。浦科的记忆，逐渐清晰起来。

"她丈夫去世时，我在院子照顾他的爱犬。狗也明白的。它汪汪地叫着，好像在哭泣似的。"

我与浦科交换了联系方式，让她帮我引荐丈夫选择了安乐死的朋友。

安乐死意向者们的共同点

住在荷兰中部乌得勒支的浦科，开车到宾馆来接我。我很感激能以这种形式再会。腿脚不太方便的老人，握着丰田雅力士的方向盘，驶向朋友的村庄。离阿姆斯特丹20公里左右，穿过面向艾瑟尔湖的迪尔赫丹，到达漂亮砖房鳞次栉比的厄伊特丹村时，已是下午5点。

领着黑色爱犬洋森散步归来的尼禄·威尔（63）邀请我们进屋。她用一双蓝宝石般的眼睛望着我，表情总令人觉得有点忧伤。自从开始这次取材，就没有遇到过笑容满面欢迎我的人。

山庄风格的住宅旁边有两间小房子，仿佛是白雪公主里面七个小矮人住的地方。据说那是客人专用的房子。这是何等奢侈的地方啊！庭院前方是堤坝，从那里可以眺望艾瑟尔湖。这里跟阿姆斯特丹全然两样，空气清新。蔚蓝的天空上飘浮着朵朵白云，正是荷兰的伟大画家们所描绘的模样。

尼禄将在自家附近饲养的奶牛所产的牛奶分别加热，为我和浦科精心准备了醇厚的奶咖。3个人围坐在长条的木制厨房餐桌旁。遗孀尼禄开始讲述与亡夫之间的故事，从相识到安乐死，说了足足3个小时。

"威尔发现得了扁平上皮细胞癌是在2011年6月，他65岁的时候。被告知病情时，他骂了句'混蛋！'并狠狠地拍打医生的桌子。"

丈夫威尔·费萨是高中的数学老师。扁平上皮细胞癌一般是由吸烟、喝酒等生活习惯引发的。

"从医院回来的路上，我们在车上一句话也没有说。不知道该说什么好。回到家里，他又骂了句'混蛋！'。看到他的样子，我说道：'对不起，我是护士，却照顾不了你……'"

我想起曾是医生的由布林克，也就是因胰腺癌而选择协助自杀的文努的丈夫，他也曾有过同样的感叹：在成为患者的另一半面前，专家也束手无策。

两人相遇是1981年的夏天。阿姆斯特丹的一家咖啡馆里，威尔突然霸道地扔出了一句话：

"我爱上你了。"

素未谋面、比自己年长7岁的数学老师突然如此告白，28岁的尼禄全身僵住了，不知何言以对。卷发的老师继续说道：

"要不要跟我一起去法国露营？"

"不——！"

那时还是实习护士的尼禄一口拒绝了男人的提议。但是他的霸气在某方面吸引了她。威尔向她坦白，从她学生时代起，自己就经

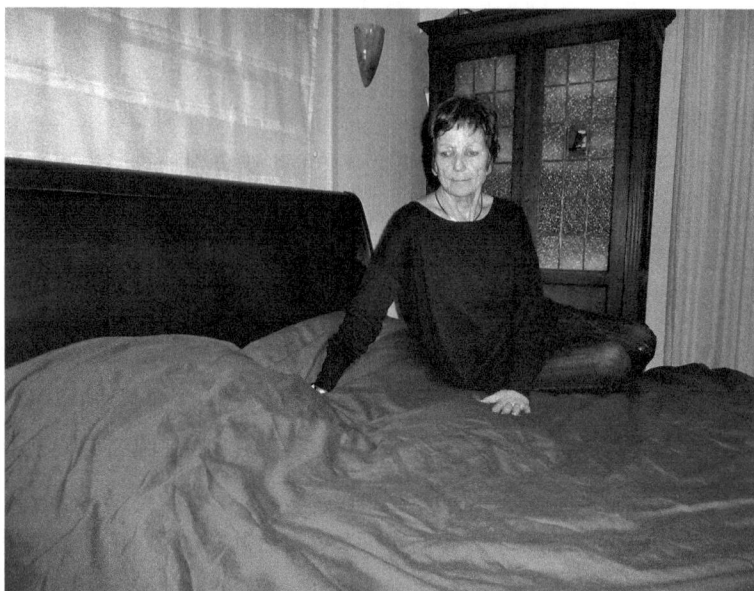

在曾与亡夫一同入眠的床上，尼禄回忆逝去的岁月

常在校园里看到她。尼禄的母亲也表示"你喜欢怎样就怎样"，几乎不干涉女儿的行动。

一年后，两人共同观赏了美意合作的电影《月神》（贝纳多·贝托鲁奇导演，1976年）。又过了半年，尼禄的心意已决。在法国过暑假时，她给威尔写了一张明信片，第一次表达了爱意。像大多数荷兰男人一样，威尔也非常喜欢船。从1985年到1990年，他们生活在大型游艇上。虽然还没有登记结婚，但两人谈论过彼此的家庭观。

"威尔，你想要孩子吗？"

"怎么说呢？我不太想要孩子。因为二人世界已经足够幸福了。"

尼禄也没有想要孩子的愿望。其中的一个理由是，"我的双胞胎妹妹有两个孩子，我和父母都很满足了"。夫妻俩有各自的幸福标准。他们没要孩子。

我开始在意选择安乐死的人的共同点与其中的因果关系。他们大都没有孩子。也就是说，有孩子的话，可能不会选择安乐死。是因为人们尊重血亲的感情和意见吗？欧美国家强调个人的死亡权利，然而，选择安乐死的背后，能看见与人权无关的另一个侧面。

此外，我开始注意到另一个共同点。他们都是"意志坚强的人"，如果允许我换一种说法的话，就是"利己主义者"。我个人并不讨厌利己主义者，所以我说的不是否定的意思。

不过，听尼禄的讲述，给人一种印象，就是这位叫威尔的男士，在"利己主义"这方面个性也很强。这一点从她回忆丈夫的好形象时所讲的话中可以窥见一斑。

"他要是决定好的事，就一定会进行到底。与其说是意志坚定，不如说他在性格上便是对自己深信不疑的人吧。"

正因为如此，他从相遇的瞬间就有将她作为未来妻子的自信吧。或许对于女性来讲很有魅力，但是第一次见面就说"我爱上你了"，我虽说长年生活在欧美，也没有这种自信。威尔的男子汉形象，浮现在我的脑海里。

不出所料，我们的对话都是美好的回忆。她应该不会跟刚交换过名片的我，讲已故丈夫的坏话吧。但是，即使会让她心情不好，我还是想问问相反的话题。

"您丈夫有讨人厌的地方吗？"

面向厨房而坐的尼禄轻叹了一口气，不假思索地讲述起来。

"有很多啊！一去餐厅，肯定会吵架。我说东，他说西。经常吃不好饭。就连家里的窗帘选什么颜色，我俩的意见也不合。我开车的时候，他也在旁边指手画脚，甚至在副驾驶座上，做出慌慌张张踩刹车的动作。总之，他认为自己相信的东西都是正确的，真是很难搞。"

坐在我对面的浦科似乎也在怀念他的这一独特性格。她也加入我和尼禄的对话，说道："我也记得几件事。"

"被邀请到这里做客时，经常是威尔做饭，他这个人，非常我行我素，虽然料理本身很美味，但是花费时间。饭做完了，他也不跟大伙一块儿吃，在旁边沙发上一坐就是一小时。"

在后边竖起耳朵倾听的尼禄，在木头案板上摆上咸饼干、卡门贝尔奶酪以及装有鹰嘴豆泥的小碟子，放到餐桌上。

"来点白葡萄酒怎么样?"

奶酪配葡萄酒。虽说是工作时间，但也不赖，而且能让对话更加轻松吧。尼禄将葡萄酒缓缓注入我的杯子里。

我是船长

落日的余晖洒落在一尘不染的仿石砖地面上。插在红色花朵中的灌木树枝衬托出了这间屋子的品味。在充满了与威尔的回忆的这个家中，她每天过得很充实吧。或许也有变成单身反倒感觉更轻松的一面。虽然与威尔争吵不断，但是她说为了不输给威尔，她也变强了。

客厅柜子上方的相框里，有两张威尔在船上指挥的照片。

"在船上，他真是个性格古怪的人。尽说些我不懂的专业术语，什么也不让我碰。他说：'在船上，我是船长!'以前去自由岛（荷兰北部）时，我们吵得很凶，我还从船上跳到海里过。"

虽然是在吐露威尔最讨人厌的一面，但这位遗孀的脸上却流露出对苦涩经历的怀念之情。然后，她斜举着酒杯，盯着照片，这样补充道：

"其实，这个人，没有我什么也做不了……"

性格乖戾的丈夫与心胸豁达的妻子的婚姻生活是互补的关系。尼禄辞去护士的工作以后，在保健中心上班，成了医院和养老院派遣护理师的负责人。到64岁退休为止，威尔一直都是教师。

结束教师生活的威尔，有大量的时间沉迷于兴趣爱好。他在家中欣赏古典乐和爵士乐，还吹起了中音萨克斯。

然而，不知从何时起，威尔就吹不好萨克斯了。他无法用力在笛头和哨片之间吹入空气，他的左颌骨附近长了肿瘤。癌变进行得很快。去世前2个月，已经扩散到咽喉部分，不仅剧烈疼痛，甚至连呼吸都困难。医院给他开了吗啡，胸部贴上了吗啡贴。医生交给妻子止痛注射药，威尔怒吼道："给我打那种东西，是想杀了我吗?"

但是，另一方面，这样的他，也在冷静地接受自己的死亡。其实在发现癌症前几年，他就开始准备自己的葬礼了。

去世前几周，在比利时旅游时，威尔提出了很有个人风格的现实性的话题。

"我死的那天开个派对吧!"

妻子反对这个荒唐的主意。因为她察觉到这意味着威尔想选择安乐死。

"我原来是护士，在工作场所经常目睹死亡。而威尔生活在一个正好相反的世界里，因此与他谈论到生死观时，我非常震惊。"

2012年3月的第一个星期，两人第一次与家庭医生商量。那名女医生当时35岁，过去从未有过给患者施行安乐死的经验。"我接受这个任务。"她爽快地答应满足他的希望。

年轻的医生或许把这件事当作了今后漫长的职业生涯中"应该经历的一次仪式"。那天之后到威尔去世，她6次上门，了解患者的病情和心理状态，并解释说明安乐死的方法。

有一天，医生提出了一个无法回避的问题。

"注射和服药，您希望哪种死法？"

与瑞士不同，在荷兰，患者可以选择主动安乐死（注射）或者协助自杀（服药）。这点上，威尔又给出了极具他个人风格的答案。

"医生，请给我打针。朋友在外面开派对，可别让我老是死不了……"

派对的前一天晚上，两个人度过了一个不眠之夜。

"威尔，如果将来我看上了别的男人怎么办？"

"那也没关系啊！只要你幸福。不过，你可别看上来参加派对的某个朋友哦。那我可要死不瞑目了。"

威尔一本正经地答道。作为男人，我也不难理解这种感觉。我问她为什么要这么问。"我只不过想逗逗他。"她苦笑了一下。妻子是如此描述当晚的情形的。

"总之，我很害怕。我想尽量微笑。而且，如果不跟威尔说话，我怕他就这样离我而去了。所以我彻夜注视着他……"

派对开始了

第二天下午1点，派对开始了。亲属14人，朋友12人。仿佛将要开始的是威尔的生日派对，现场笼罩着和睦的气氛。所有人都拿着香槟，这场派对的"主人翁"威尔致祝酒词。

举起酒杯的威尔，最后一次向妻子抱怨：

"这种形状的杯子，让我怎么喝呀？"

受喉咙疾病折磨的他，若使用细长的香槟杯，必须要仰头才能将液体喝下去，这样非常难受。反正，喝光是不可能的。"他只喝了几滴。"尼禄说道。

下午3点，女医生的身影出现在举办派对的院子里。她跟客人说，"（我）感到有点紧张了。"不是作为派对参与者到来的她，立刻去往患者的寝室，进行注射的准备。

威尔卷了一支自从确诊以来，一直在戒的手卷烟"萨姆森"，这是他的最爱。点燃生前的小嗜好——香烟，轻轻将烟吸入肺中，这已让他十分满足。熄灭香烟后，他跟大家做最后的道别。

"那么，我接下来要到床上去死了。大家伙好好享受派对。谢谢!"

客人们把这致词当成玩笑一笑了之，然而这却是真的。爱犬洋森在浦科脚下呜呜低鸣，目送着威尔。被威尔留下的朋友们继续办派对。

8位亲人被召集到威尔和尼禄的寝室。威尔躺在床上，妻子站在右侧，女医生在左侧。女医生拿着准备好的注射器，把注意力集中在手指上。室内鸦雀无声。

威尔望着她叹息道：

"那么，医生，拜托了。"

女医生注射了2支使人缓慢进入睡眠的麻醉类药物和1支让呼吸顺畅的药物。威尔迷迷糊糊地闭上了眼睛。围在床周围的8个人是第一次目睹安乐死，所有人都高度紧张。

拿着停止心跳注射剂的女医生样子有点不对劲。威尔的妹妹小声叫道：

"医生?"

医生低着头，手在颤抖。大滴的泪珠夺眶而出，顺着脸颊滑下。最后一针她下不了手……握着威尔的手的尼禄，忍着泪说道：

"医生，我们不要紧的。请让他走吧。我也准备好了。"

在周围家属的催促下，医生点头说了句"明白了"，将最后一支针剂打进威尔体内。10 分钟后，确认心脏停止跳动。

医生也是人。虽说安乐死是帮助人们死亡，但也是医生通过注射，有意识地终结他人的生命。患者能感受到的死亡的幸福，医生感受不到。听说女医生流泪了，我不由得放心了。

威尔死后，院子里的客人聚集到室内，默哀致敬。2012 年 3 月 27 日，威尔离开了人世，享年 66 岁。

听完这段话，我合上写得龙飞凤舞的笔记本，将笔放在桌子上。突然，对话停止，沉默继续。

我看向旁边，尼禄在呜咽。是因为我强行引出他们从相逢到离别的回忆吧。蓝色的眼睛里，泪如泉涌。身旁的浦科搂着她的肩膀安慰她。

事后，威尔入棺，家人朋友献上了祈祷

刹那间，我猛然说出下面这句话：

"非常感谢您让我听到了这么宝贵的故事。我认为威尔很幸福。"

突然，夜空中雷声轰鸣。蓝色的闪电从窗户照射进来。

"好美的光啊!"

尼禄说着，拭去了脸上的泪水。

回乌得勒支的路上，在霹雳和暴雨中，浦科载着我，在堤坝旁边的小路上飞驰。大雨滂沱，雨刷都来不及刷，然而到了大路，汽车的速度更快，达到时速 120 公里。

"都喝了 4 杯白葡萄酒了，不要紧吗?"

"说什么呢? 要不我们怎么回去? 你不会是在害怕吧?"

荷兰人不怕死吗? 不，他们对于生的态度是积极且合理的。

闪电撕裂了黑暗的夜空。我一边注视着反射在尼德兰大地上的闪电，一边将身子沉入座椅里，试着放松身体。浦科一手握着方向盘，一手调小 FM 广播的音量，我决定暂时把自己托付给她那鲁莽的驾驶。

老年痴呆是"难以忍受的痛苦"吗?

2013 年 11 月 9 日，荷兰东部黑德兰省雷登市，在 25 位家人的守护下，时年 79 岁的希浦·彼得斯玛喝下致死药，离开了人世。关于当时的情形，妻子托斯（78）是这样描述的：

"丈夫看上去非常伤心，但也非常幸福。到现在我也相信那是一种美好的死法。"

我得知彼得斯玛家的事情，是在寻找荷兰国内近年来有没有受争议的案例时。我在网上搜索，最终找到了彼得斯玛家的安乐死。

这件事被报纸和新闻大肆报道，引起了我的兴趣，于是，我给荷兰日刊《人民日报》的安妮埃克·菲尔贝克记者发去邮件，此人对荷兰的安乐死非常熟悉。我的事情马上就传到了彼得斯玛家。然后，我与其家的长子汉斯（61）通过电话和网络联系，决定具体的采访日程和内容。

2016年4月11日，我再次飞往荷兰。从阿姆斯特丹南下，在乌得勒支换乘火车，向东1个小时就能抵达雷登。这是一个人口大约有4.4万人的小镇。车站只有站台，看不到工作人员，出了车站后，眼前是一大片住宅。这里的居民一定都互相认识。我拖着行李箱行走，打扫庭院的男人和他家在户外就餐的家人们，都看向我这张平时没见过的脸。

听说，荷兰人的房子不分昼夜，从外面都能看清家里，甚至连房子后面的庭院都一览无余。的确名不虚传。我马上就找了托斯住的独栋别墅。因为穿着蓝色牛仔裤和格子衬衫的汉斯，在家里的客厅就看见了我，向我挥手。或许是因为迄今为止只通过电话和简单的邮件联系，即使是握手了，他也只是皮笑肉不笑。

从庭院进入屋内，眼前是个小厨房。"欢迎。"堆起满脸皱纹的托斯微笑着伸出了手。这位是真心笑着欢迎我的。

约13平方米大小的客厅里放着一张红沙发和一张单人灰色沙发，还有一张木头桌子。墙上挂着一幅在暴风雨中挺进的船只的油画和许多家人的照片。2年半前，在这个狭小的空间里，家人聚集在一起，坐在沙发和桌子上，守护着老人喝下了致死药。

希浦死后，长子汉斯支撑着这个家。托斯或许是性格有点腼腆，说话的时候，她不是看着我的眼睛，而是偷看长子的脸色，慎重地选词酌句。

从安乐死那日追溯，13年前，她的丈夫得了心梗。虽然靠医疗

希浦的长子汉斯和妻子托斯。后面摆着希浦的遗像

技术无法治愈，但是没有生命危险。此后，75 岁的他患了慢性胃炎，又发现了皮肤癌，不过，这些都不是进展性疾病，与安乐死没有直接关系。将他引向死亡的，是自愿死亡前 11 个月发现的老年痴呆。

"我丈夫是一个意志坚定的人，自己人生的所有事情都要自己决定，所以我不得不同意他的决断。"

托斯舒舒服服地坐在客厅角落的沙发上，回想当时的情景。她似乎没有想到丈夫的死会在国内闹得沸沸扬扬。坐在一旁的汉斯开始补充说明母亲的话。

"父亲不是终末期患者。在荷兰，允许患者安乐死的条件之一，是原则上针对没有治愈希望的情况和难以忍受的痛苦。患老年痴呆的父亲，符合这个条件，所以可以在安乐死诊所下属的医生的帮助下死亡。"

老年痴呆对于他来说是"难以忍受的痛苦"。除了肉体上的痛苦以外，人类还有精神上的痛苦。在瑞士，目睹了英国老妇人的死，也让我重新思考了这一点。然而，长子汉斯难以理解此事。

"从母亲那里听说父亲希望安乐死时，我真是惊呆了。因为除了胃病以外，他的身体还算是很硬朗的。"

汉斯召集兄弟姐妹 4 人开了个家庭会议。妹妹连参加讨论都拒绝了，其他人则全体同意支持希浦"顽强的意志"。

"父亲决定自愿死亡的背后，与他亲眼看见自己的母亲因老年痴呆而受苦的样子有密切关系。当时还没有现在这样的法律，不能安乐死。父亲不想以同样的方式死去，这个想法很强烈。"

孩子们接受父亲的安乐死，其背后原因除了父亲的顽固以外，似乎还有另一个因素，他们受到将自己养大的父亲的独特观念的影响。

何为家庭的纽带

汉斯回想起上学时与父亲的一次争吵。

"少年时代，我曾经央求父亲送我去天主教的学校。10 岁就离开天主教，成为无神论者的父亲听后，说道：'不行。我反对。但是，如果你真的要去，我也没有反对的权利。'每个人都有各自的生活方式。所以对于父亲的决定，我不可能出口阻拦。"

托斯也很怀念儿子讲的往事。我向这位 2 年半前成为遗孀的女性问道："您与丈夫有什么难忘的回忆吗?"她便开始讲述一个发生在日常生活中的故事。

"1960 年代那会儿，荷兰还是男性社会。他是造船厂的木匠，一到周末，他就会跟朋友聚在一起，造船或修船。我也一起帮忙。周围的男人们跟希浦说：'你这家伙，要让你媳妇造船吗?'他是这样回答的：'不是我求她来的。她想做才来帮忙的。有什么不好的?'"

我原以为她会讲一些海外旅行的回忆，或者第一次在船上约会的话题。然而，托斯给出的是如此普通的周末的故事。这就是她难以忘怀的回忆，让我印象深刻。然后她继续往下讲。

"那时的社会风气还见不得女性开车到外面转悠。丈夫没有时间，我跟他说我一个人开车去阿姆斯特丹吧，他说想去就去吧。最后，我只身一人去了丈夫也喜欢的弗兰克·辛纳屈的演唱会。"

夫妻俩相识时，托斯16岁。当时正是美国歌手辛纳屈和英国歌手薇拉·琳恩的全盛时代。主动发起攻势的是希浦。跳着当时最流行的快步舞，两人坠入了爱河。

"我们家庭很圆满，做什么事情都是一起。"

彼得斯玛家，家庭很团结。除汉斯以外，所有人都住在这个小镇上。经过瑞士的取材，我发现选择安乐死之人的共同点在于缺少家人的存在。我正处于这种印象的形成阶段，所以对于有家人牵绊却决意安乐死的情况，说实在的，感到出乎意料。

但是，听着他们的讲述，我不禁思考起真正的家庭纽带是什么。

患者在经受着肉体上和精神上的痛苦时，家人不应该只是祈祷患者能多活几天，而应该讨论对于患者来说，什么是幸福的道路——哪怕其中包括死亡或选择死期。不知从何时起，我开始萌生了这种想法。

负责过希浦的家庭医生认为老年痴呆不符合安乐死的条件。即便如此，希浦仍然坚持己见。他让NVVE给他介绍安乐死诊所下属的医生，再次接受审查。这次，希浦的症状被认定为"难以忍受的痛苦"。在之后安乐死的过程中，希浦选择了最符合自己性情的死法。那就是不用医生注射，而是喝药死亡，也就是协助自杀。

汉斯说："死的时候不想借助他人之手。非常像父亲的作风。"

痛苦无法测量

安乐死当天早晨，雷登的气温为 10 度，蔚蓝的天空一望无际。上午 10 点，家人陆续来到家中，希浦突然说要去散步。这种时候可不能让他不知去向。关系最亲密的孙女露丝（当时 18 岁）因为担心，提出要和他一起去。两人在家周围转悠了大约 15 分钟。

回到家中，希浦喊道：

"一切准备就绪！"

家中有 25 位亲人，准备了手工水果蛋糕和他最喜欢的小奶油泡芙，等待他散步归来。在异于往常的宁静气氛中，他与儿孙们一道，享用了最后一顿早餐。正午，医生谢夫·博斯丁敲响了玄关的大门。

他不是雷登地区的医生。希浦决定自愿死亡以后，他多次来访，为患者看病。

对于像希浦这样求死的患者，该医生认为应该实现他们的愿望，为他们施行安乐死。在报道了希浦一事的《澳大利亚 ABC 新闻》（2015 年 4 月 10 日）里，他这样讲述道：

"所谓的无法忍受的痛苦，即使想测量，也没有测量工具。它不像发烧，而是一种感情。我想帮助痛苦的人们。在没有治愈的可能性的时候，帮他们结束痛苦。"

博斯丁开始准备药物。平时大声喧闹的孙子孙女们，此时也很安静。在这 13 平方米大的客厅里，希浦坐在红色沙发上，大家站在他的对面，好像马上就要唱起生日歌一样。

露丝坐在最爱的祖父身旁，一边擦拭泪水，一边吐露自己的心声：

"我会感到非常寂寞。但是，如果做出这种选择的爷爷能够幸福的话，我也会幸福。我为勇敢的爷爷感到自豪。"

旁边的灰色沙发上坐着另一位孙女，据说她从天主教改信了伊斯兰教。对于她来讲，这个死是无法接受的。虽然信仰不同，但是她也同样流着泪，向祖父小声抱怨道：

"爷爷，您为什么要死？我反对这样的死法，但爷爷已经决定了，我也没有办法。虽然我不同意，但是我尊重爷爷的意思。"

希浦慢慢张开嘴，仿佛在向周围所有家人解释一般。

"听好了，每个人都有各自的活法，当然也有死的权利。任何人都不能请求别人怎么活。请你们理解这一点。"

医生将装有药物的杯子放在桌上。喝干了它，身体就会逐渐无力，陷入深度睡眠。这与我在瑞士所看到的不同，不会10秒就完成死亡。

所有家人都拥抱和亲吻了希浦。不忍心目睹最后时刻的两个孙子，突然打开大门，冲到了院子里。汉斯回忆说："他们两个是天主教教徒，还没有做好心理准备。"

一时间，室内的气氛紧张起来，过了好一阵子，还是一片静寂。希浦拿起杯子，他盯着坐在木桌上的妻子的眼睛说道：

"托斯，能不能给我唱那首歌？"

妻子握着丈夫的手，开始轻唱起来。

"When I was seventeen, it was a very good year..."

这是两人相识时候的曲子——辛纳屈的 *It was a very good year*。听着人生中最喜欢的歌，希浦闭上眼睛，将杯中的液体一饮而尽。

"祝你旅途愉快!"

妻子用哽咽的声音向丈夫温柔地低语道。

希浦把身体倒向沙发。

"我困了。"

最后说完这句话,他再也没有醒来。

"人生必须是美丽的。"

托斯一边回顾丈夫的死,一边说道。"在孩子们面前,母亲绝不会哭丧着脸。"一旁的汉斯插嘴道。但是,我总觉得托斯说话的口气是在勉强自己。

距丈夫离去,才2年半。从和我对话开始,她一次也没有用过"寂寞"或者"伤心"等常见的表达感情的词语。荷兰的女性,是这么坚强的吗?抑或是由于和意志坚强又顽固的希浦常年生活在一起,慢慢被感染了?

采访过后,在玄关门口,汉斯告诉我一句他父亲常挂在嘴边的话。那是19世纪英国诗人威廉·欧内斯特·亨利的格言。

I am the master of my fate; I am the captain of my soul.

(我是我命运的支配者,我是我灵魂的指挥官。)

补章 Ⅰ　明明可以活着，却选择
死亡的理由［瑞士］

2016 年 3 月上旬，我和加拿大男士麦克·黑尔（化名）交换了一段时间邮件。那时我正在荷兰采访。

卡尔加里出生的他罹患晚期癌症，病情每天都在恶化。他预定 3 月 19 日，在巴塞尔由普莱西柯协助自杀。为了见他，我订购了去巴塞尔的机票。然而，黑尔离开家，到达中转机场多伦多几个小时后，发来了一封邮件。

> 非常不幸，这周我的病情恶化了。我和妻子星期二离开家，却在多伦多机场接受了紧急救治，结果被送回了家。虽然未能实现去巴塞尔的愿望，但我祝愿你的新闻采访将来能够获得成功。

我担心他会不会就那样撒手人寰了。在回信邮件里，我一面对不能见面表示遗憾，一面询问在去往瑞士的途中发生了什么。

"如果麦克没读到这份邮件，而是艾玛（化名，麦克的伴侣）在读，能否告诉我后来怎么样了?"

我没有得到答复。

希望 LIFE CIRCLE 协助自杀的外国人，必须不远万里来到瑞士。这对于晚期癌症患者来说，是一个巨大的障碍。我了解到，瑞士国内的患者可以接受医生上门进行协助的服务，而外国人即使申请书得到许可，也有可能因病情恶化而无法启程。令人觉得讽刺的是，3 个月后，加拿大承认了协助自杀合法。

同时期我还收到普莱西柯寄来的其他邮件。自从她与我相识以后，在拜访可能可以为我提供采访素材的患者时，她一定会给我发邮件。在与各国患者用邮件交流时，她总是会加上一句:

> 有位热心的日本记者正在写一本关于安乐死的书。他在寻找可以采访的患者。请考虑一下。

或许是出于临死前想要留下点痕迹的想法，很多患者宽容地接受了我单方面的请求。他们在邮件中向我详细地描述了自己的病情。

据说，这次普莱西柯要协助自杀的，是一个与迄今为止的患者类型都不同的人。她并不是死期将近，今后还有活下去的可能。她所患疾病的病名为多发性硬化症（以下简称 MS）。

世界约有 230 万人患有此病（MS 国际联盟），日本约有 1.7 万人（厚生劳动省）。这是一种发生在中枢神经的难治之症，发生病变的部位不同，表现出来的症状也不同。如果是视觉神经病变，就会产生视力低下、视野狭窄等症状；如果是小脑异常，就不能直着走路；如果是大脑的话，就会产生运动障碍。症状时好时坏，反复发作，长期持续。该病有时也会进一步恶化，但不会危及性命。

在迄今为止的采访中，虽然还很模糊，但是我形成了一个自己的想法：如果确定几个月后死期将至，那么是不是就可以给患者实施安乐死或协助自杀了呢？但安乐死不应该用于"虽然有自杀的愿望，但是死期还远"或者"无法表达意思的昏迷状态"的患者身上。这是在大多数医生和法学家之间占主流的共识。

普莱西柯介绍的女性，不是末期患者。可以协助她自杀吗？与往常一样，一个没有答案的疑问盘旋在脑海里。

桑德拉·艾邦斯（68）是一名出生于英国朴茨茅斯的女性。与她联系两个星期后，我决定乘坐在同一时间段到达巴塞尔附近的巴塞尔-米卢斯-弗赖堡欧洲机场的航班。我从巴塞罗那出发，她从伦敦启程。

巴塞尔-米卢斯-弗赖堡欧洲机场很复杂。机场横跨三个欧洲国家。出口有三个，分别是德国、法国和瑞士。如果搞错出口，还得进入机场重新办理手续再出来。我先到，在"瑞士出口"等她。虽说她得了 MS，但也不知道病情具体进展到什么程度？仅凭邮件，无法想象与她本人到底能不能通过对话交流。但她的确是身体不方便，机场的工作人员会不会用轮椅把她推出来呢？

大约 10 分钟后，一位坐着轮椅的白色短发女性出现了，膝上放着一根拐杖。

"是洋一吧？来，走吧！"

桑德拉只身一人前来。她的身体比我想象得要结实，说起话来口齿清晰，没有问题。两只手活动自如，她用一双黑色的大眼睛望着我，微笑着露出了洁白的牙齿。行李只有一个绿色双肩包。一眼即能看出她坐飞机很疲劳，因为偶尔她会闭上眼睛，深深地吐出一口气。

在机场的出口，一辆酒店专用豪华轿车在等着她。我们坐进了

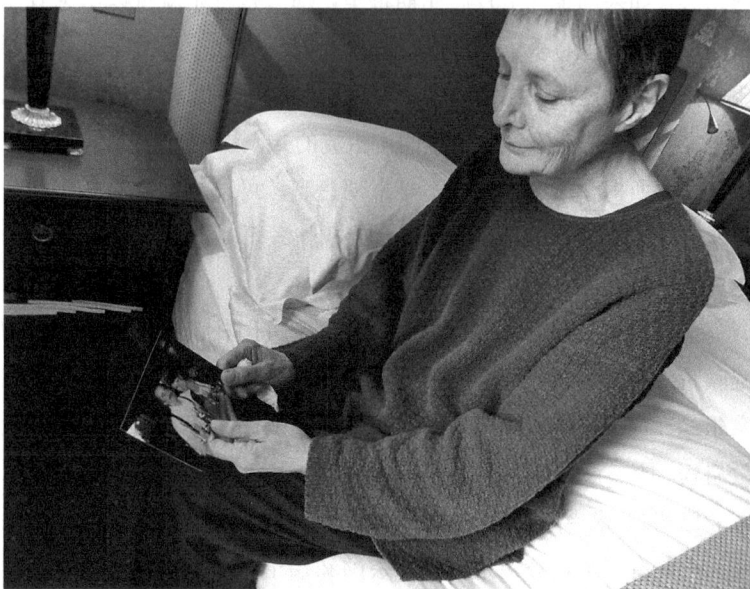

桑德拉凝视着与丈夫的合影

黑色宾利轿车的后座。前往巴塞尔最豪华的莱斯罗伊大酒店。

行李只有那个绿色双肩包吗？

"对啊！除此之外还需要什么吗？只有明天的衣服。明天以后我就没有什么需要的了吧。所有的东西都留在英国了。"

因为话题比较敏感，为了不让司机听见，我说得很小声，但她却回答得很大声。

"您丈夫不跟您一起来吗？"

"早上我跟他道别了。"

详情我准备入住宾馆后再问。尽管如此，作为第二天就要离开人世的人，她还真是莫名地开朗，笑意不断。不过到了这个阶段，我也在客观上知道，正因为是决心赴死之人，才更加开朗。

"只会走下坡路而已"

在五星级酒店办完入住手续后，我们立即去了房间。桑德拉的房间能将莱茵河美景尽收眼底，配有邦与欧路夫森牌的高级镀金电视，宽敞的高级双人床，墙边放了一张白色沙发。她坐在沙发上，深吸了一口气，然后又慢慢吐出，随后站起身，拉上了窗帘。

"对不起，眼睛有点累。"

我坐在写字台的椅子上开始提问。

普莱西柯的问诊安排在 30 分钟后，我们无法长谈。她的身体状况不稳定，所以拒绝在诊断后接受采访，因此我决定用平常一半的时间，只问最重要的几个问题。桑德拉挺直后背，说了句 "I am ready（我准备好了）"，深吸了一口气。

"现在您是什么样的心情？"

"我非常累，不过，没关系，我一直都很累。我早上 4 点起床的时候就很累，一天无所事事，只是在痛苦中煎熬。最初被诊断为 MS 是 1973 年，不，是 1972 年。在英国出生的我，非常贫困……"

我立即注意到她答非所问。听说神经痛导致 MS 患者缺乏专注力，所以无法找到恰当的词语并有效地组织在一起。她的话非常跳跃，我把我们的对话整理如下：

"我 16 岁移居美国。在英国完全没有受过教育的我，十几年来，靠打字赚取收入。1970 年代与加利福尼亚当地的男子结婚，一起生活了 18 年。但是，1972 年我被诊断为 MS，连找份工作都很困难，也就放弃了生孩子。"

发现这个难治之症以后，虽然频频跳槽，但她依旧做着打字的工作。到了 1983 年，36 岁的她突然觉得，不如专注于自己喜欢的事情。

"我决定去上大学了。"

当时，她已经和丈夫离婚了，一头扎进了学习里。只有初中毕业水平的桑德拉取得了大学的入学资格，而且还是全美屈指可数的名校——耶鲁大学。在这里学习了心理学后，她又在加利福尼亚大学取得了医学学士学位，然后再次回到耶鲁大学，成为了医学博士。她致力于研究在世界范围内蔓延的 HIV，以及对麻药依赖症患者的药剂疗法与心理疗法。

"和出身阶层限制人生选择的英国不同，美国是一个很棒的社会！"

当时她的 MS 状态是"复发缓解型"，症状时断时续，反复出现，但是能够继续工作。然而，1999 年，她被诊断为"继发进展型"，身体的功能障碍不断加重。此后一段时间，虽然还没有影响到工作，但在 2005 年，她决定辞职，同时与美国男子再婚。两人来到了英国。

我开门见山地问道：

"您不是马上就会面对死亡的患者，为什么您不想活下去呢?"

"因为太痛了，而且我无法预测今后会发生什么事，这让我觉得很恐怖。按照现在这种情况，不久的将来，我就会被送到护理院。我觉得那里的工作人员无法理解我的脸到底有多痛。今后，我的人生不会有改善的希望吧。只会走下坡路而已。"

桑德拉的脸部疼痛非常严重。准确地说是"三叉神经痛"。断断续续的疼痛，有时会剥夺患者的求生欲，因此它有"自杀病"的别名。

每次说话，嘴角都会痉挛。最近有人推荐她使用一般用于除皱的肉毒杆菌，做了多次止痛手术，但不仅没有效果，疼痛反而加剧了。面部疼痛已经恶化了六七年。即使活着，能做的事情也有限。

"我一天只干两件事。一是遛狗，二是淋浴。最近，放弃淋浴，只遛狗的日子比较多……"

一提到狗，她高兴地大声笑起来。但她时不时会表现出无法集中精力说话的样子。有时她闭着眼睛说话，并频繁地用一只手使劲按着下颌骨。我觉得不能让她太勉强，所以加快了采访的速度。

"明天您不害怕吗？"

"不怕。对于我来说，死亡只是身体死去了。我唯一的恐惧，应该是丈夫的未来吧。我非常担心自己死后他的生活。我跟他说过：'找个女朋友，幸福地生活吧。不要光玩电脑，领着新女朋友在美丽的英国四处转转。'因此，我只害怕他不能幸福、健康地生活下去。"

美国人丈夫（67）是她在耶鲁大学认识的一起做研究的人。几个月前，他被诊断出患有心脏病，不能坐飞机，因此无法和她一起飞到巴塞尔。然而，相比这些，"我不愿意想象，我死后他只身一人回英国的样子"，桑德拉含泪说道。

最后一天早晨，在到达自家门口的出租车前，两人拥吻而别。这是来这儿之前几个小时的事情。桑德拉哭着鼓励丈夫：

"回到房间，好好睡一觉。起床后，让这一天过得异常忙碌吧。"

她一直到最后都在关心丈夫。丈夫一边挥手，一边哭泣，直到载着妻子的出租车消失在视野里。

在我离开房间之前，桑德拉从背包里取出一个信封。里面有 4 张丈夫的照片和 2 张爱犬的照片。她用颤抖的手，将丈夫作小丑打扮的照片递到我面前。

"这张很搞笑吧？这是化装舞会上的照片。一看到这张，我就想笑。我才不想伤心呢。还有这张，我们也这么年轻过啊……"

那是 1998 年 5 月 22 日，夫妻俩在康涅狄格州的餐厅里照的相片，当时两人都还是研究员。她怎么也不会想到，16 年后自己会在瑞士自愿死亡吧。

"Thank You."

几个小时后，桑德拉将离开人世。第二天上午 8 点，气温 15 度，在 4 月上旬的瑞士，算是暖和的早晨了。由于附近居民和反对者的投诉，普莱西柯已经搬离了巴塞尔市内的摄影棚。于是，这次匆忙决定在郊区乡村普莱西柯朋友的家里进行安乐死。在独栋小楼聚集的住宅区里，小学生们喧闹着走在上学的路上。我边看地图边找路，突然听到了一个女人的声音。

"您在找什么地方？是在找艾丽卡（普莱西柯）吗？"

"嗯，是的。"我回答道。于是，普莱西柯的朋友，一位自称是埃丝特勒的妇人将我引入家中。日本记者要来的事情，似乎已经传到她耳中了。打扫得干干净净的客厅里，已经放好了一张给桑德拉用的单人床。墙上挂着相框，有毕加索的画以及男女主人的照片。

时隔一个月未见的普莱西柯进来了，紧跟着的是她的哥哥路艾迪。随后，桑德拉由法国女性友人陪同，走入屋内。

"早上好！"

我下意识地这样说道。以前，我明明无法轻易说出这种话，这是为什么呢？也许是桑德拉的笑脸让我吐出了这几个字。

普莱西柯和桑德拉在给对方的契约书上签上自己的名字。我在患者的斜后方注视着整个签约过程。路艾迪开始在床旁边准备点滴和摄影机。

"您不是被谁强迫来到这里的吧？"

"是的，谁也没有强迫我。我自己决定来这里的。对了，这份死亡动机书，待会儿请复印一份给洋一吧。他应该想读一下吧。"

普莱西柯与我对视了一下。

上午 9 点整。准备好后，普莱西柯向桑德拉说道："好，请到床上来。"

"对不起，不能去您家里帮助您。"普莱西柯对躺在床上的患者低语道。

"不，没有关系。非常感谢您热情地接受了我。您是一位了不起的女性!"

桑德拉按着疼痛的面部，想要做出笑脸。

路艾迪似乎做好了摄影的准备。桑德拉的朋友坐在她身边。我和埃丝特勒坐在一旁桌边的椅子上，保持沉默。一切准备就绪。

桑德拉取出白色的旧式 iPod，将黑色耳机塞进耳朵里，好像在听音乐。在打开开关之前，她开始念起有关佛教的文章。

"我请求佛祖保佑。（中略）希望我能幸福、平和。希望我能从所有痛苦中解放出来……"

做好心理准备后，她轻轻地微笑着闭上了眼睛。

9 点 14 分，路艾迪将致死药物注入点滴袋中。普莱西柯开始提问。

"请告诉我您的名字。""出生年月是……?""为什么来这里?""您知道打开这个开关后，会发生什么事情吗?"……

桑德拉对所有的问题都回答得明白清晰。即使是对最后一个问题，她也毫不犹豫，宣布道："Yes，I will die.（是的，我会死。）"然后，她一张一张亲吻了放在胸前的丈夫的照片。她应该是心意已决。甚至连一滴泪也没有流。

她用右手一下子打开了左手手腕上的开关，周围一片寂静。20秒过后，因为紧张而僵硬的身体，一下子瘫软下来。在失去意识之前，她用尽全身的力气，倾吐出人生最后一句话：

"Thank You."

输液的左臂无力地垂到了床下。上午9点16分。桑德拉·艾邦斯68岁的人生落下了帷幕。

10点05分，有人来敲门。是两名警察。我和路艾迪正坐着讲话，头顶上响起了一个声音："我们想和您谈谈。"这是我第一次被直接问询。

"您与桑德拉是什么关系？"

"我们是通过普莱西柯医生认识的。"

"您说您是日本记者，经常因为采访而在世界各地跑吗？"

"是的。"

"您和普莱西柯是什么时候认识的？为什么开始接触的呢？"

我解释完后，普莱西柯从厨房做完事出来，一脸愕然。

"能不能早点结束这愚蠢的搜家行动啊！警察不是知道这不是杀人事件吗？"

所有的搜查人员结束工作离开后，埃丝特勒到外面抽烟，桑德拉的朋友在厨房吃橙子。路艾迪开始收拾东西准备回去，他抓了一把杏仁。仿佛一个小时之前发生的事情只是让患者睡着罢了。但是，客厅里，面色惨白的桑德拉还闭着眼睛，仰面躺在单人床上安眠。我站到她旁边。

"嗨！洋一！"

我觉得她马上就会起身，我仿佛听到了昨天她在机场发现我时的呼唤声。

我再一次在人的死亡面前无能为力。她不是死期将近的患者，我就这么默默地送走了刚才还活动自如的女性。

回去的路上，我反复阅读着桑德拉交给我的死亡动机书。里面还附有证明她治愈无望的英国主治医生的诊断书，以及证明她没有精神疾患，是自己决定选择结束生命的精神科医师的诊断书。

动机书上是这样写的：

"我申请这个（协助自杀）的理由是，我得了不治之症——进展型的 MS。（中略）近几年，MS 已经发展到让人生的质量（QOL）下降到不想继续活下去的地步。"

我注意到这样一段话：

"现在我还可以（靠两支拐杖）走路，喝东西，独自外出旅行，以及结束自己的人生。"

是啊，她是为了亲手结束自己的人生，才独自踏上了旅途。她一定很享受这个幸福的死亡。我这样说服我自己。

第3章　精神病患者可以安乐死的
　　　　　国家［比利时］

不可逾越的道德规范

　　比利时允许安乐死是在 15 年前的 2002 年 5 月。当时自由党势力在政权内抬头，迎来了容易反映民声的时代。

　　荷兰是由自下而上的民众运动赢得了法律，而比利时的特点是，不修改刑法，直接将邻国的法律修改为适用于本国国情的法律。通过规定在满足一定条件的情况下实施安乐死将不被追究杀人罪这样的"解释"，允许了安乐死。或许正因为如此，在比利时，安乐死被算作"自然死亡"，而且，接受安乐死不在健康保险的适用范围内。

　　该国只承认使用注射的主动安乐死合法，协助自杀被排除在外。究其原因，有的专家说"在天主教国家，人们相信自杀比杀人罪更严重"。但我在当地采访时并没有发现支持这一论点的确凿证据。

　　然而，即使法律不承认，事后检查安乐死运用方面事宜的"安乐死管理与评价联邦委员会"以协助自杀满足法律条件为由，默认了一些案例不违法。

接受安乐死前的流程，比利时几乎与荷兰一样（参见盛永审一郎主编的《安乐死法：比荷卢三国的比较和资料》）。

患者希望安乐死时，首先由主治医生（比利时也有家庭医生制度，但不如荷兰渗透得深。有时也由医院的专业医生或缓和疗护医生负责）在诊断和多次面谈后确认患者是否符合条件——是不是患有不治之症，并且伴有无法忍受的痛苦——在此基础上，再委托一位与患者和医生都没有关系的精通此病的医生，来判断第一位医生的结论是否合理。这位医生也会查看病历、诊断患者。

如果患者死期未近（没有末期症状），那么就必须要由精神科医生以及精通此病的病理学专家来判断。

医生们有报告的义务。荷兰每个地区都有审查委员会，共计5个。而比利时的"安乐死管理与评价联邦委员会"统一管理全国。该委员会由16人组成，其中医学博士8名，法学教授或者律师4名，致力于研究罹患不治之症的患者问题和缓和疗护的专家4名。如果验证的结果是委员会三分之二的委员判定没有遵守程序或条件，就要通知检察院。但到目前为止被移交检察院的案例只有1例。2015年，给失去女儿的85岁女性施行安乐死的医生被怀疑行为不当。

据该委员会统计，"被上报的安乐死"的件数，从2002年的24件增长到2010年953件，每年都在稳步上升，2015年达到2 022件。到2016年为止，有14 753人接受了安乐死。

2014年2月，比利时修改法律，允许不受年龄限制，对未成年人施行安乐死。2年后的2016年9月，在我结束比利时采访的几个月后，据报道，对未成年人（年龄和性别没有公开）实施安乐死的案例真实发生了。

比利时：安乐死人数的发展

(人)

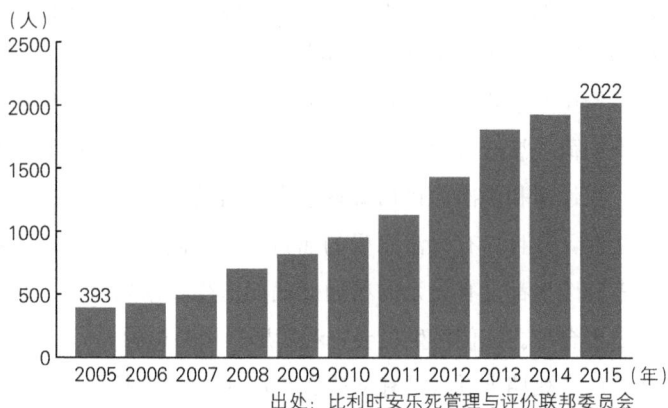

出处：比利时安乐死管理与评价联邦委员会

　　本部设在布鲁塞尔的"欧洲生命伦理研究所"发表的安乐死的详细统计内容（2014—2015年）显示：选择安乐死的患者的病因，癌症占绝大多数，但是整体的5％是精神疾患（下面的图表里，"安乐死管理与评价联邦委员会"2015年的数值是约3％）。我想拜访比利时的动机就在这里。

　　在反复采访的过程中，我逐步加深了对安乐死的理解。但是，我心中唯有一个不可逾越的道德规范。那就是抑郁症等精神病患者们的安乐死。

　　比利时同日本一样，自杀成了社会问题。人口1132万的比利时，2014年有1896人自杀，平均1天有6人自杀未遂（公众保健研究所）。自杀的主要原因之一是抑郁症等精神疾病。

　　比利时的《安乐死法》里，关于其条件有这样一句，"被肉体上或精神上的痛苦所折磨"。荷兰并没有禁止这一条的法律，但医生和安乐死相关机构对此似乎有所犹豫。当然，在法律明文规定的比利时，也存在反对意见，不能轻易运用。

比利时：安乐死的详细分类（2015）

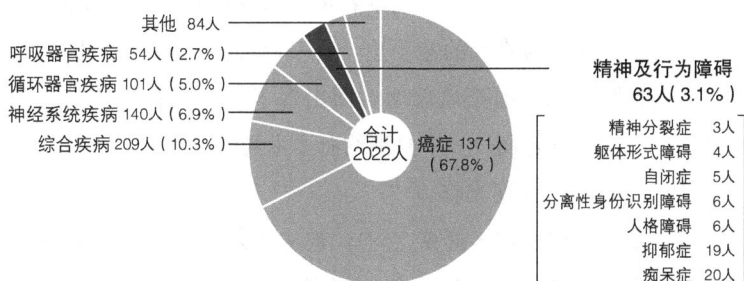

其他 84人
呼吸器官疾病 54人（2.7%）
循环器官疾病 101人（5.0%）
神经系统疾病 140人（6.9%）
综合病 209人（10.3%）

合计
2022人

癌症 1371人
（67.8%）

精神及行为障碍
63人（3.1%）

精神分裂症　　　3人
躯体形式障碍　　4人
自闭症　　　　　5人
分离性身份识别障碍　6人
人格障碍　　　　6人
抑郁症　　　　　19人
痴呆症　　　　　20人

出处：比利时安乐死管理与评价联邦委员会

　　然而，2011 年，一位长期为精神疾病所苦的女性结束了自己 34 岁的人生，这件事改变了现状。

　　她死后，其父出席了深夜的访谈节目，诉说了女儿的悲剧。

　　作为解说员参与节目的精神科医生，判断她的精神疾患符合安乐死的主要条件——没有治愈的希望和伴有难以忍受的痛苦这两点。以这个节目为契机，比利时开始了对精神病患者是否适用安乐死的讨论。

追求完美的少女

　　2016 年 5 月 29 日，我从 2 个月前发生了连环恐怖事件的布鲁塞尔机场，开车到位于比利时中部的拉米伊·奥菲村，汽车行驶了大约一个半小时。从我生活的西班牙去往北方各国，大多要做好遭遇恶劣天气的思想准备。果不其然，这一天也是大雨瓢泼。与西班牙不同，这里四周树木繁茂。虽然风景很美，但是，一连几天都下雨，心情不免有点郁闷。

　　如果不是本地人，即使有车，也很难轻易到达拉米伊·奥菲村。我依靠车里的导航，在农用地上行驶。辽阔的牧草地上，有大约 50

头荷斯坦奶牛和瑞士褐牛，听到引擎的轰鸣声，都转向了这边。

我把雨刷调成高速，穿过几乎看不到人家的村落，终于到达了村庄。在导航显示为终点的左手边，有一座高大的褐色宅邸。豆大的雨点使视野模糊，前挡风玻璃对面出现了两个身材魁梧的男人。我打开车门，来到外面，一个身高约有2米的男人说道：

"Bienvenue.（欢迎光临。）"

这位是父亲皮埃尔·滨克（69）。被父亲说服，第一次接受采访的长子格雷戈尔（43）站在旁边。这座宅邸建立于19世纪后半期，颇有来头，玄关左侧有一间大型书房，褪色的书籍从左右两边一摞摞直堆到5米左右高的天棚。有皮埃尔研究生物学所用的相关书籍，还有非洲历史书籍，足有几百本。玄关的右侧，是一个六七平方米的小客厅，柜子上面还摆放着已故女儿爱迪特30岁左右时的照片。

"我在这里谈起女儿时，一定会点上蜡烛。"

说完，皮埃尔将点燃的火柴靠近了蜡烛。

突然想解手的我，为了去洗手间，打开客厅旁边的房门。只见皮埃尔的两个孙子正在那里吃着比利时著名甜点华夫饼，他们不好意思地说了句"您好"。旁边皮埃尔的妻子、爱迪特的母亲马蒂（69）探头打量着我的脸，面无表情地问道：

"肚子饿不饿？"

虽然孩子们吃的华夫饼香甜诱人，但是，在初次见面的人面前，怎么可以往嘴里塞东西。我委婉地拒绝了。"肚子饿了说一声哦。"马蒂还是面无表情地说道。

回到客厅，皮埃尔和格雷戈尔正等着我，桌子上放着一张A4的白纸。现场的气氛和在邮件里随和的问候有天壤之别。他们开始将我的话一句一句地写在白纸上，要看看我想如何采访。

我花了10分钟，努力传达意图。终于，他们把圆珠笔放在桌子

年轻时代的爱迪特（拍摄于塞内加尔）

上，注视着我。然后他们开始讲述次女爱迪特从出生到 2011 年 11 月 3 日于精神病院成功自杀的人生轨迹。

这是一个反复自杀未遂的年轻女孩的故事。当时不像现在，给精神病患者施行安乐死还不被认可。

戴着假面生活

1976 年 11 月 24 日，在刚果（当时叫扎伊尔）的首都金沙萨，父亲皮埃尔和哥哥、姐姐以及亲戚一家共 10 人，聚集在狭小的分娩室里，在"加油，马蒂！加油，马蒂！"的连连呼声中，爱迪特·滨克诞生了。如今父亲回顾起亡女的诞生，说那个瞬间"恍如昨日"。

"她是大家翘首以盼的二女儿。爱迪特出生的时候，我真是喜不自胜，仿佛人生都是玫瑰色。"

皮埃尔的父亲是比利时属地刚果的医生。皮埃尔也以生物学家的身份，被刚果政府聘为专属研究员将近 20 年，他主要从事螨虫研究，与大学医生和药剂师一起，为发展中国家未来的发展持续进行研究活动。

爱迪特在首都金沙萨长到 3 岁。"她几乎没有什么印象吧？"坐在我旁边的哥哥格雷戈尔说道。父亲说："她很稳重，爱睡觉，是个温柔可爱的女孩子。而且跟谁都处得来。"

1979 年，滨克一家搬到了位于西非的塞内加尔。

爱迪特从小就非常喜欢动物。在塞内加尔的童年时期，她非常喜欢老鼠，无论去哪儿，手里和肩上都是老鼠。4 个孩子到上大学为止，读的都是塞内加尔的法国人学校。

每年 7、8 两个月，他们都回到祖国的拉米伊·奥菲村度暑假。由于住在刚果的比利时人保有独立的社群和生活方式，所以即使休假回国也不会为环境所困惑。

爱迪特也没有受到文化冲击。让她感到有些抵触的是 1996 年一家人定居比利时，那是她第一次认识冬天。"大家都待在屋里，真无聊！谁也不出来玩！"

在非洲时，待在海边和户外的时间居多，与之相比，爱迪特特别讨厌一到冬天就变得特别闭塞的生活方式。但欧洲到底是欧洲，社会成熟，可以感受到与非洲不同的生活便利性。她本应顺利适应，但从青春期开始，她显露出了某些征兆。

格雷戈尔是这样描述的。

"无论做什么事情，妹妹都发挥出超凡的才能，但结果却不尽如人意。即使擅长音乐，她也不想在音乐会上表演。就算很喜欢体育，也不要去比赛。大学也一样，虽然喜欢上课，但是不想参加考试。"

这并不意味着她没有耐性，倒不如说是正好相反。她把所有的责任都揽在了自己身上。一旦失败，她甚至想痛打这个"无能的自己"。渐渐地，她害怕起伴有"责任"和成为"评价"对象的活动。父子俩相互看了一眼，齐声说道："总之她是个完美主义者。"父亲一想要说话就习惯性谦让的格雷戈尔，这次在父亲开口之前抢先继续解释。

"爱迪特朋友们都说，她是个非常乐于社交、心胸开阔、理解能力强的女孩。可是，事实上正好相反。妹妹不擅长向他人表达自己的想法，只不过是把自己扮成一个善于交际的人。她在学校的成绩也优于常人，因此周围的人都说爱迪特做什么都轻而易举。殊不知妹妹连觉也不睡，一直要学到全弄明白为止。"

一口气说完这些，格雷戈尔长长地舒了口气。从这位哥哥表情就能看出，妹妹是个需要照顾的人。接着，父亲皮埃尔也追溯起往事。

"大概是她 22 岁左右吧……她突然说：'爸爸，我想学佛兰芒语。'我就对她说：'想学的话，我帮你。'从那天起，她就拿着字典一个字一个字地查，把佛兰芒语的报纸读了个遍。2 个月后，她已经可以跟我一起聊天了。在那之前，她一次都没用佛兰芒语跟我说过话。"

比利时的官方语言是法语和有荷兰口音的佛兰芒语。最近双语教育盛行，会说两种语言的人也增加了。皮埃尔虽然会两种语言，但在家里说话时用的是法语。

"在比利时的教育体系中，一般超过 80% 左右的成绩就可以顺利升学，可是，爱迪特不达到 99.9% 左右的水平，就会陷入自我厌恶。"

说着这话的父亲，决定让爱迪特进入列日的一所艺术学校。因为原本女儿就有绘画的才能，而艺术很难"评分"，所以他认为这很适合女儿。离开父母独自生活，爱迪特十分开心。然而，那也不过持续了半年。随后，她也去过护士学校，当她的能力得到认可，被要求照顾其他同学时，她又像往常一样，不堪其责，半年后就退学了。

之后，爱迪特频繁更换工作。面包店、文具用品店、Tracteble（大型设计公司）的设计师、西雅克（造纸厂）的销售。但是没一份工作干得下去。对此，父亲是这样解释的：

"因为她讨厌升职。被赋予责任，对她来说是个噩梦。"

听到这话，一旁的格雷戈尔也一边叹息，一边补充道：

"公司里的同事们没有一个人知道，她是带着痛苦在上班。妹妹一直戴着假面生活。"

无法断定为"抑郁症"

听了迄今为止的叙述，我问道："为什么爱迪特变成了这样的性格？"我心里暗自认为，精神病患者的根本问题，大都是受环境影响。也就说，是后天性的。而他们俩强调，这个想法是错误的。

"她不是变成了那样。爱迪特天生就是这种孩子。我们很容易忽视精神上的痛苦也来自肉体上的痛苦这一事实。她所面临的是生理学以及细胞学上的问题。我们没有理解她大脑的机能、神经细胞的机能以及酵素对激素的推动作用。"

我询问她的病名是什么时，他们异口同声地说道：

"至今也不太清楚这个病名……"

此时，皮埃尔告诉我说，在比利时，直到十几年前，明显的"高强度的疲劳（burnout）"还被认为是"神经系统异常引起的抑郁症"。然而，近年来，发现其原因是"体内的组织在罢工，导致激素的功能失灵了"，他继续说道。爱迪特也属于"生理上无法控制精神压力"，也就是说，是因为身体的问题才产生了精神疾病。他似乎想这样说。

我们在诉说精神不适的人们面前，爱用"抑郁症"这个病名。

然而，后面出场的精神科医生里布·提蓬也提到，一口断定是抑郁症，实在很危险。一般认为，抑郁症是由工作压力、失恋、破产、亲人的去世等周围环境的变化引起的。在社会上，这种病"如果得到周围的帮助和医生的支持，是有改善空间的"。像爱迪特那样的人，这种护理没有任何改善作用。

到了2005年，爱迪特逐渐无法适应社会生活，她恳求父亲带她去精神病院。她在三楼10平方米大小房间里多次企图自杀。有时，甚至打碎杯子，吞下玻璃碎片，闹出大事。据说她的手腕上有无数条割伤的痕迹。

在离家大约70公里的精神病医院的隔离房间里，爱迪特度过了6个年头。这也是法律措施，因为她"有可能危及家人的生活"。

在这家医院里，爱迪特必须服用精神安定剂，日复一日，她变得判若两人。皮埃尔一周去看望爱迪特一次。女儿那段时间神情恍惚的表情，他至今难忘。

"爸爸，你看。我简直是植物人。爸爸，你是科学家的话，告诉我一个容易的死法吧！如果你不这样做的话，我会不择手段地去死的。"

皮埃尔不忍直视嘴角淌着口水的女儿。但是，他也不可能给出帮助自己的女儿寻死的建议。

皮埃尔称，精神病院里还有其他像她这样，想要寻死的年轻人。当时，精神病患者的安乐死不是很常见，再加上"因为是天主教医院，所以无条件地阻止了他们想要安乐死的愿望"。

结束一段时间的医院生活，爱迪特有时也会回到自己家里。皮埃尔带着她出去散步，到餐厅就餐，观赏电影，尽力想让她换换心情，甚至决定在家里养 30 只宠物老鼠。

她很享受这些时光，偶尔"她会浮现出幸福的表情"。父亲说道。提到精神病院的话题，爱迪特小声地这样答道：

"爸爸，那里吧，尽是些脑子不正常的人。"

在自己家里的生活也没有持续很长时间，不久她又被送回了抑郁的世界。

可以去死的欣慰

一天，皮埃尔的妻子马蒂接到医院的电话。

"爱迪特出大事了。现在能否请您立即来医院？"

两人急忙赶到急救病房，只见眼前是一片凄惨的景象。女儿乌黑的头发上覆盖着黏稠的血块，脸上也残留着血涌出过的痕迹。脖子上缠着一圈圈的纱布，爱迪特用空洞的眼神凝望着父母。

皮埃尔对着女儿虚弱地问道：

"爱迪特，你究竟干了些什么？"

对于父亲的问话，爱迪特含着眼泪叫道：

"为什么死不了！我这种人，明明没有活着的价值！为什么连杀死自己都做不到呢……"

爱迪特曾说，法意合作的电影《预言者》（原名 *Un Prophète*，导演雅克·欧迪亚，2009 年）是她最喜欢的电影之一。电影中，有一个主人公切断他人颈动脉的惨烈画面。爱迪特打算模仿这个场景。但是，她没有切到颈动脉，而是切到了颈腱，所以自杀以失败告终。

深吸了一口气后，皮埃尔继续说道：

"她是个任何事都追求 99.9％的孩子。死不了这件事，对她来说也是一个痛苦。"

格雷戈尔没有一同前去鲜血淋漓的现场，但是，以这场惨烈事件为契机，他开始重新审视自己之前对妹妹的言行。

"很多年以前，爱迪特就曾就自杀愿望咨询过我。我们坐在庭院的椅子上说话时的情景，现在我还记得呢。我也希望妹妹活下去，所以拼命地劝解她不可以死，但这样说是不对的。"

"不能强行阻止死亡——当我确信这个想法是正确的时候，已经太晚了，现在我也悔恨不已。"我紧盯着格雷戈尔的嘴，生怕听漏了他接下来要说的话。

"不应该对爱迪特说不行。不应该舍弃可以死亡这个选项。现在，我非常后悔。如果，医生能够告诉她可以去死，那么她反而会选择另一条道路吧。"

自杀未遂以后，爱迪特的身体日渐衰弱。尽管如此，父亲仍然想要用非药物的东西来稳定女儿的情绪，他做出了精神病医院禁止的行为。

"给你，爱迪特。"

"哇——爸爸，谢谢！"

皮埃尔掏出了一只藏在衬衫口袋里的老鼠，叮嘱女儿不要发出很大的声音。据说，在病房里，每次医生和护士进来时，爱迪特都巧妙将老鼠藏在屁股底下。

然而，那只不过是一时的安慰。就在爱迪特马上要迎接 35 岁生日的 2011 年 11 月 3 日下午，外出的母亲马蒂接到了一通电话。

"喂、喂……"

"……"

电话啪的一声挂断了。马蒂不知道是谁打来的，她也不知道将要发生什么事情。当天晚上 8 点，医院来电话了。

"您的女儿去世了。"

这次她成功地自刎而死。

"一切都结束了。她终于从漫长的痛苦中解脱出来了。我真的很伤心。虽然用词不太恰当，但是一想到女儿终于解放了，我又松了一口气。"

听到皮埃尔的话，格雷戈尔也点头，重复了相同的话。

"听说爱迪特死了的那天晚上，我也不可思议地感到一块石头落了地。"

但是，家族的一位成员以血腥的死法结束生命，没能实现所期

在遗像前讲话的皮埃尔和格雷戈尔

望的安乐死，或者说，家人没有能够帮助她实现愿望，这让他们打心眼里感到惋惜。父子俩从切肤之痛中学到了，对于像爱迪特这样的精神病患者，什么才是重要的。格雷戈尔解释了这个想法：

"我不是在劝人安乐死，但它也不应该被禁止。由本人来决定就好。就像堂吉诃德的风车（堂吉诃德错以为风车是巨人，风车成为了他为正义而战的生存意义），不能从主人公那里拿走风车。"

桌子上准备了几张画。是皮埃尔保管的爱迪特的作品。有几张是她从二十几岁开始一直作为兴趣来画的，是细致的彩色讽刺漫画。另外几张则是在精神病院住院以后的画作，有的是在黑红交织的、像血一样的油画上，滴上黄色斑点；有的是在涂黑的画纸上，按上黄色和绿色手印，等等。

对于两个时期所画的画作之间的反差，我倒吸了一口凉气。

有一张画的背面，用软弱无力的字体记录下了在精神病院不断挣扎的爱迪特鲜活的呐喊：

还要持续多久？好痛苦啊！
最好的事情：安乐死。不过，这是违法的。

女儿去世后 2 个月，参加瑜伽班的皮埃尔被自己也无法想象的感情所吞没，突然失声痛哭，或许这是他一直以来不断忍耐的结果。总之，他嚎啕大哭。仿佛是刚出生的婴儿，抑制不住哭泣。

"我觉得身体里的力气一下子被掏空了。周围的朋友也都惊呆了。"

采访完后，他们带我到爱迪特的房间。房间里的氛围让人感觉现在爱迪特还生活在这里。藏青色和蓝白相间的连衣裙各一条，挂在衣柜的外面。书架上摆满了著名漫画家迪迪埃·塔尔汗的作品

《特洛伊的跑步比赛》，有几十本，墙上装饰着 30 多副耳钉收藏品。

我瞄了一眼摆放着非洲古董的一楼的客厅，看见了马蒂和坐在沙发上的孙子们的身影。她正在给他们展示非洲时代的照片。

"哇——这个可爱。这是在干什么？"

"这是爱迪特？"

孩子们天真无邪的提问和笑语交汇在一起。马蒂是如何向孙子们述说已故二女儿的人生的呢？马蒂盯着这边看了几眼，我在房子的角落里祈祷：希望马蒂留下当时的美好回忆，无论如何都要从痛苦的过去中走出来。

遗属的幸福会到来吗？

结束滨克家的采访，我直接奔赴比利时西北部根特郊外的谢尔多宾德克村。由于我是短期停留，所以一天要见两家遗属。我还不清楚要如何传达他们讲述的悲剧，但我不想被感伤所折磨。从拉米伊·奥菲村开了一个小时的车，雨还在下。

我用车载收音机播放着难懂的佛兰芒语，思绪万千。

到达谢尔多宾德克村已是晚上 7 点。这里也一样是不见人影。一排排的房屋，每一幢都很气派，绿色的庭院也修剪得十分漂亮。然而，导航显示的房屋与周围住宅的风景却截然不同。杂草丛生，树木肆虐，只有这所房子好像没有好好打理。

我把车子停在人行道上，关掉引擎，听到附近有犬吠声。最近的汽车，关了引擎收音机也会响，我正不知所措时，反光镜里出现了一个女人。我按下车窗，朝斜后方望去。

"是洋一吧？初次见面。我是米娅。"

戴着银色眼镜的小个子女人，露出生硬的微笑问候道。

"把车停在人行道上会被罚款的，停到我家的车位吧。"

米娅礼貌地说道。

我再次停好车，走下车来，刚才一直在叫的黑色拉布拉多寻回猎犬前脚腾空，向我胸前扑来。看到此景，米娅打来房门，向里面的女儿喊道：

"喂，塞丽娜，过来一下好吗？能不能把吉米关到窝里？"

女儿来到门口和我握手之后，拽着吉米的脖子，向院子里的狗屋走去。

母亲米娅·费尔蒙（53）和女儿塞丽娜·德布兰德（17），两人拥有过于痛苦的记忆。关于此事，塞丽娜今天是第一次在母亲面前提及。

2013 年 12 月 18 日，塞丽娜 14 岁左右的时候，母亲的伴侣库恩·德布里克为长达 31 年的躁郁症画上了休止符，仅仅 49 岁就英年早逝。他的死亡是借助医生之手的安乐死。

其实，塞丽娜与库恩没有血缘关系。与"父亲"生活在一起，也不足两年。然而，塞丽娜与生理学上的父亲在母亲米娅离婚后（当时塞丽娜 4 岁）就几乎没有交流，库恩是第一个可以撒娇的父亲。

将狗送回狗屋后，塞丽娜回来了。房子共两层。穿过一楼的入口，有一个小厨房，左边的小客厅里放着一架棕色的三角钢琴。据说这是学习古典音乐的塞丽娜的宝贝。肖邦的《夜曲》的乐谱映入眼帘。我想先缓和缓和气氛。

"佛兰芒语发音真难啊！我完全搞不懂。这个村子的名字该怎么发音？谢尔德温德克？"

"念作谢尔多宾德克哦。"

米娅笑着答道。我努力想要模仿这个发音，坐在右边的女儿低着头扑哧扑哧直笑。我从这种玩笑开始搭腔，是有意图的。在拜访这里之前，我曾向精神科医生的助手咨询，应该如何接触这对母女。其建议是，特别是与未成年人说话时，要让氛围融洽以后再进入主题。

闲聊了一段时间之后，我切入了正题。

"能跟我讲讲库恩完成安乐死之前的事情吗？"

两人失去了之前的笑容，米娅开始讲述与库恩相识的契机。

"那是 2011 年的事情了。我们住在附近，从小就认识。有一天，库恩在脸书上找到了我。他是本地有名的高级餐厅的厨师。"

2011 年以前，库恩是专做比利时传统料理的手艺高超的厨师。米娅从那时起到现在，一直在养老院当护士。

库恩向米娅毫无保留地道出了自己从十几岁起就有躁郁症。时而开朗，时而忧郁，病情波动很大，这种症状伴随了他几十年。

想必他们一定着精神紧绷着的生活吧。然而，米娅却摇头否定说："家里每天都充满欢笑。"虽然库恩以前有酒精依赖症，但已经戒酒了。每天，他都给米娅和塞丽娜做大餐，有时还画一些神奇的生物图。

塞丽娜当时 12 岁。关于与养父的相遇，她是这样描述的：

"刚开始与库恩见面时，我不喜欢他。因为家里突然来了个男人要一起生活。但是，随着时间的流逝，我觉得他是个非常有趣、善良的人。他曾经连续三天给我做我喜欢的牛排。"

我询问了他的性格，母亲和女儿依次这样答道：

"他顽固又内向，但是非常有创造性。"

"他总是爱讲笑话。但好像不擅长聚会和与人交际。"

库恩似乎具有两面性。沉默不语的时间突然增加时，他就会披上大衣出去散步，或者整理庭院。心情好的时候，他会叫着"公主"，跟塞丽娜一起画画，做料理。然而，与米娅相遇 4 个月后，他突然行动怪异。米娅回忆起当时的情况。

"有一个星期天，他说明天回来，结果一周都没有回来。因为担心，我不停地给他打电话、发信息，但一点音讯也没有。"

库恩在根特市内租了间公寓。米娅说："我觉得他藏起来了。"对于这个有点含糊的说法，我询问米娅：

"您明明知道公寓的地址，为什么不去那里找他呢？"

米娅声音低落地说道：

"我没有钥匙。他没给我配公寓的钥匙。"

库恩是在那里构筑了"茧居的生活"吗？他在不想被任何人看到的、属于他自己的"藏身之处"做了些什么呢？

"不清楚，是的，我不清楚……"

总觉得不能释然。但估计他不想被人知道藏身期间的自己什么样，我就没做深究。米娅似乎也有点不自在。

对于突然从家里消失的继父，12 岁的塞丽娜是怎么想的呢？我每次注视着她的眼睛时，她就习惯性地立即将视线转向母亲。

"当时我还小，不清楚到底发生了什么事，只是觉得他不在家，因为他回来时很正常。但是库恩走后，我似乎看清楚了各种事情。"

开始这个怪异行动的时候，库恩已经失去了厨师的工作，他每天盯着招聘杂志，过一天算一天。据说，他希望找一份护理工作。但是，他一直没有稳定的工作单位，不断地换工作。

库恩在那之后，也以 2 个月一次的频率"离家出走"。米娅决定"只能接受"，就没有多问。时间又过去一年，库恩失去了劲头，开始把对活着的痛苦挂在嘴边。

"我累了。维系人际关系，太无聊了。"

库恩出去散步时，久久地盯着奔涌的河流，在海边漫步时，则默默吸烟。乘电车外出时，他无法忍受车厢里的乘客的视线和说话声，曾经中途下车。米娅接到库恩的电话，就开车去接他。

"不仅是躁郁症，他恐怕还有自闭症的倾向。有时他一直一个人哼歌，有时在电车里，听到响声时，会用双手捂住耳朵。"

看着精神日渐衰弱的库恩，米娅不知该如何是好。躁郁症的感情起伏十分剧烈，即使医生给库恩开了精神安定剂，他也拒绝说："我才不要吃什么药。"无论怎么劝说也不听。米娅也认为还是不要强迫他为好。这一切，看不见好转的迹象。

有所隐瞒？

这时，米娅去找一位熟识的精神科医生商量。她是负责安乐死的女医生，名字叫里布·提蓬（64）。米娅道出了另一段痛苦的过往，2003 年 5 月，弟弟因交通事故去世时，自己曾经受过她的关照。

库恩反复离家出走，体重也日益下降。在安乐死 8 个月前，熟悉他的家庭医生说，最好让他住进精神病医院。库恩拒绝了这个提议。即使米娅苦口婆心地劝说，帮他预约去医院看病，他也多次爽约。

在迎接死亡的半年前，一次他离家 3 周未回，终于回来的库恩，脸色憔悴，像死人一样了无生气。终于他说出了这样的话：

"米娅，我想结束这一切，吃也罢，喝也罢，活着也罢。"

即使听到这样的话，米娅还是表现得很平静。她静静地说道："因为我觉得他会这样说，只是时间的问题。"

我开始注意到，有时，她说话压抑着感情，似乎隐瞒着什么。或许有些话在女儿面前不方便说。

——米娅，在隐瞒着什么······

库恩接受了里布·提蓬的诊断。从过去的精神病历史，到自杀未遂的经历、家族关系，被仔细调查了一遍。除了她以外，库恩还接受了第二位医生的诊断，他被判定为拥有"难以忍受的痛苦"和"没有治愈的希望"。也就是说，他符合一定的安乐死的条件。而库恩也希望如此。

我在这里直接写上了"安乐死的条件"，但一般不把这些当作精神病患者安乐死的条件。对于精神病患者而言，"难以忍受的痛苦"和"没有治愈的希望"的标准是什么？这很难被理解，每个人的解释也截然不同。但是，随着进一步取材，在与专家的会面中，我学到有以下几个特点：

（1）从十几岁起，多次去精神病院，但未治愈。

（2）有多次自杀未遂的经历。

（3）有血清素（一种神经递质。能对感情和精神方面产生影响）不足这一生物学上的问题。

库恩符合上述所有特点。而且，后来采访提蓬时，她向我这样说道：

"库恩的病症状复杂，是阿斯伯格综合征和自闭症谱系障碍的混合体。不能用躁郁症一词概括。"

前面也提到过，折磨库恩和前文爱迪特的病，与因为工作压力、欠债、失恋和至亲去世等所产生的突发性抑郁症有所不同。在周围人的支持下，有希望改善的轻度抑郁症，与几十年不愈的病症不能相提并论。

那么，决定安乐死时，库恩的家人是什么样的反应呢？

米娅立刻答道：

"库恩的父亲已经去世了，母亲当初坚决反对安乐死，哥哥和妹妹两人也认为医生'想杀死库恩',把她当做杀人犯来看待。但是,最终,在与提蓬的对话中,所有人都接受了这件事。"

米娅记得提蓬是这样说服库恩的家人的:

"库恩的生活就像是被关进了监狱的单人牢房里。对于他来说,死亡就是从单人牢房里解放出来,获得自由。"

库恩决心安乐死,在材料上签了字。塞丽娜当时是怎么看待这一事实的呢?

"我记得吃饭的时候,两个人的神情怪异。我觉得很不自在,就离开座位,去了房间。其实,我偷听了两个人的谈话。详情我不记得了,不过好像是库恩要结束生命之类的话……"

随后,库恩把塞丽娜叫到餐桌前,坦露了安乐死的决心。当时塞丽娜还不清楚,用她自己的话说,"活得好好的人,为什么要死"?

但是,"这是父母的事情,我只有去理解",塞丽娜劝说自己,努力让自己接受。时隔 3 年,塞丽娜现在有些后悔。

"当时因为我太小了,无法很好地弄清楚状况。最后的时光没有和库恩一起度过,我觉得非常遗憾……"

安乐死的 2 周前,米娅和库恩去与比利时交界的法国小镇巴尔丘进行了一次小小的旅行。米娅说,库恩虽然四肢无力,身体消瘦,但是,安乐死被批准以后,他似乎判若两人。

"他一直喜笑颜开的。旅行期间,不停说笑话逗我开心。在海边漫步时,我久违地看到了他沉稳的一面。"

这是饱受肉体或精神的痛苦,或是同时受这两方面痛苦折磨的人们,在临死前所露出的独特的表情。这也是我迄今为止遇到的患者所说的"知道会死的瞬间,松了一口气"的心理状态。

在荷兰采访的"世界死亡权利联盟"的罗布·永吉埃尔也主张:"仅仅是知道可以安乐死这一事实,就可以让患者放下心来,最终没有使用安乐死而是自然死亡的患者也不少。"

塞丽娜在库恩实施安乐死的前一天晚上被送到了根特的姨妈家。她只是简单地跟库恩说了句"再见",还不清楚之后实际会发生什么事情,怀着无法释怀的心情,她把自己关在了姨妈家里。

"要享受人生哦"

2013 年 12 月 18 日,安乐死当天,早晨寂静又平和,一如既往。米娅和库恩一边喝着咖啡,一边吃早餐。两人没有说话。然而,那不是沉浸在悲伤里,而是一个仿佛库恩还有明天的清晨。

下午 3 点,库恩的母亲、哥哥和妹妹陆续来到米娅家中。虽然气氛有点紧张,但是他们或是拍家庭照,或是欢笑着说起往事,或是喝着红酒,莫如说是度过了一段热闹的时光。

没有一个人真实感受到,库恩会就这样咽气。只有最小的妹妹,眼含着泪水,提到这个现实性的话题,客厅一片寂静。

"我说,库恩,你会不会改变主意?"

妹妹担心哥哥的眼神是认真的。库恩很痛快地答道:

"不,不会的。"

过了下午 5 点,医生来了。她进行了最后的确认,看看库恩是否仍然希望安乐死。库恩平静地说道:"当然了,医生。"就躺在客厅里面的沙发上,大家都围在他周围。

在医生准备 2 支注射剂的时候,库恩拿起手机,向某人发了一条信息。然后,在往左臂注射之前,他看着米娅,叹息道:

"如果有另一个世界,我会给你留一个舒适的地方。但是,你不用急着来……"

"谢谢你,库恩。那么,另一个世界见。我爱你!"

医生首先打了一针降低意识的药，接下来又打了最后一针停止心跳的药。不到 30 秒钟，库恩就在米娅的怀里安详地长眠了。

之后，库恩的家人马上就离开了。明明至亲才刚刚离去，米娅感到家人的反应很冷淡。米娅是这样描述已故伴侣的家人的：

"库恩与母亲和哥哥多年来关系一直不好。家人的关系很疏远。他们怕是不理解库恩为什么而痛苦吧？"

库恩连个称得上朋友的伙伴也没有。与我采访的其他安乐死的案例相比，支撑他的人际关系网更加残缺不全。我觉得这是加速他死亡的理由。

更重要的是，心地纯洁的少女什么也参与不了，就失去了心爱的继父。那天在姨妈家"非常寂寞"，说这话的塞丽娜显得虚弱无力。

下午 5 点过后，塞丽娜的手机闪了闪。

"Enjoy Your Life, Selina.（要享受人生哦，塞丽娜。）"

这是库恩临死发给塞丽娜的最后一句话。

回顾当初，泪水从塞丽娜的眼睛里唰地一下流了下来。

"即使现在，偶尔，我也会讨厌自己。因为库恩死的时候，我没能在场。那时候，我很害怕，而且胆子太小。我总觉得自己像丧家之犬……"

塞丽娜哽咽着说不出话来。

米娅看着女儿，眼睛泛红。她后来跟我说，没想到女儿竟抱着这样的遗憾。

用手擦拭着滚滚的泪水，17 岁的少女继续诉说：

"现在我才明白，就算是我，也有力所能及的事情吧……"

亲人们会怀着这样的心情生活下去。

与看顾具有肉体上的痛苦、被诊断为只能活两三个月的末期患者的安乐死过程不同，难以看见病痛的精神病患者的安乐死，让人

母亲米娅和女儿塞丽娜讲述 3 年前的悲剧

更难以接受。更何况，库恩才 49 岁。

最后我有一个问题想问塞丽娜。

"为什么这次决定第一次说起库恩呢？"

塞丽娜吸了一口气，终于看着我的眼睛答道：

"因为当时我还小，不知道他为什么死了，心情没有整理好。从那以后，时光流逝，我终于明白了库恩为什么会死。"

"你跟朋友们谈过这个话题吗？"

"我跟好朋友说过了。但是，大家似乎都认为这种事情无所谓。"

"今后你打算如何克服呢？"

"只有等待时间来解决了。"

临别之际，塞丽娜微笑着说道："这场对话很有意义，真是太好了，欢迎再来。"然后目送我离开。她将来想成为医生，正在为升入大学努力学习。

采访结束 2 周后，我再次给米娅发了邮件。因为有一件事情我无论如何都想知道。

我觉得，当时，您考虑到塞丽娜，有些事情没有向我透露。其实，您去过那个公寓了吧？

如果这个问题问错了，会惹米娅不高兴。然而，我的直觉是正确的。2 个小时后，答案揭晓了。

在塞丽娜面前，有件事我的确没有说。

库恩第一次 3 个星期没有回家，米娅去了公寓。当时的情景如下所述。

有一天，他打电话来让我马上去（他的公寓）。他说身体不舒服，希望我帮帮他。但是，我正在上班，出不来，我跟他说下班后马上去。下班前库恩打了好多通电话。

我急急忙忙地赶回家，给塞丽娜做好晚饭后出来。我想把这件事告诉库恩，可是，没有回音。我到了他位于根特的公寓，按了好多次门铃，都没有反应。我继续不停地按门铃，他终于下来，为我打开了门。

当时，我立刻察觉到他喝酒了。我从来没有见过他醉成那样，他边哭，边反复跟我说对不起。我安慰他说不要紧，让他心情平静下来，在床上躺下。

在他睡觉的时候，我开始打扫房间。于是，我发现面前的炉子上有血。地板上，除了红酒瓶以外，还滚落着很多伏特加、杜松子的空瓶和喝到一半的瓶子。沙发后面，柜子里面还藏着很多酒瓶子。抗抑郁剂、精神安定剂、止痛药等也撒得到处都是。

我无从知道他在精神上到底有多痛苦，但是，听了这段话，他痛苦的程度可以窥见一斑。

因为我知道爱迪特的案例，所以如果库恩无法安乐死，他会迎来怎样的结局，光是想象就让我毛骨悚然。而且，假设塞丽娜目击到了那个场面的话，或许她会陷入无法治愈的心理阴影。至少现在，她开始向前迈进。

米娅在邮件的最后写道：

塞丽娜这周还在问您怎么样了？让我代她向您问好。

我心里暗暗舒了一口气。

安乐死是遏止力吗？

距离第一次去比利时取材已经过去半年了。2017 年 1 月 5 日，我遇到了一名得到安乐死许可的 30 岁比利时女性。我苦恼着在她面前说"新年好"合不合适，最终，还是没有说出口。

"您好，洋一！"

"您好。"

从公寓下来的她，微笑着伸出了右手。看着那纤细修长的手指和瘦弱的手掌，我不由得握得很轻。她一头乱蓬蓬的金色短发，戴着红色眼镜，盯着我，一直笑容满面。

艾米·德乌·斯普特尔现在独自生活在比利时北部的安特卫普。她患有自闭症和创伤后应激障碍（PTSD）等精神疾病，自杀未遂的经历高达 13 次。

为了弄清精神病患者安乐死的实际状况，我打算，不仅要像迄今为止的那样去见死者家属，还要直接去见患者本人艾米，听听她的心声。

2016 年 12 月，我经过前面提到的精神科医生提蓬的介绍，与艾米取得了联系。圣诞节前的午夜，我突然收到一封来自她的奇怪的邮件。

> 我的公寓很大，如果可以的话，您可以住在这里。这样的话，您○×△（不知所云的单词），会变好的。○×△○×△，还是没有电视的好吧。

怎么看也不是她在正常状态下写的邮件。我只能判断出这一点。

随后不久，我们就实现了初次见面。艾米和我在附近的餐厅吃午餐。她点了牛排、薯条和西红柿沙拉，我点的是绿咖喱。从表面来看，完全无法把"安乐死"三个字与这名女性联系起来。牛排她也不一会儿就吃了个精光。

就餐期间，艾米讲的都是稀松平常的话题。在大学，她取得了物理学的博士学位，作为产业工程师工作了 5 年，后来，担任了负责安特卫普的主要产业——钻石光谱仪——的工作，现在赋闲在家，没有收入。

有一段时间，她在加拿大的安大略省生活了一年。她坦言说，这段海外的生活时光以及 20 岁出头与恋人相处的 4 年，是她人生中最"不辛苦的时期"，她还说想去"自然资源丰富的日本"。

看着笑颜绽放的艾米，我时而搞不清楚自己在就什么问题进行采访。

饭后，我们去了艾米的公寓。她的房间大约有100平方米，厨房宽敞，有客厅和寝室，一个人生活，空间足够大。家中用窗帘遮住了阳光。一进玄关就看到洗好的衣物胡乱地搭在晾衣架上。墙壁上，四处张贴着家人的照片，有几十张。

我落座在昏暗的客厅的椅子上，马上切入正题。此时，我注意到她的表情突然变了。刚才展露的笑容消失的瞬间，艾米这样说道："我，每天都想死。虽然没有人明白我的这份心情。"

对于她突然的转变，我没能隐藏住内心的动摇。可是，我首先想要问的是"什么时候，发生了什么"。

她将燃着的香烟的灰，弹落在堆着20多个烟头的烟灰缸里，用两手一边按着眼角，一边开始讲述。她吃饭时候的笑容，究竟到哪里去了……

"从前，我很喜欢体育运动。田径、篮球都比别人好哦。但是，随着身体逐渐成长，我渐渐搞不懂自己是谁……12岁时，我割了手腕，马上被送到医院，从此开始了经常往精神科跑的生活。那些日子简直是地狱。"

少女时代的艾米，表现出了一般孩子所没有的诸多症状。每次去看医生，诊断出来的病名都不一样。如边缘型和分裂型两种人格障碍或者依恋障碍等。就这样，在13岁的某一天，她离家出走。她徘徊在安特卫普市内，用仅有的一点零钱，第一次喝了酒。2天后，她被警察劝回了家。

19岁前的6年里，艾米辗转于各个精神病院。有时被强制"关在单间里生活"。不仅如此，艾米皱紧了眉头说道：

"告诉您我为什么不相信精神科医生吧。那个时候，负责我的精

每天都想着要放弃人生的艾米

神科医生们，说是治疗，多次强奸了我！"

如果这是现实中发生在艾米身上的悲剧的话，那么应该立即控告这些破坏她人生的男人们。但是，从艾米的状态来看，也不能消除有夸张和虚构的可能性。我避免了立即作出判断，决定再继续听她诉说。

艾米每晚都被噩梦魇住似乎是事实。她说自己"害怕睡觉"。

到了半夜，她经常会做出意想不到的行动。

"对不起，那天给您发一封奇怪的邮件。最近这几周，我精神状态不太好。第二天早晨起来一看，红酒瓶是空的。那天，我又用刀伤了自己的身体。"

说着，艾米指了指右边的大腿。她皱着眉头说："在您看不见的地方，有很多伤。"

我知道即使在认可安乐死的国家，医生们也致力于通过去除希望安乐死的患者的痛苦，让他们尽可能多活一天。如果患者没有肉体上的痛苦，情况就可能大不相同了吧。

因此，我试着对艾米说：

"刚才在餐厅里，您说想去日本吧。艾米，如果您喜欢旅行，那就真去一趟日本怎么样？新恋人也是，试着再找找不就好了吗？"

然而，她以软弱无力的声音这样回答道：

"里布（提蓬医生）也说过同样的话。但是，我做不到。像我这样的人，无法轻松地长期居住在国外。恋人也是，如果知道了我的过去和现在，必定会受不了。算了，我也不想找。"

我的提问也不太合适。首先，她既没有工作，也没有储蓄。

家人们对于艾米将来要接受安乐死这件事，是怎么想的呢？

"母亲和哥哥都同意了。因为他们知道，即使我这样活下去，也只是反复自杀。能够没有痛苦地死去，我和家人也放心。"

她打算何时付诸行动，安详地进入一直梦想着的长眠呢？奇怪的是，她表情温和地爽快地答道：

"不清楚。终于可以死了，让我放下心来。不过，最近，我在想是不是可以再多活几天。"

她最后补充的这句话，含有重要的意义。我第一次从当事者口中听说这句话。我想："这就是遏止力吗？"

前面出现的爱迪特的哥哥格雷戈尔曾经强调过，关闭安乐死的通道，反而会加速患者的死亡。既然如此，那么打开通向安乐死的通道会如何呢？艾米的"是不是可以再多活几天"不正是答案吗？

她的脸上渐渐显露出疲惫的神情。她用双手捂脸的场面也增多了。头脑清晰，擅长记忆的她，越追思过往，越会感到头疼。

"我已经精疲力尽了。我可以在床上一直躺到后天早上。"

"艾米，加油！"我最后说了一句。虽然言辞陈腐，但是我不知道该如何为她打气。艾米立刻关上了房门。

反对派的意见

遇到艾米后的第二周，我拜访了她的主治医生里布·提蓬的诊所。诊所于 2015 年 6 月开业，主要医治精神疾病。到 2016 年 12 月为止，她一共诊治了 171 名希望安乐死的患者，判断他们是否符合条件。

"艾米具有天才般的头脑，她的话真实可信。我想赋予她生存的价值。"虽然不可思议，但其中的一个方向，就是安乐死。

"如果不能安乐死，重度的精神病患者会多次尝试自杀。"

艾米对提蓬敞开心扉，也是由于安乐死被同意了。她感叹周围人不能理解这一事实。

"即使是癌症患者，在知道能够安乐死以后，也可以得到安心感，缓解疼痛。患病 10 年以上的精神病患者，也是同样的道理，却不被理解，真的是非常遗憾。"

瑞士的普莱西柯也曾说过重度的精神病患者与癌症患者一样，那是生物学上的问题。也就是说，重度的抑郁症患者，有生物学上的问题，他们不分泌血清或多巴胺等神经递质。

然而，在现实中，很难区分精神病患者是否符合"难以忍受的痛苦""没有治愈的希望"的安乐死条件，反对派的声音根深蒂固。

本部在布鲁塞尔的"欧洲生命伦理研究所"的加勒努·布罗舍尔负责人（60）反对安乐死，对于将其适用于精神病患者，更是持批判态度。

"患有精神疾病的人们，需要家人的支持和照顾，也应该有很多精神科医生能够治疗他们。但是，在这个国家，死亡是个人自由的观点横行。我们不能忘记安乐死给留下的家人带去的沉重打击。"

为什么比利时没有讨论过在《安乐死法》中制定将精神病患者排除在外的条款呢？我们来介绍一下，2002年实施该法时，在"安乐死管理与评价联邦委员会"负责法制化的费尔南德·库尔尼尔律师（69）的见解。

"在制定法律的阶段，最难的就是对精神疾病的处理。人们对他人的痛苦究竟能理解到何种程度呢？到底有多痛苦，判断起来很困难，是非常主观的东西。即便如此，我们也无法将精神病患者排除在外。世界卫生组织规定的'健康'是'肉体上和精神上都得到满足的状态'。因此，不仅是在肉体上，我们需要在更广的范围内去理解它。"

我分别拜访了上述的专家，并单独进行了采访。他们都提到了提蓬的名字，并主张给精神病患者开拓了通向安乐死道路的她，责任重大。

提蓬自不必说，我还去见了她的患者和死者家属们，多次进行采访。其中，我注意到了一点。对于与精神疾病没有直接关系的专家们的普遍看法，我很难不同意，但是，他们感情用事的言论居多。也就是说，他们的看法不是基于对精神病患者安乐死的见解和数据。而提蓬至少是拿自身的研究和治疗经验来说话。

平时冷静的她，声音激动地说：

"我当然也希望患者活下去！那是我的责任。我怎么可能想要杀死他们。"

我想起了前面提到的皮埃尔·滨克对我说的话：

提蓬强调安乐死的"遏止力"

"女儿要是知道可以安乐死，那该多好啊！"

我也在不知不觉中认为，对于精神病患者来说，安乐死是一种"预防措施"。

艾米有权自己给自己设定死亡时间，随时都可以执行。从那以后，我也时常挂念她。通过智能手机的通讯应用"WhatsAPP"，我询问了她的近况。

2017 年 11 月 13 日，自访问以来 10 个月过去了，她回信说："Hello，（您的书）我很感兴趣！"

艾米还活着。苦闷不堪、"每天都想死"的她，还在那个烟雾缭绕的黑暗的屋子里继续活着。

第4章 选择"生"的女人与选择 "死"的女人［美国］

《尊严死亡法》成立之前

到此为止，经历了半年多的安乐死采访，我产生了一个疑问。那就是对"安乐死"这个词的定义。在欧洲，很多医生在描述安乐死时，采用"有尊严的死亡"这个说法。也就是说，安乐死等于尊严死，它们被当做同义词来看待。

另一方面，在美国，有"安乐死和协助自杀违法"，但"尊严死合法"的不成文规定。美国的医务人员称"Euthanasia（安乐死）"、"Assisted Suicide（协助自杀）"这些词语，带有医生操纵患者死期的印象，因此不愿意使用。取而代之的是使用"Death with Dignity（尊严死）"。

实际情况接下来会揭晓。我知道会引起读者的混乱，但是本章会按照美国的习惯，使用"尊严死"这个词。

美国的一部分州实行的《尊严死亡法》，是让协助自杀变为可能的法律。尊严死在俄勒冈、华盛顿、佛蒙特、加利福尼亚、科罗拉多等五州，以及美国首都华盛顿 D. C. 被认可后，在其他州的合法化趋势也在扩大。

此处简单介绍一下美国终末期医疗的历史（参见系列生命伦理学编辑委员会编辑的《安乐死·尊严死》、保阪正康《安乐死与尊严死》）。

在这个国家，把争取"死亡权利"看作人权运动来开展行动，其历史比欧洲还要久。早在 1938 年，美国就成立了"美国安乐死协会"（1974 年改为"死亡权利协会"）。赋予深受疑难病症之苦的患者以"死亡权利"，即倡议主动安乐死的运动，不仅受到医生的赞同，连圣职者和法律专家也表示支持。实际上，该协会虽然在以纽约州为首的多个州议会上，以制定安乐死法为目标开展工作，但由于延命治疗等医疗技术不完备，再加上政治上的反对，还没有深入讨论，就受挫了。

争取"死亡权利"迎来曙光应该是在战后。首先，在黑人们的公民权运动和反越战运动热情高涨的 1960 年代后期到 1970 年代，医疗现场的人权意识也提高了，医疗进步，使人工呼吸机等延命措施变为可能。这个时期，美国早已开始提倡生前预嘱。

在这样的背景下，掀起国民争论的是 1975 年的卡伦事件。

住在新泽西州的 21 岁女性卡伦·昆兰，因在朋友家里过度摄入酒精，并服用了精神安定剂，陷入昏迷。由于脑部受伤，卡伦的意识无法恢复。虽然用人工呼吸机维持了生命活动，但是家人希望女儿死去，要求摘除呼吸器。

然而，主治医生拒绝了这一要求。此事争执到法庭。

新泽西高等法院判决"只有医生具有摘除生命维持装备的权限"，但是，次年（1976 年）新泽西最高法院判定，父亲拥有这个权限（此外，"认定父亲是卡伦的监护人"，"赋予作为监护人的父亲重新选择医生的权限";即使医生判定没有治愈的希望,"医生的结论要提交到医生所属医院的伦理委员会上"等,附加了六个条件。)

现在,在日本的医疗现场也能看到停止延长生命措施(被动安乐死)的情况,然而,在那个时代就规定个人拥有"死亡权利"是划时代的创举。

在此前后,1976 年,加利福尼亚州制定了《自然死亡法》,赋予记录着临终医疗措施的生前预嘱以法律效力。此后,其他州也相继效仿。

1980 年代,很多州承认了"持续性代理权"。由于患者无法预测自己的病情,因此即使有生前预嘱,也不能提前指定医疗措施。但是,如果患者给代理人持续性代理权,那么即使患者无法表达自己的意思,代理人可以指定医疗措施。生前预嘱和持续性代理权统一为书面文字,被称为"预留医疗指示",到了 1990 年代,得到广泛普及。

就这样,终末期医疗患者的权利在全美完善的过程中,"医生的协助自杀"也终于被提上了议程。1994 年,俄勒冈州举行了全民投票,《尊严死亡法》以几票的微弱优势通过。然而,由于反对派的运动,该法持续数年无法得到应用。联邦最高法院最终承认该法,是在 2006 年 1 月。

现在,俄勒冈州的《尊严死亡法》被认为是美国《尊严死亡法》的范本,患者直到死亡为止的流程,如下所示。

首先,由州政府公认的医生(主治医生)进行诊断,确认为末期症状,剩余的生命在 6 个月以内。这个判断是否正确,还要仰仗精通终末期医疗的第三方医生的判断。此处还要考虑希望死亡的背景里是否掺杂着精神上的因素。两位医生确认完毕后,至少要空出15 天,再由主治医生进行第二次诊断。接下来,患者也要通过书面文件向主治医生申请。

从书面申请到主治医生交付致死药物的处方为止，必须间隔48小时。以上就是尊严死的步骤。

俄勒冈州：《尊严死亡法》的实际情况

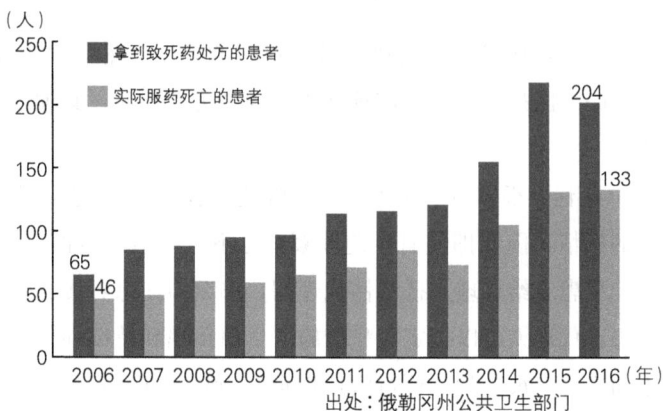

（人）

- 拿到致死药处方的患者
- 实际服药死亡的患者

65
46
204
133

2006 2007 2008 2009 2010 2011 2012 2013 2014 2015 2016（年）
出处：俄勒冈州公共卫生部门

不像瑞士那样，事先要得到律师的许可，也不像荷兰和比利时那样，事后有向专门机构报告的义务，这点令人在意。医生被全权委托，并被保护，不受刑罚。

还有一点令人在意的是，"剩余生命在6个月以内"这个部分。我听欧洲的医生说，从医学上判断剩余寿命是有困难的。我想知道，关于这一点，有什么根据吗？

另外，美国所施行的尊严死，是让医生开致死药处方，病人自己服药。医生没有在场的义务。

据提供尊严死信息并进行支持的俄勒冈州非营利机构EOLCOR说，有以下几个需要注意的地方。

- 必须靠自己的力量服下药物。如果做不到的话，需要用管子输入体内。

· 主治医生本人需要发邮件或者拿着处方单到药局申报。

· 根据保险公司的合同内容，药费和诊费不一定是免费的。

· 即使有药，患者也没有服用义务。

我觉得这一连串的流程，跟患了感冒的患者让医生开药，在自己家里服用没有什么两样。关于这一点，瑞士的普莱西柯批评说，如果不让医生承担责任，就有可能发生患者弄错使用量而无法致死的事态。

我逐渐变得混乱起来。

即使向美国的友人询问尊严死的定义，也只得到了"针对晚期患者，医生开致死药物，让患者安详地死去"这样的说明。看着在该国发生的关于尊严死的事件和新闻报道，我的思路有点跟不上了。这与安乐死不一样吗？带着这种疑问，2016 年 6 月 5 日，为了就美国的安乐死进行取材，我终于离开了巴塞罗那机场。

"离您能选择死亡还早着呢"

我从巴塞罗那飞往加拿大的多伦多，历时 8 小时。再从此地转机，花费 5 个小时，到达俄勒冈州最大的城市波特兰。停留时间为 9 晚 10 日。与欧洲不同，美国不能多次往返，再加上有的相关人员还没约好，因此我心里很不安。

在机场附近的廉价旅馆里，伴着时差的不适感一觉醒来，我早早地去吃早餐。这个国家特有的高热量食物排成一排，让我想起了从 18 岁起在美国度过的大学生活。一想到每天早上吃的都是这种食物，不禁让我打了个冷战。不过我还是挺喜欢美国料理的。

我在跟欧洲相比口味过淡的咖啡里加入无热量的白砂糖，在麦片里加入热水，在无糖的百吉饼里涂上厚厚的花生酱，填饱了肚子。

出了宾馆，我坐上了从门口出发去往市内的巴士。波特兰交通发达，市内高楼大厦鳞次栉比。然而，在市中心，一下巴士，就能看见无家可归的人们的身影。他们在跟街上的行人要钱。后来，我向波特兰的医生们咨询了这个现象，他们说，无家可归者似乎一到夏季，就涌入到全美气候最好的俄勒冈州。

我在美国取材时，最先约好见面的是一名女性，她是该州的《尊严死亡法》专家安妮·杰克逊（76）。6月7日上午11点，她现身于离市内稍远的朱庇特酒店。安妮在俄勒冈健康与科学医院（OHSU）的临终关怀机构工作多年后，开始从事该州的《尊严死亡法》的研究。我们决定在附近的餐厅里简单吃点午餐。

俄勒冈州想要尊严死的人们大都要找安妮商量。我在赴美之前，请求安妮给我介绍患者。收到的回应只是简单的"有一名合适的男性"。她一边吃着三明治，一边谈起了那位男性。

"其实，跟您说的男性是我的老伴。2010年得了前列腺癌，他失去了希望。接下来他会在OHSU做定期检查，您能一起到医院来吗？"

安妮的老伴威廉·邓肯（80）原本是OHSU的医生。在美国哥伦比亚大学和波士顿大学等两所高校学医后，又在麻省总医院（哈佛大学相关的医疗机构）磨练了作为心外科医生的技术。1971年跳槽到OHSU后，一直工作到退休，在这家医院得到了患者们的信赖。这样的他，得了前列腺癌，这次要以患者的身份面对死亡了。

由于威廉的检查时间迫近，没有时间与安妮悠闲地聊天，我们先一起去了OHSU。在医院的咖啡厅里，我们边喝咖啡边闲聊时，威廉走了过来。他身穿开领衬衫加短裤，一身休闲的打扮。

威廉虽然面露疲色，但是看起来是位威严的老人。我们转移到癌症患者的专用病房，他挂完号后，我们3个人坐在候诊室的椅

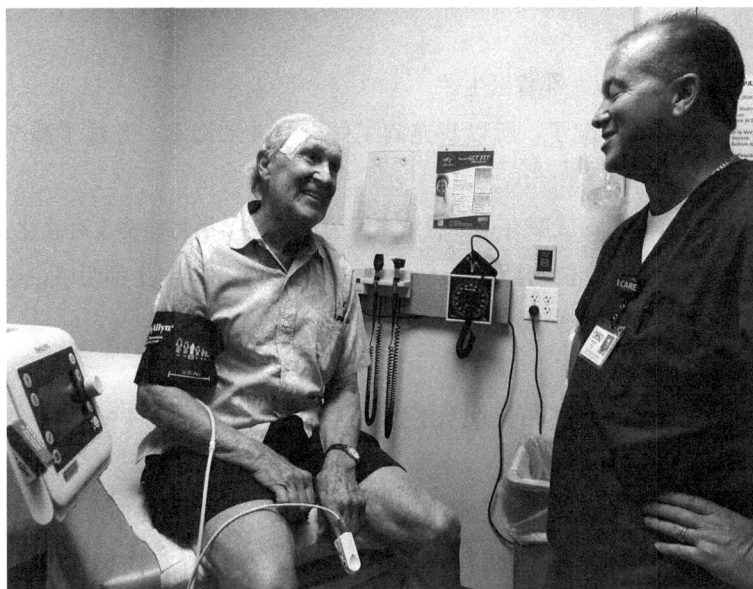

退休医生威廉虽预感到死期将近，但内心很从容

子上。

"听说您在这家医院，长年从事外科医生的工作？"

我跟坐在旁边的威廉搭话。他的脸上露出孩子般的笑容。

"我早就退休了。我竭尽全力了。现在，发现了癌症，身体也不太好。今后会怎样，我也不清楚。"

威廉边说，边把刚填好的问诊单递给我看。上面写着"身体乏力""食欲不振""后背疼痛"等。随后，他开始从专业的观点讲解前列腺癌，因为太专业了，我没能完全理解。

"威廉·邓肯先生。"

实习生从接诊处探出头来呼叫威廉，把他请进了诊室。我被留在了候诊室。但紧接着，威廉跟实习生这样问道：

"那边那个人好像在对本州的《尊严死亡法》进行取材。能不能让他一起进来？"

"当然可以，邓肯医生。"

实习生答应了，所以我充满了好奇，进入诊室，旁观了整个过程。

检查完后的威廉有点不满意。因为诊断的结果是病情没有恶化，他被告知"离您能选择死亡还早着呢"，经验丰富的医生都明白，这只不过是宽慰普通患者的话。

在 YouTube 上宣布自愿死亡

次日清晨我从波特兰乘坐 12 点 30 分的飞机，飞往旧金山奥克兰机场。住进奥克兰的宾馆，我马上开始准备第二天早上的采访。

这个国家还真是超级巨大。即使在地图上目测起来很近，实际想要开车到目的地，还是相距甚远。

本来想要租车去，但是我缺乏在美国开车的经验，没有信心。我找到的解决方案是利用"优步"。这是最近几年，在世界各国运营的网约车服务。在欧洲我一次也没有用过，这个系统开发于旧金山，我对于在发祥地使用它产生了兴趣。

6 月 11 日早晨，我在手机里下了软件，一切准备就绪。剩下要做的是到达离采访地最近的车站后，盯着手机画面，点击联络最近的车辆。画面上有一辆车正向我的所在地逐渐靠近。

"是洋一吗？上车！"

素不相识的司机打开车窗说道。目的地已经用软件交代过了，所以他告诉我说："是到某某（采访地址）吧？12 分钟就到喽。"

"服务真是周到啊！想必赚得也不少吧？"

没想到得到了意料之外的回答。

"我是为了消磨退休后的时间才开始的。赚得那可不是一般的多哦。现在，每周赚 2 500 到 3 000 美元（约 28 万到 34 万日元）!"

退休后打发时间，一周就能赚到我平均一个月的收入，优步的威力令我震惊。正在我浮想联翩的时候，汽车到达了目的地。

"10.13 美元。钱会从信用卡里扣除，不用管它。小哥，祝你好运!"

眼前有一座平房，草坪被修剪得整整齐齐。按响门铃后，一个男人出现了，他像刚洗过澡似的，头发湿漉漉的，浑身散发着沐浴露的香气。

"我正等着您呢。里边请。"

与方才的司机口吻不同，他说话的方式非常绅士。

与布列塔尼的约定

永别了，我亲爱的朋友和家人。因为不治之症，今天我要进行尊严死。（中略）世界是个美丽的地方。旅行是我最好的老师。朋友和家人是我最伟大的支柱。即使是我在打字的当儿，他们也围在我床边，支持我。永别了，全世界的人们。请散发正能量。把这份力量传递下去!

布列塔尼如今是《尊严死亡法》的象征

2014 年 11 月 1 日发布在 Facebook 上的这段留言，被世界各国争相报道。写下这段话的人是美国女性布列塔尼·梅纳德。她得了脑瘤，想要在俄勒冈州完成尊严死。临死之前，她敲动键盘，发送了留言。

享年 29 岁。全世界大肆报道她的死，是因为她不仅长得漂亮，而且还公开了到死为止的过程，甚至还在媒体上"预告"了死亡日期。

去世一个月之前，她在 YouTube 上用视频传达了自己直至决心赴死之前的心情。一个小时的点击率为 10 万，两天高达 800 万。在去世一个星期前，美国电视台 CBS 采访了她，她这样说道：

> "这不是自杀，是癌症结束了我的生命。为了从痛苦中挣脱出来，我选择了稍微提早一点死亡。"

我也记得在网上看过关于这场死亡的新闻视频。因为当时尚在采访安乐死之前，所以我只是把它当作美国的一个激动人心的话题，以一种看娱乐报道的心情浏览了一下。

然而，社会上的反应却截然不同。不论是在美国还是在欧洲，这件事都成为讨论人类"最后时刻"的诱因。后来，也为加州议会《尊严死亡法》的制定铺垫了道路。

那个时候用倍速浏览视频的我，如今坐在布列塔尼去世几个月前生活过的家里的沙发上。感觉非常不可思议。

说服布列塔尼的丈夫丹·狄阿思（44）走到这一步，并非易事。妻子布列塔尼去世后，世界各地的媒体涌到他跟前。丹对于媒体的过度报道心存戒备。或许其中也包括我看过的新闻。被包装成美谈的故事，与他们原本想要向世间追问围绕死亡"尊严"的是非对错的初衷相差甚远。当初，我是做好了被拒绝的准备申请采访的。回信要等一周是常有的事，尽管如此，我还是耐心解释，他好像被我的热情打动了。

我正想在这个时机见他。因为讨论停滞多年的《尊严死亡法》——正确地说是 *End of Life Option Act*（《生命终结选择法案》）——以布列塔尼的去世为契机，迅速被通过了。6月9日，即我到访的2天前，该法在布列塔尼死后大约一年半生效。这正是丹多次奔走于加州议会，进行申诉的结果。

我一坐到沙发上，首先就此事表达祝贺。

"恭喜您了，丹。前天，您的法案终于通过了。"

"不，不是我的法案。是布列塔尼的法案。"

肩膀宽厚、胸肌发达的丹，更加挺起了胸脯明确地说道。虽然他想尽量堆出热情洋溢的笑容，但是他的脸色随即沉了下来，他强有力地说道：

"我曾发誓无论如何要实现布列塔尼的愿望。这个约定，在2天前终于实现了。这才是我能给布列塔尼的荣誉。"

29岁就离世的年轻女性的愿望，究竟是什么呢？在 YouTube 上，她是这样说的：

> 我希望所有美国人都能享受到同样的医疗制度（尊严死），不用像我一样移居到别的州。

布列塔尼住在加州，当时，为了实现尊严死，她不得不离开故乡，搬到别的州去。布列塔尼通过视频，倾诉了不能在自己家里逝去的不甘。

"再也不会放开你"

2007 年 4 月 30 日，丹与布列塔尼相识于交友网站 "match.com"。住在奥特兰的两人，第一次见面的场所是邻市旧金山市内的一家餐厅。

"终于能够见面，我真开心！"

布列塔尼率先说道。丹打完招呼后，情不自禁地这样说道：

"您真漂亮！与照片上一模一样。"

这是丹的第一印象。逐渐了解布列塔尼的性格、思考方式以及幽默感后，这种爱意就更加强烈。

布列塔尼喝着鸡尾酒，丹喝着朗姆酒，此后，这家餐厅成了他们心仪的场所，两人经常光顾。

此时，布列塔尼刚从加州大学伯克利分校的心理学部毕业，并升为该校欧文分校的教育学研究生，该校也是丹的母校。

年长 11 岁的丹，原本在食品公司就职。与布列塔尼相识时，他自己开了家食品公司，以此谋生。后来，两人在旧金山开始同居生活，布列塔尼那时的目标是取得硕士学位。

2010 年年初，两人经历了历时一年的别离，起因是"巴西旅游计划"。这是丹的弟弟计划的，丹觉得让布列塔尼散散心也好。然而，她的反应出人意料。

"丹，你们自己去玩吧。你回来后，再重新考虑一下我们今后的生活。"

"布列塔尼，你在说什么呢？"

丹不明白，只是去旅行一个星期，为什么问题会变得这样严重呢？虽然也有她不习惯兼顾学习和恋爱的原因在内，"总之，我们俩都很顽固，缺乏灵活性"，他目视着远方说道。

　　两个人的关系暂且结束了。失去她的痛苦，再加上一直烦恼的腰痛，对于丹来说，"那一年是地狱"。2011 年初，再次相遇时，他发誓说"再也不会放开你"。

　　2012 年 6 月订婚的同时，两人购买了现在丹独自居住的平房，于同年 9 月 29 日结婚。他们决定要个孩子，建立一个幸福的家庭。然而，2 年后，命运急转直下。

剩余生命 6 个月

　　次年 1 月，新婚的两个人来到阿根廷的巴塔哥尼亚度蜜月。布列塔尼热爱大自然，比起很多友人都想去的海边度假村，她更喜欢登山或者一天走上 10 英里的徒步旅行，以及冰上皮划艇。这所宅子的走廊里，挂着当时他们坐在巴塔哥尼亚悬崖边上的照片。

　　半年后，在新居逐渐感受到结婚生活的实感的同时，布列塔尼开始被慢性头疼所困扰，再加上频繁地觉得恶心，所以他们多次请医生诊治，结果说是"偏头痛"。从 2013 年 12 月 27 日到除夕，布列特尼不仅头疼，身体也愈发不妙，不得不放弃年末旅游。

　　"真奇怪，与布列塔尼之间的事情，都与旅行有关……"

　　丹一边抚摸着趴在身旁的布列塔尼的爱宠大型犬查理，一边叹息道。

　　除夕，他们在加州的海兹堡酒店开始用餐，过了一会儿，布列塔尼开始反复跑进厕所呕吐。察觉到这不是普通的偏头痛，他们去了最近的医院。由于那里检查仪器不齐全，他们又跑到另一家医院，做了 MRI 检查。最后被告知布列塔尼得的病是脑瘤。

　　"How long?（能活多久?）"

布列塔尼用细若游丝般的声音问医生。医生告诉她，肿瘤太大，不能治疗了。布列塔尼哭倒在丹的身旁。

"我不负责做手术，我给你们介绍加州大学旧金山分校医学中心的医生。"

医生这样告诉他们，并介绍了擅长脑部手术的专家。布列塔尼就这样在医院里迎来了元旦，4 日被转送到全美屈指可数的加州大学旧金山分校医学中心，开始接受检查。手术定在 1 月 10 日。

脑瘤这个病，具体是什么东西？有什么样的治疗方法？布列塔尼和丹到处收集资料，不分昼夜地彻底查阅。

"布列塔尼甚至没有顾影自怜的时间，总之，她想要与疾病作斗争，拼命地学习。"

每次讲述已故爱妻的情形，丹都是斟词酌句。特别是对于表现她样貌的形容词，好像挑选时格外慎重。

在家里，他们也不再讨论将来的家庭生活，说的净是脑瘤的话题。丹也向多位熟识的医生咨询。有的医生说："同样的病，有的患者能活 10 年。"但大多数医生表示，"寿命 3 到 5 年"的可能性更大。然而，所有人都不明说。

布列塔尼做完手术后，医生让其出院，并推测她还能活 3 到 5年。然而，2 个月后，她遭遇了更大的不幸。MRI 再次检查的结果显示，脑瘤扩大，被判定为脑瘤中最恶劣的胶质瘤。医生终于宣布了：

"布列塔尼，你的寿命还有 6 个月吧。"

这个瞬间，布列塔尼坚定了尊严死的决心。她把收集的资料与自己的症状——头疼、恶心、失眠、痉挛，逐一对照，想象到了自己悲惨的结局。熟人的父亲因为相同症状痛苦地死去，这件事也浮现在她的脑海里。

丹暗自发誓，如果能从悲伤中挽救爱妻，付出任何代价他都在所不惜。布列塔尼在与癌症做斗争的同时，也加入到了呼吁实施《尊严死亡法》运动的行列。因为在加州本地不可能实现尊严死，所以两人搬到了俄勒冈州。

没有自杀意愿

2014年5月，两人移居到波特兰的一间公寓里。布列塔尼的病情每况愈下，有时痉挛持续发作30分钟。舌头经常被咬破出血，视野也日益变窄。布列塔尼经常对丹说：

"我不想悲惨地结束。我想被我爱的人簇拥着离去……"

在迄今为止的采访中，我了解到，在与病魔斗争的生活中，有的人忍受不了痛苦，企图自杀。因为有了这样的认识，为了确认，我想询问一下丹。

"布列塔尼一次都没有想过要自杀吗？"

或许是爱妻被看作要自杀的软弱女性，让他恼火。"关于这一点，有件事我想要说清楚。"丹说着，向前探出身来。

"前天刚刚实施的《尊严死亡法》，其内容是'为了死亡的医疗援助'。反对派指责这'只不过是在帮助自杀'或者'与安乐死如出一辙'。但是，自杀的人，不过是想死之人。布列塔尼是想活着，但是无法控制疾病（脑瘤）。自杀的人有的是因为抑郁症，有的是因为不幸的遭遇才选择死亡。布列塔尼不是这种人。"

丹稍微有点激动地说道。面对他，我唯有点头称是。可是，在点头的背后，我却被另一种思绪牵绊着。

——患者从医生那里领取处方单，服下致死药物死去，此事从结果来看，就是协助自杀，也就是说，与安乐死没什么两样，不是吗？

在美国《人物》杂志的独家采访（2014 年 4 月 10 日发行）中，可以窥见布列塔尼本人对于自杀这个字眼表现出的厌恶感。

> 我的身体里没有想自杀或者想死的细胞。我想活着。如果这个病有治疗方法就好了，因为没有……

在与丹交涉面谈事宜时，他首先警告我一件事，那就是他并不站在拥护安乐死的立场上。

听了丹的解释，我领悟到，在美国被争论的尊严死，果然与我想的协助自杀没什么两样。只不过是单纯的文字游戏。

"我对于您的反应稍微有点粗暴，非常抱歉。"丹稍微加重语气，对于当初的邮件交流，礼貌地道了歉。但是，像是在纠正我的提问一样，他继续解释。看来在这一点上他决不让步。

"布列塔尼完全没有自杀的愿望。她的最终目的，始终是活下去。《尊严死亡法》的内容，是允许像她一样的人们安详地死去。不是医生的协助自杀。"

如果丹目睹瑞士的协助自杀的过程，会怎么想呢？在我面前咽下最后一口气的患者们，如果也与"难以忍受的痛苦"和"没有治愈的希望"无缘的话，任何人不都"想活下去"吗？与布列塔尼一样，他们预见到了自己的未来，才启程去瑞士，选择了让医生"提早死亡日期"。

——这与移居俄勒冈州，从医生那里领取处方单，提早死亡日期，有什么区别呢？

"布列塔尼拿到处方单是在 2014 年 5 月份，而实际服用是在同年 11 月份。也就是说，其间，她研究了各式各样的治疗法，想要活下去。在俄勒冈州，法律已经运行了 18 年。有数据显示，三分之一的患者即使领到处方单，也没有使用，而是就这样迎来了自然的死亡。"

对于这个主张，我还是不能完全同意。即使在荷兰，也有决定安乐死却不执行的患者，类似案例并非没有。瑞士也是同样的情况，放了毒药的点滴就摆在眼前，是否打开开关由患者自己决定。

先强调一下，我丝毫没有否定布列塔尼死法的意思。我甚至同意丹的某些观点——那就是，布列塔尼的态度是"即使利用缓和疗护或者临终关怀医院（虽然实际的病情不允许这样做），也想活得久一点"。

另一方面，瑞典女性文努却有所不同。她不重视缓和疗护，甚至是排除掉它。她是有意识地选择了直到最后时刻都不痛苦的方式，死期比布列塔尼还要提前。难道不允许像文努那样，"逃避"痛苦吗？

丹称赞自己的妻子"坚持到最后"的态度。他说这种离世方法有"尊严"。我不清楚哪一个更明智。实际上我从文努的选择里，也感受到了"尊严"。丹所感受的尊严与我所感受的，看来是有隔阂的。

于是，我这样问丹：

"想要活下去的布列塔尼，为什么决定最终服下致死药物呢？"

丹稍微停顿了一下，这样解释道：

"因为布列塔尼切身感受到了死期将至。一般认为晚期患者会经历死亡的过程。人总有一死。比如，92 岁的人在面临死亡时，总会感觉到些什么吧。布列塔尼也是同样，感受到了死期将至。"

感受到死期

有一部叫 *How to Die in Oregon*（《如何死在俄勒冈州》，导演彼得·理查德森，2011 年）的美国纪录片。丹告诉我这部作品鲜明地刻画了人类最后的瞬间。他们在俄勒冈观赏了这部电影，深受感动。后来，痉挛发作日益严重，病情进一步恶化，预感到死期将至的布列塔尼，有一天，轻轻地对丹叹息道：

"我现在真正感受到自己得了癌症。我觉得自己快要死了……"

他们住到俄勒冈州的波特兰是 2014 年 5 月。在此之前两个月，布列塔尼被宣告剩余的生命还有半年。如果按照通知，她的命运是 9 月份就要离世。

由于药物的副作用，她的体重 3 个月内增加了 25 磅（约 11 公斤），这让她变得讨厌照镜子了。但是，"想要活下去"的她，设定了 2 个特殊的日子，以此为目标，努力延续生命。

"第一个是我们的结婚纪念日，9 月 29 日。另一个是我的生日，10 月 26 日。如果可能的话，她希望活到下一月，也就是 11 月 1 日。"

这个时期，美国电视台 CBS 和 NBC 在布列塔尼的家中进行了采访。丹坦言称，如今也对媒体心怀芥蒂，就是因为他们随意操纵信息。布列塔尼尽量延后日程，设定了前文所说的日期，怀抱着生的希望。但是，媒体却大肆宣传"布列塔尼将死期定在 11 月 1 日"。

她的死期，即进行尊严死亡的日子，只是偶然与那一天重合，如果那一天也平安地度过了，她依然会抱有活下去的意志。"非常令人气愤！"丹皱着眉头说道。

11 月 1 日早晨，布列塔尼和 3 个朋友以及丹的弟弟等，一共 6

个人围坐在桌前，吃了一顿比平日都要晚的早餐。晚的原因是昨天夜里布列塔尼的病有一次轻微的发作。早餐结束后，她领着爱犬，与丹一起出去散了一个小时的步。然而，散步后回到家中，布列塔尼突然看着丈夫说道：

"丹，好像时候到了。"

能够平安无事地散步的布列塔尼，为什么要选择这一天为人生的最后一天呢？

"从几周前，妻子的身体状况越来越恶化。布列塔尼最焦虑的是，心脏病发作时，不能按照自己的意思服用药物。如果不能服药，或许布列塔尼就要借助他人之手。"

年仅29岁的她，不想痛苦地结束自己的人生，而是希望被所爱之人包围着死去。假设我得了和她一样的病，都是晚期患者的话，我能像她那样决断吗？

丹注意到，那天，妻子的左眼特别僵硬，像麻痹了似的。察觉到布列塔尼的状态比以往都要差，他问道："要不要稍微休息一下？"然而，她的回答，已经连不成句了。

"丹，早、早餐，郊、郊游……"

她似乎要表达"早餐后，一起去郊游吧"。

丹没有告诉我，从上午发生的这件事以后，直到最后的瞬间，二人具体说过什么话。据说当时的对话是"只属于两个人的秘密"（也因为当时他正在写自传）。我原本很想知道这部分对话，但是，我不想成为一个厚颜无耻的采访者，非得软磨硬泡地让对方坦白那个秘密。

到了下午3点，丹和弟弟一起准备致死药物。药共计是100个胶囊，他们一个一个小心翼翼地打开，将粉末倒进马克杯里。打开了所有胶囊后，再向杯子里注入矿泉水。

母亲黛比·吉古拉也在二楼的床边。3 个朋友坐在床尾。查理不知为何，留在一楼，不肯上去。

丹和弟弟进入二楼的寝室，将准备好的马克杯和橙汁放在布列塔尼的枕边。弟弟坐在朋友们的身边。丹坐在床上。

母亲黛比朗诵了女儿喜欢的美国诗人玛丽·奥利弗的诗。接下来，要安详逝去的布列塔尼与朋友和母亲，谈了一会儿过去的幸福回忆。据说她直到最后，都讨厌说悲伤的话题或是露出热泪盈眶的表情。

下午 3 点半，布列塔尼喝下了胃药。直接喝致死药，可能会引起身体的拒绝反应，导致呕吐。一个小时后的 4 点 30 分，布列塔尼握着装有致死药物的杯子，轻轻啜了一口。有的人会往里面混入酸奶，但是她选择用水稀释药物。

"呜，这是什么？好难喝!"

一直怀念着布列塔尼的丹与爱犬查理

比预想的还要苦，困惑的布列塔尼，将其与橙汁一起一口气倒进了喉咙里。接着，不到 5 分钟，她就闭上了沉重的眼睑，慢慢地进入睡眠状态。

"与我看过几千次的妻子的睡颜没有一点不同。"

丹注视着布列塔尼的脸庞，仿佛几个小时后她就会醒来，他在枕边一遍又一遍低语着"我爱你"。直到布列塔尼停止呼吸为止，他一边温柔地抚摸着她的脸颊，在她耳边讲述着结婚仪式和蜜月的快乐回忆，一边亲吻着她。

就这样，布列塔尼实现了自己所期望的死亡方式——被自己所爱的家人和朋友簇拥着的，有尊严的死亡。她最终于下午 5 点停止了呼吸。

"希望将来有一天他能成为父亲"

布列塔尼死后，为了不让亡妻白死，丹在全美到处奔走，从早到晚在各个州议会上进行针对制定《尊严死亡法》的演讲和活动。现在，他担任非营利的尊严死支援团队"Compassion & Choices"的顾问，为了让和爱妻处于同样状况的患者不经历同样的痛苦，他一直在推动着启蒙运动。而后，加州终于实施了《尊严死亡法》。

"现在，终于实现了一个愿望，我感到非常高兴。"

屋外，来接丹的车正在等待着。约好的一个小时瞬间就过去了。尽管电视录制的时间快到了，但是绅士风度的丹，延长了与我的对话时间。而且，他还提出他家附近交通不便，要把我送到附近的车站。

在丹换正装的时候，我借用了洗手间。两个人的卧室闯入眼帘。宽敞的房间中央放着一张床，床上放着白色的床单和被褥，蒙着蕾丝床罩，既看不到脱下来的衬衫，也看不到袜子。

洗手间里有带淋浴喷头的浴缸，基本没有洗漱用具。浴室是能够判断男性是独身还是与恋人一同居住的地方。丹没有女伴。这个家的所有角落都井然有序，如果允许我换一种说法的话，那就是没有生活气息。

最后，与其说是作为记者，不如说是作为同龄的男性，我想问一个问题。

"丹，今后您也要一直思念着布列塔尼生活下去吗?"

我先说了句"不好意思"才开始提问，丹友好地回答了我的问题。

"即使现在，我也很想念她。只要想到她，我就充满了力量。每次看到走廊里挂着的这些照片，我就自然而然地露出笑容。"

布列塔尼在 YouTube 上投稿的视频里，一边哭着一边这样说道:

"我希望丈夫能组建新的家庭，得到幸福。我说这种话虽然有点奇怪，但是，我不希望他只想着我度过余生。所以，我希望他能迈出一步，希望将来有一天他能成为父亲。"

也有些朋友担心丹今后的生活。他们祈祷失去爱妻的友人能够幸福，经常说要把女性朋友介绍给他。

"与她们见面，聊聊天也不错。但是，我还说不清楚。总之，先顺其自然吧。"

他的姿态，偶尔让人感觉出为了将《尊严死亡法》推广到其他州而表现出的政治气息。可是，听他诉说对亡妻的爱，通过这些与我抱有的怀疑无关的侧面，我逐渐开始理解他了。

在布列塔尼一周年忌日的电视节目中，主持人安慰丹道:"您为她的死感到自豪吧。"突然，他无言地流下泪来。我在采访结束后看到这段影像，感到同样作为男人，他很伟大，同时，我甚至还生出某种嫉妒心。

他为了一位女性，取得了伟大的成就。他燃烧执念、奋斗不懈的身姿令人感动。

但是，在考虑这个攸关生死的问题时，我不能失去理智。此事我要铭记在心。

"抱歉，洋一。我要赶不上录制时间了，还是得请您自己想办法从这里回去了。"

"没关系的，丹。我有优步。"

丹在衬衫外面披了件外衣，坐在了黑色凯迪拉克的后座，挥手说了句"再见"。轿车轰鸣着消失了，剩下独自一人的我。我在布列塔尼家的玄关前坐下，点击了优步。

回去的司机也是退休后的高龄男性。我还是坐在副驾驶座上，但此时，我已无力与司机攀谈。

幸亏没有选择安乐死

一个疑问消除了。那就是出发来美国之前，我一直烦恼的用词的问题。美国不使用安乐死或者协助自杀等词语，而是称其为尊严死。两者有区别吗？

没有区别。这就是我的答案。要说为什么美国人忌讳使用前者，我觉得其中存在着政治性的问题。

首先，表示安乐死的"Euthanasia"一词会让人联想到纳粹。德国有过在优生学的思想下杀害20万残疾人的历史。这个事件被称为"安乐死计划（Euthanasia Program）"。可能不仅是在美国，一些人对安乐死一词感到排斥，这大概是原因之一吧。

接下来是协助自杀（Assisted Suicide）一词。因为使用了"自杀"这个名词，会放大放弃生命的印象——大概是考虑到这一点吧。如果让市民，特别是反对派抱有这些顾虑的话，那么法制化就困难了。

在欧洲，也出现了将协助自杀这个词语改成"协助自愿死亡（Assisted Voluntary Death）"的专家和团队。

因此，丹才在使用"尊严死"一词的同时，强调妻子到最后都在"抵抗死亡"吧。当然，这些问题或许与基于宗教的生死观等观念有关，不能立即作出判断。

从这里开始，我管在美国进行的这个行为叫做"协助自杀"。不过，发言者有意识地使用"尊严死"时，就不作改动。

话说，在美国逗留期间，我还实现了一个愿望，就是与某位女性和她的医生见面。虽然不及布列塔尼·梅纳德的事件有名，但她的故事也曾轰动全美。

住在俄勒冈州的女性珍妮特·霍尔（71），十几年前发现自己得了癌症，曾利用该州的《尊严死亡法》尝试协助自杀，但经过放疗科医生肯尼斯·史蒂文森（76）的劝说接受了彻底治疗，最终病情被根治，16年后依然健在。据说，这位女性对自己曾想选择协助自杀感到后悔。

在追究是否该赞成安乐死和协助自杀的问题时，这位女性的故事无疑会引起重要的争论。在与世界各国的人们（医生除外）的反复交谈中，我总能听到一个意见。将其精髓按照我的方式整理的话，内容如下：

"要说安乐死哪里可怕的话，那就是，哪怕只有1％存活的可能性，或许患者会幸运地战胜晚期疾病，恢复健康。选择安乐死时，最大的不安就在这里。"

是忍受痛苦，选择治愈的可能性？还是就此放弃，选择死亡？

纵使法律上允许自己赴死，这两个问题也不会有答案。我想在美国见见曾处于这个两难境地的女性和那位医生，深入思考这一难题。

然而，虽然几个月前就开始准备预约，但进展并不顺利。最终我决定去当地进行交涉。前文出场过的安妮·杰克逊跟我约定会尽量协助我。恭敬不如从命，见到她的时候，我就向她求助说："如果见不到珍妮特和史蒂文森，我就不回欧洲了。"

可是，若要说的话，杰克逊所处的是拥护《尊严死亡法》的立场。她自己就非常了解 OHSU（俄勒冈健康与科学医院）内部的状况，对于劝说在 OHSU 工作的史蒂文森，她本人不是很积极。于是，与她一起生活的实力派、原 OHSU 医生威廉便做了我的中间人。前文提到的前列腺癌症定期检查后，我与威廉马上去了另一幢病房楼，准备强行访问史蒂文森的医务室。

"我是邓肯医生，能不能帮我叫一下史蒂文森医生？"

接诊处的女护士对于我们的突然造访面露难色，但还是请我们坐下稍等，然后去打了一通电话。威廉提前跟我打招呼说："对于这样的医生，你不能说是在进行安乐死的采访，要用'End of Life Option（终止生命的选择）'这样的词语。"

"您好，我是×××·史蒂文森。请问有何贵干？"

我们面面相觑。他竟然不是我们要找的史蒂文森，而是同姓的另外一个人。对于这个单纯的错误，我们只有一个劲儿地道歉。尽管如此，这位史蒂文森还是给我要找的史蒂文森的医务室打了电话。

"这是他院内的专线电话。这样应该就能够跟他取得联系了。祝您好运！"

我立即给史蒂文森打电话。电话里我的声音有点紧张，却得到了超出预期的回答，对方一开口就说："我也非常想接受您的采访，也想把珍妮特带去。"所谓的采访，顺利的时候真是一帆风顺。我正这样乐观地想着……

拒绝治疗之时就是终末期

结束对丹·狄阿思的采访后，我从旧金山回到波特兰。第二天是 6 月 14 日，史蒂文森比约定的时间提前 15 分钟，开车到达我抵达美国的第一天入住的波特兰机场附近的宾馆，然而却没有关键人物珍妮特的身影。

"我给珍妮特打过电话。她似乎疲于应对媒体。非常抱歉，能只采访我一个人吗？"

戴着细长的银边眼镜，身穿天蓝色衬衫的史蒂文森说道。光听声音，好像只有三十几岁，但他此时实际上 76 岁了。他说话的声音非常轻，从措辞中可以感觉到，他与我迄今为止遇到的充满自信的美国人不太一样，是一个谦虚的人。

虽然见不到珍妮特令人遗憾，但我也理解她的心情。上了日本的媒体也没有什么好处，这一点我在欧洲申请采访的时候经常遇到。

我邀请史蒂文森进屋，打算在房间内，不紧不慢地仔细采访一番。

"首先，能告诉我您的职业吗？"

"我从 1967 年开始就在 OHSU 工作，担任放疗科医生。每年医治 200 名癌症患者，马上快 50 年了。本来，几年前我就可以退休，但因为人手不够，现在返聘回来继续工作。虽然我已经到了可以享受隐居生活的年龄了……"

史蒂文森表情疲惫地讲述起来。他稍微有点驼背，可以感受到体力的衰退。但是，作为医生的精气神却没有颓废。

"您与珍妮特相遇的契机是什么？"

"她被发现得了肛门癌的时候，我是她的放疗科主治医生。这就是开始。"

那是 2000 年夏天发生的事情。珍妮特因为肛门大出血被送到 OHSU，接受了外科医生的检查。第一次检查被误诊为痔疮。后来，专业的肛门外科医生通过精密检查，告知她结果是癌症。医生推荐她使用放射治疗和化学疗法。

当时，她失去了活下去的勇气，做好了死的心理准备。她拒绝治疗，想要选择协助自杀的道路。年仅 55 岁的她，向医生恳求道：

"求求您了，请给我一种能安详死去的药……"

对于珍妮特来说，失去头发和与病痛作斗争的苦闷，是任何事都难以比拟的。然而，史蒂文森坚决反对《尊严死亡法》，站在了赋予生存希望的一方。经过几次面谈，也了解到她的家庭情况，他试着这样说服患者：

"用放射治疗和化学疗法，您的病很有可能治好哦。听说您儿子还不知道您的病。您不想看到他从警察大学毕业的隆重场面吗？还有他将来的婚礼……"

史蒂文森耐心说服，珍妮特苦恼了三四个星期。其间，她多次寻求外科医生的建议。负责她的外科医生怀特福德宣称："如果不接受治疗，您的寿命只剩半年到一年。"她才开始想要积极治疗。

持续治疗两三个星期后，由于血液检查的各项指标恶化，她休息了两个星期。随后，又继续治疗了两三个星期，终于成功击败了癌细胞。暂时失去的珍贵的头发，几个月后也恢复如初。

回忆起当时的情景，史蒂文森这样描述尊严死的恐怖性：

"如果谁都不向珍妮特提出反对意见，她就会被适用于相当于协助自杀的《尊严死亡法》，被夺去宝贵的生命吧。"

听到这句话，我身子一僵。可能有救的生命被夺走……虽然大脑明白这个道理，但实际从医生口里听到，有一种不一样的紧张感跑遍全身。

我还发现，他毫不犹豫地使用了"协助自杀"这个词语。他断言美国的尊严死就是协助自杀。我脑海中的拼图图片完全拼上了。

据史蒂文森说，开始放射治疗和化学疗法的珍妮特，有一天，从护士那里听来了一些奇怪的话。

"预先医疗指示（Advance Directive）方面怎么样了？还有，墓地您打算怎么办?"

我感到脊背一阵发凉。停下了记笔记的手，抬头看时，碰上了史蒂文森的目光。指定终末期的医疗措施或自己丧失判断力时的代理人的预先医疗指示，是在协助自杀之际也需要准备的材料。珍妮特认为这些话是医生方面在间接地或事务性地建议她选择死亡。该医院工作的医生告诉我，在全美最早实施《尊严死亡法》的俄勒冈州的医院里，这是司空见惯的景象。

史蒂文森突然从口袋里掏出手机，问我：

"接下来您有时间吗？我想办法说服她见见您吧。"

说完，他拨通了电话。然而，对方没有反应。"听到留言，请回个电话。"医生有礼貌地在她的电话答录机里留言。

"不用太担心。即使她不打来电话，我也会帮您想办法见到她的。"他说道。然后继续往下讲。史蒂文森说，《尊严死亡法》的成立，使死亡变得更近了。

"就以谁都可能得的糖尿病为例吧。这个病属于生活习惯疾病。一旦停止供应胰岛素，寿命会立即缩短到只剩半年左右。这样一来，患者就会被当作晚期患者来对待，在俄勒冈立刻便成为可以接受协助自杀的对象。只要有法律存在，对于居民来说，协助自杀就不再是遥不可及的话题。"

这个理论的确有说服力。法律的存在本身，给予了人们"死亡的选项"。他想说的是，根据情况，会有尚未充分讨论根治的可能性就逼死患者的风险。接着他还这样断言：

"终末期，一般在医学上是指存活期在 6 个月左右的情况。但是，这是没有根据的。就像我刚才所说的，拒绝治疗之时就是终末期了。"

除了珍妮特·霍尔以外，这名放疗科医生还介绍了过去通过持续治疗使患者度过了终末期的故事。当然，这只是他所治疗的约 1 万名患者中的凤毛麟角，但对于以此为职业的他来说，也是值得流传下去的案例吧。

中途，他多次拿起手机，确认是否有来电。随后，仿佛是为了打破尴尬的局面似的，医生这样问我：

"您跟家人的关系好吗?"

"嗯，我觉得很好。因为也没有什么特别严重的问题。"

这意味着什么？当时我还未能理解。那时，我暂且认为，"家人"是他人生的支柱。

"4W" 人群

医生按捺不住地说道：

"如果可以的话，我们要不要直接去珍妮特家?"

我爽快地答应了。我们坐上车，行驶了大约 30 分钟。穿过波特兰市内，史蒂文森边开车，边讲起了自己过去的故事。

他握着方向盘的双手，每次松开就会哆嗦。或许他患有某种疾病，每次说话，他的嘴唇都会剧烈地抖动。平时习惯问东问西的我，关于此事，感觉不便开口。

"我的第一个妻子，39 岁的时候因为脑瘤去世了。当时，结束精密检查后，我们正要离开诊室的时候，医生问要不要比标准量多开点吗啡。妻子说医生是想让她死。对于她来说，医生的这句话才是她最大的痛苦。在这个瞬间，医生和患者的信赖关系瓦解了。妻子两周后自然死亡。"

妻子的死，对他是一个巨大的打击。他们有 6 个孩子，所有的一切都被托付给了当时 42 岁的史蒂文森。几年后他与有 4 个孩子的寡妇结婚了。他与这名女性之间又生了 2 个孩子，组成一个有 12 个孩子的大家庭。

我感觉到，接受或选择安乐死的人们，曾在过去的某个场合，有过生死观被动摇的经历。瑞士的普莱西柯目睹了父亲自杀未遂的现场，后来成了协助自杀的专家。有的患者说看着父母老年痴呆的模样，不希望有同样的遭遇；有的患者说不想像朋友那样经历与病魔痛苦斗争的生活，主张将死期提前的制度的正当性。

另一方面，失去妻子的史蒂文森反对造成人为死亡的制度，他的妻子直面与病魔斗争的生活，到最后都没有放弃生存的希望。

珍妮特生活在国王城的一幢老年人专用公寓里，距波特兰 23 公里远。每月居住费用大约 1 000 美元，对于靠养老金生活的人来说价格不菲。但周围设施齐全，有高尔夫球场、游泳池、超市、餐厅等，对老年人的生活来说绰绰有余。在她家门前停好车，史蒂文森下车后，直奔玄关，过了一会儿又返回到车里，欣慰地对我说：

"她果然是手机没有开机。现在她儿子来了，不太方便，让我们一个小时以后再来。这段时间，我们要不要到附近的餐厅填饱肚子？"

来美国之后，好运似乎一直伴随着我。我们立刻前往附近发源于俄勒冈的家庭餐厅"谢丽斯"。

"其实，这家餐厅是我治疗珍妮特的 5 年后与她偶然重逢的地方。我现在还记得当时的情景。曾经一度放弃人生的患者，在这里对我说：'医生，您救了我的性命。当时我要是喝了致死的药物，现在，我就不会在这里了。'……"

医生一边把火腿加奶酪的法式咸派送入口中，一边这样说道。我则开始吃起了夹着很多层熏牛肉的意式三明治。我们默默地吃了一阵子，突然，他不经意地说出了一段不可错过的重要独白。

"人们不是因为难以忍受的痛苦才去选择安乐死，更多的是因为有种种活下去也无法解决的问题才选择安乐死。我遇到的很多患者中，亲子问题越严重的患者越是想把死期提前。哪怕不是以一名医生的立场出发，作为一个普通人，我也始终致力于解决这样的问题。"

而且，他说，一般进行安乐死的人有一些固定的特征。他告诉我，美国残疾人机构"Not Dead Yet（还没死）"的总裁戴安·科尔曼代提出过一个叫作"4W"的说法。

"首先是白人（White）的 W，接下来是富裕（Wealthy）的 W，第三个是焦虑（Worried）的 W，然后，最后一个是高学历（Well-educated）的 W。焦虑的意思是，担心还没有罹患的未来可能有的疾病和病痛。"

这是白人特有的问题吗？我不能确定。不过其他的 W 倒有让人信服的地方。我看到的瑞士的患者中的确有很多高学历的人。

点心菜单满是这家餐厅有名的小吃美国派。开始在美国取材已经有一周了，老实说，体力有点透支。我本想吃一个超级无敌大的柠檬派，但想到自己回了欧洲后后悔的样子，就放弃了。20 年前留学美国的时候，明明从没在意过这种事情。

结账后，我们要返回珍妮特的家了。史蒂文森苦笑着说道：

"她说起话就停不下来。这一点请记好了。"

我在餐厅的停车场做深呼吸，调整了精神状态。到珍妮特家的时候，独身的长子正跟母亲告别。机不可失，我想让他也在场，但是他有其他事情要忙。无奈只好作罢。

"初次见面，我叫珍妮特。"

本人与在网络上查到的珍妮特的照片没有什么两样，让人想到女演员简·方达的六七十年代的发型似乎在这几十年里都没变过。她打招呼时候的眼神，双手并拢点头致意的动作，给人一种"非常谦虚的老奶奶"的印象。看不出她厌倦了与媒体打交道。

她的公寓结构简单。打开入口的房门，右手边是一个小厨房，眼前 10 平方米左右的客厅里有桌子和沙发。

"要喝点咖啡或者红茶吗?"

珍妮特很热情，但是史蒂文森和我刚吃过中饭，所以谢绝了。我们坐在餐桌前。右边是珍妮特，左边是史蒂文森，我夹在中间。眼角和嘴角皱纹明显的她，立刻讲起了 16 年前发生的故事。

与其说是病痛，不如说是恐惧在召唤死亡

"当时我烦恼的不是病痛，是恐惧。怀特福德医生建议我治病，我却放弃了活下去的希望。"

55 岁的珍妮特放弃"活下去的希望"，与数年前发生的事情不无关系。那个时候，她的母亲（当时 88 岁）患了老年痴呆，生活在养老院里。据说当时她已经忘却了与家人之间的大部分回忆。祸不单行，母亲每天照顾的有智力缺陷的詹姆斯·霍尔（珍妮特的哥哥，58 岁）也在院子里上吊自杀了。

哥哥自杀，自己被宣布得了癌症，珍妮特对养老院里的母亲说道：

"对不起，我已经没有余力照顾妈妈了。"

听了这话，母亲黑着脸回复道：

"珍妮特，我可是打你小时候开始就一直照顾你的哦。"

据说这是母亲最后一次说出女儿的名字。珍妮特为自己如此任性感到羞愧。在美国社会，父母得了老年痴呆，孩子们一般会把他们送到养老院。珍妮特说："因为人们认为护理太消耗体能。"据说现在她对这个想法抱怀疑态度。

"如今这个时代，年轻人是不是开始对年迈的父母或者老年人失去了敬意呢？如果他们得了老年痴呆或其他疾病，送去养老院就行了——我觉得我们正在往这个方向发展。"

听到这句话，我突然想到，在迄今为止的采访中，没有以家庭作为焦点的话题。为什么我没有听到家庭的"牵绊"之类的话语呢？

通过化学疗法和放射线疗法战胜了癌症的珍妮特，以前是赞成俄勒冈的《尊严死亡法》的。赞同的理由是什么呢？

"因为我的一位女性朋友得了胰腺癌时，我看到了癌症转移到全身时她痛苦的样子。就此下去，我觉得我会走上和她同样的道路。而且，我既没有能称得上家人的人，也没有能帮助我的人。"

关于当时的"痛苦"，珍妮特称"与现在这把年纪所感受到的身体上的疼痛相比，轻得不值一提"。这也与来这儿之前，史蒂文森在餐厅里说到的"人们不是因为难以忍受的痛苦才选择安乐死或者自杀协助的"相符。比起病痛，更可怕的是恐惧。时隔 16 年，珍妮特在这里向我敲响了警钟。

"如果知道有《尊严死亡法》，就会有人像我一样想要选择死亡。但是没有《尊严死亡法》的话会如何呢？是不是只能想着坚持活到最后了呢?"

珍妮特喋喋不休地讲个不停,无奈,我只能打断她的话,继续提问。

"也就是说,如果您没有遇到史蒂文森医生,现在已经不在这个世界上了吧?"

"是的。"

对于安乐死反对派来讲,她就是象征性的存在。我试着向她询问了对前文提及的布列塔尼·梅纳德事件的态度。当然,她们两人所患的疾病大不相同,晚期症状应该也不一样,但她们都是希望自己适用于俄勒冈州《尊严死亡法》的同路人。

珍妮特面露怜悯之色,对于年轻的布列塔尼的死,她说:

"29岁就死了,这是什么事呀!或许还可以多活一阵子呢。那

对珍妮特来说,史蒂文森(左)是救命恩人

个时候，她如果不是跟华尔什医生，而是跟史蒂文森医生商量的话，我觉得她还会有其他路可走。"

为什么她张口就能说出布列塔尼的主治医生的名字呢？前面提到，她的肛门癌曾被诊断成"痔疮"，当时，误诊的医生就是华尔什。

关于误诊，在这里不是那么重要。比起这些，遇到的医生不同，竟能决定最后是允许死亡还是禁止死亡，这个事实让我倒吸了一口冷气。

如果说我不在意珍妮特的夸张，即她过于美化事物的口吻，那是说谎。或许她是几千名幸运患者中的一人，但若说癌症痊愈全都是托坐在我旁边的医生的福，对于这种绝对性的看法，我不能一味地赞同。于是，我问道：

"您的朋友们支持您的看法和活动吗？"

她说，对于她去参加全美反对尊严死亡运动和上电视，朋友们提出了反对意见。丈夫患帕金森病的护士朋友曾经这样抱怨道：

"我都 90 岁了。照顾丈夫也累了。如果是我的话，我会完成你未完成的事情（协助自杀）。"

不仅是俄勒冈州，在整个美国，不满足"剩余生命在 6 个月以下"这个条件的病人，不属于《尊严死亡法》的适用对象。这名女性友人的案例与珍妮特是完全不同的情况。

不过，整理一下珍妮特的话，她的意思大概是，《尊严死亡法》的存在，让老年人抱有"差不多该离开这个世界"的想法，并对此产生了期待。

离开珍妮特家之前，我给医生和患者两人拍照。当时，我记得她小声说道：

病好后，珍妮特亲眼看到了儿子穿警服的样子

"史蒂文森医生，真是太感谢了。如果没有您，我现在……Great to be alive!（活着真是太好了！）"

此话听起来稍微有点像编出来的台词。但是，这个姑且不论，我觉得这一定是一度放弃将死期提前、现在也还继续活着的人，才有资格说的至高无上的一句话。

医生的使命是什么？

史蒂文森在离珍妮特所住的国王城不远的小镇上生活，他说要送我到波特兰市内。

"怎么样？不觉得她很健谈吗？"

"嗯，是的。"我苦笑道，但还是对能听到这么宝贵的讲话表示谢意。

史蒂文森医生第二天上午9点就要开始工作了。珍妮特被媒体关注，这位放疗科医生也必然地作为《尊严死亡法》反对派的医生，名扬全美。自从2000年珍妮特根治癌细胞以后，他的活动范围年年扩大。

"我是医生。如果让我说句心里话，那么我只想专注于医生的工作。围绕着《尊严死亡法》的举措，全都是政治性的东西。我为什么要参与到那一步呢？老实说，我受够了。"

我非常理解他的这份心情。

"我觉得推进派的行为违反医学的发展。他们的网站上，甚至有督促患者拒绝药物治疗的指南。他们操纵着患者选择死亡，也就是说，他们在洗脑。"

他开车的两只手，一离开方向盘，还是抖得厉害。50年来，作为医生，为了拯救患者，他不懈奋斗，这是他的骄傲。横跨半个世纪的工作经验，让他充满信心地说道：

"1990年代大肆流行的艾滋病在当时被认为是必死无疑的疾病。现在医学进步，用抗逆转录病毒药物，艾滋病不再是必死的绝症。请想一想当时认为必死无疑而选择了死亡的人们。而且，最近几年，不断有与脑瘤的治疗方法相关的研究发表出来。"

我直截了当地问了一句：

"若接受恰当的治疗，布列塔尼也可能活下去吗？"

他沉默了一段时间。不知是在集中精神开车，还是想要慎重地寻找答案。史蒂文森用委婉的语气，对此做了分析。

"以前，我给一个跟她症状一样的患者看过病。当时他还是个18岁的大学生。术后，我为他做了放射治疗。他在研究生院学习法律，后来结婚，生有两个孩子。再后来他脑瘤又一次发作，离开了人世。从最初病情发作以来，他活了 20 多年。"

追问这段话的真伪没有意义。不过，他作为医生的姿态，震撼了我的内心。

要问在某个时间点放弃治愈患者的医生就是对患者见死不救吗？那绝非如此。

然而，我想，医生的使命，难道不正是努力治疗患者，直到最后一刻吗？还是说，我现在只是单纯被感情所左右了呢？

红灯停车期间，史蒂文森向这样的我提出了一个更大的难题。

"安乐死这种医疗行为，如果是为了让患者摆脱痛苦，那么为什么在非洲和亚洲的发展中国家里不实施呢？"

——这样说来，的确如此。为什么呢？

他温柔的眼睛透过银边眼镜紧盯着我，然后，对于我今后将持续关注、试图解决的这个难题，他给出了一个提示：

"是家人。是的，我觉得是家族的形式与我们白人社会不一样。"

丹·狄阿思在全美推行让人类能够安详逝去的法律，与此相反，史蒂文森和珍妮特热烈辩论人类为何不应轻易地死去。短短的三天时间，两者向我提出了完全相反的论点。

这个时刻终于到来了。人类的死亡已经无法用逻辑来掌控了。我被逼到了悬崖边上。

第5章 是爱？还是自私？[西班牙]

天主教会的影响

在美国的取材结束后，我休息了一段时间。自开始对死亡这个主题进行取材以来，至今已经过去 8 个月的时间了。我在世界各国到处询问"为什么要死""为什么让他（她）死"，我既不是处理杀人事件的刑警，也不是调查尸体的验尸官，我觉得暂时离开死亡现场，让头脑重新休整一下是明智的。总之，我累了。

一直以来，我总是刻意回避，不去深究属于我自己的答案。休假期间，我开始寻找这个答案。

——我是赞成安乐死呢？还是反对？

人们决定安乐死的背后，有多种缘由。被告知罹患几个月内死亡率几乎 100％的晚期癌症；因意想不到的事故，人生急转直下的时候，等等。我在想，是不是可以尊重个人的意愿呢？

当然，放疗科医生史蒂文森的那句令人震撼的"拒绝治疗之时就是终末期"在我的心中回响。但是，我不是医生，无法判断像珍妮特那样能享受幸运的人究竟有几个。

史蒂文森所说的"家人的支持"的重要性也有必要考虑。他说很多选择安乐死的患者缺乏这种支持。此外，他还说在白人社会，比起"家人"更重视"个体"的文化渗透已久。我觉得正是如此。

然而，对于采访中所见到的以老年痴呆或精神疾病为由的安乐死案例，我却无法理清思路。前路还很漫长。所以，在这里，我想在对比中进一步思考安乐死问题。具体的作法就是去反对安乐死的国家取材。

我选择的是多年来亲密接触的西班牙。虽然宗教、语言和文化不同，但是在西方国家里，其家庭形式与日本是类似的。

西班牙的政治，从历史上来看，罗马天主教会的影响力很强。即使在从 1939 年起持续了 36 年的佛朗哥独裁政治下，罗马天主教也是唯一一个合法宗教。现在，两大政党之一的人民党也在其影响力之下。

事实上，西班牙没有实施政教分离，听从总部意图行事的"天主教主教会议"的影响力很大。在西班牙，安乐死是违法的，被认为是"威胁人的性命"的行为。2011 年，罗马教皇本笃十六世（当时）在访问西班牙之际，呼吁"（应该尊重）自然形态下的诞生和死亡"，继承了前任约翰·保罗二世反对安乐死的想法。

但是，正因为独裁政权和教会的历史根深蒂固，其反作用便是使国民越来越远离教会。到 2000 年左右为止，90％以上的国民是虔诚的天主教教徒，而现在，这个比率下降到 70％。在笃信天主教的西班牙，近来，人流、同性婚姻推进运动等违背天主教教条的行为也并不罕见。

该国以安乐死合法化为目的的西班牙尊严死亡协会会长路易斯·蒙特斯·米萨说道：

"这个国家每天都在变化。即使有信仰天主教的传统，也不能说他们就是虔诚的信徒。年轻人之中无神论的倾向也在增强。宗教已渐渐不再是安乐死合法化的障碍。"

西班牙不允许安乐死，所以现在该协会只有 5 000 人在册，主要从事支持对终末期患者进行临终镇静的活动。

"说实话，很多国民连主动安乐死和被动安乐死的区别都不知道。然而，无论生死，都是基于自身决定的权利，就这一想法，人们正在达成共识。"

2017 年 2 月公开的西班牙社会学研究所（CIS）的调查显示，对于"没有治愈希望的患者，有权利从医生那里领取无痛终结生命的药物吗"这一提问，84％的国民（35 岁以下为 90％）表示赞成。

在这种背景下，《综合保健法》《患者自律基本法》相继于 1996 年和 2002 年成立，部分地区还认可了终末期患者的临终镇静或者患者的拒绝治疗权。

成为《深海长眠》原型的男子

西班牙西北部加利西亚的小镇圣地亚哥-德孔波斯特拉（以下称圣地亚哥）以"圣地亚哥朝圣之路"闻名于世。从马德里乘飞机大约一小时即可到达。这个地区被森林、岩石和面向大西洋的里亚斯型海岸所覆盖。

从机场到市内的路上，不计其数的男女老少的朝圣者，拄着冰镐，默默地朝着终点走去。

我在市内找了辆出租车，花了 40 分钟，到达目的地博伊罗。约定的地点是"PULPERIA（加利西亚风味章鱼料理餐厅）"。村子里退休后的男女从中午开始就在商店街的酒吧饮酒。这里几乎看不到年轻人的身影。沿着宪法大街往下走，右手边就是 PULPERIA。在轻松容纳 100 人的餐厅里，当地居民吃着加利西亚风味章鱼和蒜蓉龙虾等小吃，喝着红酒和烈性香草酒，聊得很起劲。

进入餐厅，我面朝柜台，然后原地转了一圈。

"你好，洋!"

有人在用加利西亚地方口音打招呼，随便就把我的名字改成"洋"。在西班牙，只有关系很好的朋友才管我叫"洋"。我回过头去，只见一位将带有银丝的黑色长发扎起来的女性正看着我微笑。

她的名字叫雷蒙娜·马内卢（55），出生在博伊罗旁边、人口约 1 万的卡拉米尼亚尔镇。她戴着油光发亮的黑手套，围着黑色围裙，用俨然是老朋友的口吻说道："洋，你先吃点章鱼等会儿吧。我现在太忙了。"

在这里，她小有名气。在整个西班牙，很多人即使不知道她的名字，也知道关于她的事件。有的人把她当成"悲剧的女主角"，有的人则称她为"杀人犯"。

在这里，先介绍一下事件的主人公。雷蒙-桑佩德罗（享年 55 岁，为了避免与雷蒙娜混淆，以下称桑佩德罗）是加利西亚人，因颈椎受损导致四肢瘫痪，于 1998 年离世，为他 29 年卧床不起、与病魔作斗争的生活画上了句号。

加利西亚地区的人一般来说保守、勤勉居多，但桑佩德罗是一个富有幽默感的男人。年轻时代的桑佩德罗是一名水手，周游过世界。他头脑聪明、身体健硕，受到了很多女性的青睐。1968 年夏天，25 岁的他从当地的海岸上跳水时，伤到颈椎。虽然保住一条性命，但是在那之后，桑佩德罗的后半生都在床上"被活着"。

虽然四肢瘫痪，但是在家人的细心照料下，他健康状态良好，得以生存下来。尽管如此，桑佩德罗长年要求安乐死，不只是国内，他还上诉到欧洲人权法院——因为在西班牙不能安乐死。

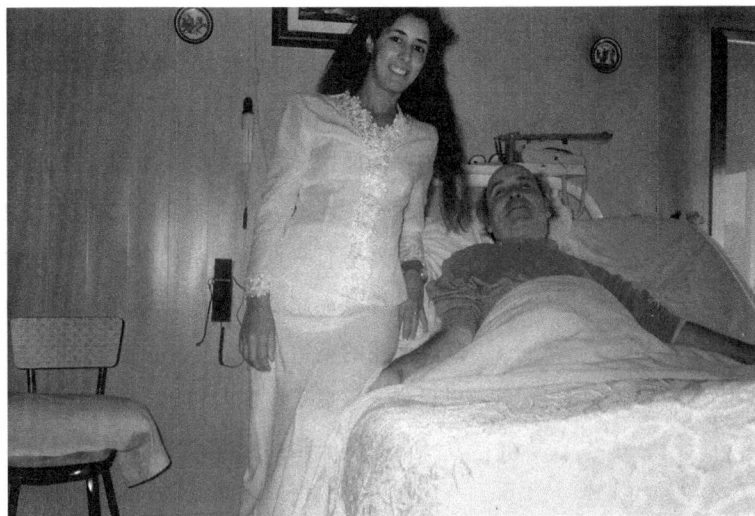

桑佩德罗（右）在雷蒙娜（左）的帮助下离世

他一直被"不能死的痛苦"折磨着。桑佩德罗在病床上，用嘴叼着笔写文章。诉说了想要结束自己生命的悲惨心情。1996年，这部题为《地狱来信》的作品出版，引起热议。

1998年，在恋人的帮助下，他成功地完成了安乐死。他用吸管吸干了一杯装有氰化钾的液体，慢慢地睡去了。帮助他自杀的女性就是雷蒙娜。作为西班牙第一个安乐死事件的嫌疑人，雷蒙娜引起了社会轰动。

这个事件被拍成传记电影《深海长眠》（2004年，导演亚历杭德罗·阿曼纳巴尔）。当时，35岁左右的演员哈维尔·巴登化着特效妆，完美诠释了卧床不起的桑佩德罗的角色，受到了瞩目。影片获得了奥斯卡最佳外语片奖。

前文提到的《地狱来信》也是电影的材料之一，因此主人公和其家人的设定基本接近现实。另一方面，其他的登场人物有一部分是虚构。原因在于，电影制作时，警察还不能确定嫌疑人，而且制作方也考虑到对实际存在的人物来说，身份被暴露也不太好。

独自一人支撑着 3 个孩子的生活（雷蒙娜）

我正坐在坦白桑佩德罗的死"是我帮了忙"的原嫌疑人的身旁。雷蒙娜忙于给厨师帮手，连午饭也来不及吃。此时，她一手端着盛有一点炸鱿鱼的盘子，一手拿着加入柠檬鸡尾酒的啤酒，来到餐厅的角落，在我的桌边坐下。下午 4 点过后，店里只剩下一桌 4 位客人和我。

雷蒙娜一边将柠檬汁挤在炸鱿鱼上，一边吐了一口气。

"我什么也没吃。可以边吃边聊吗？"

"当然了，雷蒙娜。"

不知为何，我的语气也柔软了下来。我预感到，跟这个人可以想到什么问什么。于是，我一如既往地扔出了一个不够高雅的问题。

"在这么小的村子里，您是怎么维持生计的？"

"生活很残酷的。我现在在姐夫经营的这家 PULPERIA 一周工作 4 天，每月 370 欧元（约 49 000 日元）。晚上 8 点开始，在利德尔（超市）做保洁员，一天只算雇佣我 20 分钟，每月 150 欧元（约 19 800 日元）。太过分了吧。所以，我现在不想让你看到我的家。"

她的脸色阴沉了下来，我后悔问得太直截了当了。在预约采访阶段，我曾向她传达了想要在她家采访的愿望，被断然拒绝了。

雷蒙娜有 3 个孩子。长女乔兰达（37），次女伊纳斯（33），关于一起度过了 11 年婚姻生活的她们的父亲，雷蒙娜骂了句"混蛋"。她与离婚后两年认识的男子生的儿子利卡尔多（24），现在成了当地的演员，是她的希望，让她快乐。母子俩都梦想着今后有更大的舞台。

　　我想差不多该问一下那个事件了，所以抛出了一个问题。

　　"我对您与桑佩德罗相遇的契机和相恋的事情很感兴趣……"

　　雷蒙娜将炸鱿鱼送到嘴里，啜了一口啤酒，换了个姿势开始娓娓道来。

　　"那时我才 36 岁。看电视节目'Línea 900'（西班牙著名报道节目）时，雷蒙出镜了。我被他的讲话方式和所讲的内容深深吸引。听说他就住在附近的小镇上，我立刻想要见见他。"

　　当时，雷蒙娜在一家把吞拿鱼和贻贝等海产品制成罐头的大型食品厂里当罐头工，晚上 8 点到凌晨 1 点则在当地的广播局担任解说员。1996 年 6 月，她节目的粉丝说要给她介绍桑佩德罗，那是电视节目播放后一年的事了。

　　被朋友领到桑佩德罗家以后，长年照顾他的姐姐马努艾拉将她们引到他生活的二楼寝室。雷蒙娜紧张得直哆嗦。突然感到害羞的雷蒙娜只能从角落里望着桑佩德罗。从他的床上来看，这里是死角，视线触及不到。这时，床上的男人说话了。

　　"蒙奇尼亚（雷蒙娜的昵称），你在那儿吗？"

　　突然被称为蒙奇尼亚，雷蒙娜紧绷的神经松开了。她靠近桑佩德罗，想按照这个国家的礼仪亲吻他的脸颊，但是她犹豫了。她又想要握手，但是他的手瘫痪了，应该感觉不到了吧。最终，两人只得微笑着相互问候。

　　关于之后的对话，雷蒙娜不太记得了。但是，她记得第一次见面那天，桑佩德罗这样问她：

　　"我期望的事情，你会帮助我的对吧？"

　　雷蒙娜知道，那意味着死亡。通过电视节目被桑佩德罗的人性所吸引的她，没有"帮助他准备死亡"。相反，如果是"帮助他活下去"的话，她想竭尽全力。

"雷蒙，我不希望你死啊！"

从这天开始，大约一年半的时间，雷蒙娜每天都到他家去。

活着是"义务"吗？

一边是捏着他瘫痪的手，跟他聊天的雷蒙娜；一边是佯装不知，又突然晃动肩膀吓唬她的桑佩德罗。两人有时喝着白兰地或红酒，有时没日没夜地吸云斯顿香烟，调侃"多吸点就能死了"，就这样缩短了彼此的距离。但是，桑佩德罗的家人对雷蒙娜敬而远之。

在谈论这个事件时，就不能避开已婚的电视台女记者拉乌拉·帕尔梅思（电影里是律师角色）的存在。她住进桑佩德罗家，进行详细的贴身采访，还帮助他出版自传。拉乌拉本身也被全身神经不起作用的肌肉萎缩性侧索硬化病（ALS）所折磨。她也对境遇与自己相同的桑佩德罗产生了好感。而对后来每天来访的雷蒙娜，这名电视台记者逐渐起了嫉妒心。

"电视台记者把我当成了坏人。她是精英，又有钱，像我这样的穷人没有出头的份儿。那个女人都结婚了，还喜欢上了雷蒙。不过，雷蒙的恋人是我哦。电影里，竟然有雷蒙和她亲吻的场面，真是吓了我一跳！"

那么，在让他"活下去"上感到了生存意义的雷蒙娜，为什么改变态度，决定"帮助他死"的呢？

"我逐渐认为帮助像雷蒙那样想死却死不了的重度残疾患者没有错。人流合法化以后，应该有很多女性受到恩惠。我觉得使用不使用法律，自己决定就好，可是，不存在安乐死相关的法律呀。"

所以，雷蒙娜听从了自己的心声，想要帮助他去死。为了完成安乐死，雷蒙娜把他和家人分开。桑佩德罗在完成协助自杀前的两个月，与雷蒙娜一起住在邻村博伊罗。雷蒙娜的亲人频繁露面，桑佩德罗去世前一周的最后一个生日，大家举杯庆贺。

1998年1月12日下午7点时分。桑佩德罗在枕边小声说道：

"奥西尼亚（雷蒙娜的另一个昵称），今晚，我就想离开。"

为29年零4个月的病榻生活划上休止符的时候到了。雷蒙娜在桑佩德罗精心打造出来的可以称之为《完全安乐死指南》的指导下，按照剧本开始"作案"。首先她戴好手套。然后，将通过某位朋友拿到手的氰化钾溶入杯子里。接下来，在床前设置一个8毫米的录像机，躲起来不发出声音。她跟接下来要对着录像机讲话的桑佩德罗，一句话也不能说。他长眠以后，绝对不能马上亲吻他。这个条件必须绝对遵守。

"法官、政治家、宗教家先生们，对于你们来说，尊严意味着什么呢？不管你们怎么认为，对于我来说，这都不是有尊严的生存方式。今天，我至少想要有尊严地死去。（中略）头脑，也就是说意识，是我的东西。诚如你们所看到的，我的旁边有一杯放入氰化钾的水。喝下它，重要的身体机能会停止，我会死去。活着是权利，而不是像我这样是义务。作为义务我活了29年4个月零几天，即使将这些都放在天平上衡量，也找不到幸福这两个字。"

在录制中的镜头面前，诉说完多年来的苦恼后，他将嘴唇凑上了床边杯子的吸管。然后，将透明的液体一饮而尽。几秒后，他的身体开始起反应了。

"啊，来了！好热！呜……"

事先听协助者讲过，这药虽能致死，但到死亡为止的时间大约是30分钟。由于医生不在场，无法轻松地逝去。雷蒙娜注视着眼前痛苦的桑佩德罗，实在不忍心看他挣扎的样子，为了不让录像机拍到自己，她趴在地上，爬着冲进了洗手间。她坐在马桶上，蜷缩着身子，用双手捂住了耳朵。

回忆起这个情景，她突然做出了用双手给额头擦汗的动作。"太惨了，真是太惨了，时间太长了。"她眼神空洞地向我说道。

"要是知道会是那种死法，或许我不会答应的。"

她不后悔协助自杀的行为本身。唯有爱人临死之际挣扎的身影，留下了不好的记忆。桑佩德罗痛苦的声音消失后，她从洗手间出来，查看他的情形。他的确是没有了呼吸。雷蒙娜将桑佩德罗的遗体留在床上，把录像机和身边携带的物品装入一个口袋里，然后打电话呼叫他的朋友。这也是按照桑佩德罗的计划和指示的行动。

"绝对要避免令雷蒙娜受到处罚。"

向桑佩德罗提供帮助的朋友们遵守了这个约定。雷蒙娜的律师米歇尔·巴赫命令她在调查和公判时，行使缄默权。这个不在场证明成功了，雷蒙娜因"证据不足"没有被定罪。

判决后，雷蒙娜又回归到了日常的生活。由于桑佩德罗生前已经通过电视和出版自传，提高了国民对于安乐死的意识，所以也有人支持雷蒙娜。但是，据雷蒙娜说，桑佩德罗的家人不愿意原谅自己，甚至处处刁难。

"有时候我的车子被石头砸坏，家里的电源被切断，我和他的家人已经20年没来往了。因为对他们来说，我就是杀人犯。"

我不知道此话是真是假。大概是家人有家人的爱，雷蒙娜有雷蒙娜的爱吧。她继续说道：

"我觉得如果真的爱一个人，那么实现那个人的幸福，就是最好的爱。尽管我想通这些花了点时间。虽然那个（临终的）瞬间很难过，但是，对于实现了爱人愿望的行为，我没有后悔之意。"

"反对安乐死的家人，因为您的处理方式，失去了所爱的亲人。这将成为家人的伤痛，被永远留存下来吧。"

雷蒙娜轻描淡写地答道：

"那个，不就是家人的自私吗？"

我无言以对，用牙签戳了一片章鱼送入口中。

明明连家人都算不上

采访完雷蒙娜一周后，我从圣地亚哥向西，来到了距离一小时车程的小镇秀诺所在的弗纳斯海岸。我拜托桑佩德罗的发小，同样曾是船员的佩佩·比拉（71）当向导。据说现在他也时常回想起与逝去的好友尽情玩耍的时代。

"20 岁之后的大约 4 年里，雷蒙乘船到世界各国旅行，总而言之，他非常喜欢女人，实际上他也确实很受欢迎。他真是个开朗风趣的家伙。还有一个约定终身的女孩。"

说完这些后，他静静地这样说道：

"其实，发生事故的那天晚上，他准备去（当时交往的）女朋友家求婚。"

佩佩让我坐在副驾驶座上，驱车前往谢拉村。两旁稻田广布的农道上，散落着被车碾碎的栗子。至今都与外界断绝来往的桑佩德罗的老家，就在这个充满乡间风情的谢拉村里。

事件发生时，世界各地的采访申请蜂拥而至。部分报纸和电视在报道中把桑佩德罗的家人描述成不能理解安乐死的人，仿佛他们的存在妨碍了雷蒙娜和桑佩德罗的爱情。家人们被深深地伤害了。2004 年，电影上映以后，家人决定与新闻工作者完全断绝联系。

对于雷蒙娜实施协助自杀的行为，我没有谴责的打算。但是，在采访完她之后，在家里写稿子时，我产生了某些疑问，因此无论如何我都想知道桑佩德罗家人的看法。

疑问主要有三点。（一）家人反对安乐死的理由。（二）雷蒙娜和桑佩德罗真的是恋人关系吗？（三）家人与雷蒙娜绝交的背景。说实话，我害怕自己也无条件地把雷蒙娜看成英雄。

桑佩德罗的家是一幢雅致的二层建筑。有家族的好友佩佩·比拉等人的斡旋，我事先得到了登门拜访的许可。不过，能否让我采访还不得而知。这个房子里，现在住着桑佩德罗的哥哥何塞·桑佩德罗（80）及其妻子马努艾拉（80）老夫妇俩。到了周末，以他们的儿子为首，亲戚家人习惯齐聚一堂，共同进餐。佩佩打开房门，进到屋内，穿着西班牙特色围裙的马努艾拉站在那里。电影里出现的马努艾拉与现实中的她重叠了。我们被领进里面的厨房，身穿深蓝色脏 T 恤的何塞好像有点心神不宁地站在那里。

"把包放在这里，请坐吧。"

何塞冷不丁冒出这句，我们 4 个人便围着桌子坐下了。桌子上放着已经准备好的咖啡和盛有刚采摘下来的无花果、栗子的盘子。佩佩把我的采访宗旨大致说了一遍，我也斟词酌句地加以说明。

在对媒体神经敏感的他们面前，我觉得不能突然就从雷蒙娜的话题开始。于是就用电影的话题缓和一下氛围。马努艾拉说电影很精彩。她还说小叔子桑佩德罗和她自己的讲话方式、生活状况，所有的一切都跟"现实世界一模一样"，高度评价了电影。

电影里没有出现桑佩德罗的母亲。实际上，事故后的 10 年期间，都是母亲在支撑着桑佩德罗与病魔做斗争。母亲去世后不久，他开始说泄气话。

"都怪我，没法照顾母亲。我是个不孝的儿子。"

从这个时候起，代替婆婆持续照顾小叔子 19 年的，就是我眼前的马努艾拉。到了9点的起床时间，她会为桑佩德罗准备牛奶咖啡和饼干的早餐。当然，马努艾拉要把食物喂到他嘴里。然后，每隔3个小时给他翻一次身，还要不厌其烦地随时更换尿道导管。晚饭也是马努艾拉准备，她也帮忙洗澡。就寝时，她每三四个小时起来一次，确认桑佩德罗是否睡得安稳。

桑佩德罗有时用唯一能动的嘴巴，叼住一根特殊加工的小棒，自己行动。他或是自己读起智利诗人巴勃罗·聂鲁达的作品集，一直读到午饭前，或是用爱华牌立体声收录机播放瓦格纳的歌剧《汤豪塞》。

去世之前，在马努艾拉和侄子路易斯的帮助下，桑佩德罗致力于诗歌创作和写日记。文字是他用嘴叼着小棒，操纵着笔记处理器打出来的。这个处理器是他自己发明的，平时就放在枕边。

对于她来说，所有的一切都是美好的回忆，留在记忆里。她浮现出淡淡的微笑说道，"没有什么辛苦的"。

"他就跟我的儿子一样。照顾他，我反而觉得很快乐。"

在她看来，并不觉得小叔子不方便。在这样的嫂子的面前，桑佩德罗一次也没有提及安乐死。

但是，据说他每天都恳求哥哥何塞帮助他去死。何塞虽然痛切地理解身患残疾的弟弟的心情，但十分恼火。

"混蛋！我怎么可能做这种事情！不活下去是不行的！"

在注重长幼有序的封建土地上，哥哥何塞的话具有绝对的权威。何塞一边吃着配有鱼头的花椰菜，一边回首与弟弟的往事。

"我10岁、弟弟3岁的时候，靠在墙边立着的马车架子砸到我头上，我受了很严重的伤。雷蒙什么也做不了，一直沉默着。那个家伙，既不哭也不笑，就那么看着。尽管如此，我还是很疼爱他。下雪天，我们还曾经光着脚在山路上走。我给弟弟穿上我的衣服，戴上帽子。……全都是我在照顾他。"

他呸地吐出了鱼骨头,叹息道:"我怎么可能杀了弟弟。"起初,我把他想象成顽固的、古怪的男人,然而,现在我觉得他是注重传统的古老而美好的时代里常见的男人。

无论是何塞,还是马努艾拉、佩佩,话都逐渐多起来了。差不多此时,我切入正题。首先,在这个家里住了两周左右,将桑佩德罗的愿望传达给世人的电视台记者拉乌拉是个什么样的人呢?马努艾拉开始描述。

"真的是个非常好的人呢。既有礼貌,又热心,给雷蒙带来了希望。因为她也是患有 ALS 的不治之症的患者,所以他们之间应该有某些相通的东西吧。是我劝她在家里住下的。"

听到这些,何塞似乎也有话要说。

"多亏了她,弟弟的想法才能传达给世人。"

三人一边微笑着,一边讲述,似乎在怀念拉乌拉。拉乌拉于 2011 年 6 月结束与 ALS 的斗争,离开了人世。不知道她的临终是什么样的。

这与雷蒙娜跟我说的"他们不是恋人"这一事实关系出现了误差。那么,雷蒙娜是桑佩德罗的什么人呢?笑容从三人的脸上消失了。何塞开口说道:

"她的目的就是钱。那个女的,以为弟弟有钱。还说什么恋爱,肯定是在撒谎!"

马努艾拉也袒护丈夫。她皱着眉头,阐述了尖锐的意见。

"总之,雷蒙娜·马内卢就是厚颜无耻!她跟我们招呼都不打,就随便来家里照顾小叔子,还给他剃胡子,这是我多年来的工作,她竟然抢走了它。明明连家人都算不上……"

他们夫妻俩尊重传统。可以理解他们敌视闯入家中的雷蒙娜的心情。但也不能排除雷蒙娜只是遵从了桑佩德罗发出的指令的可能性。真相不得而知。尽管如此，我还是想相信雷蒙娜的那句话："我们彼此爱着对方"。

出乎意料的答复

在不承认安乐死的国家，不顾家人的反对，由第三者介入，完成安乐死，开始取材以来，我还是第一次遇到这样的案例。迄今为止的案例，都是在允许安乐死的国家、在家人的同意下进行的。因此，他们没有留下遗憾，能够按照自己想要的方式实现安乐死。

接受家人 29 年照顾的桑佩德罗的案例，与其他案例的形式不同。那个时候，美国的医生史蒂文森所说的"没有家人的支持，会助长安乐死"的公式，在这里并不适用。

从桑佩德罗的事件里能得出什么结论呢？我想通过采访雷蒙娜和桑佩德罗家人双方，加深对安乐死的理解。我也能够理解马努艾拉和何塞的心情与痛苦。自己的亲人，死在别人手里（即使那是本人的愿望），必定会成为终生难忘的痛苦，牢牢刻在记忆深处。

然而，相信"让其活着就是爱"的老夫妇，是不是忽视了一个一直想死之人的意志呢？如果是连安乐死的概念都不存在的过去还好说，1990 年代，欧美国家已经开始实施安乐死了。与老夫妇相差一个辈分的雷蒙娜，随着与桑佩德罗的交流，是不是改变了想法，认为"帮助他死就是爱"呢？事件已经过去将近 20 年，现在仍把雷蒙娜当作罪犯来对待，我觉得说不通。

我再次询问马努艾拉和何塞。

"你们现在也还在怨恨雷蒙娜吗？"

面带笑容的何塞（左）和马努艾拉。墙上贴着弟弟写的书的海报

"记忆当然会淡去。但是她那是犯罪！"

马努艾拉也颦眉说道：

"如果她没来这里，雷蒙应该还活着吧。"

此时，我换了一个切入点继续追问。

"如果您卧床不起，想死却死不了，会怎么做呢？"

瞬间，室内鸦雀无声。几秒后，何塞开口道：

"我会选择安乐死。"

我一时没明白过来。是在说可以安乐死吗？把雷蒙娜看作罪犯的何塞，是说要选择安乐死吗？何塞又高声怒喝道：

"我就算了。但是，若是家人的话绝对不可以的！不可以！"

他亲口吐露出心中的矛盾，却直刺我的内心。何塞是一个顽固的哥哥，有时会被人中伤，但他所说的这句话充满人情味。

靠逻辑来解释死亡问题很难。桑佩德罗的愿望暂且不论，一心只想维护传统家族观念的何塞的感情论深深地吸引了我。荷兰和比利时尊重"个人的死亡"这一观念，我多次见到同意亲人死亡的人们，我不由感到他们才是缺少人情味的。神奇的是，我从何塞身上感受到了"某种"与日本人相通的东西。

何塞吃完饭，畅所欲言后，舒服地靠在客厅的沙发上，开始看足球转播。我们其余人来到二楼，进入桑佩德罗居住过的卧室。

话说，那个录像为什么传出去了呢？

雷蒙娜拍摄的桑佩德罗自愿死亡的录像，成为了辩护方主张事件不是谋杀的证据。后来，录像被转到了加利西亚地方法院的法官手里。

公开审判后的某一天，何塞和马努艾拉被地方台"天线3"的节目惊呆了。屏幕上播放着桑佩德罗死亡的瞬间。

据家族好友佩佩说，那个录像当时是以150万比塞塔（约120万日元）的价格被卖掉的。佩佩等猜测卖家是法官。

佩佩代替留下3个孩子去世的长女以及每4个月才回家一次的船员女婿，担任起"父亲的角色"，送孙子们去学校或者足球班，或在家里教他们学习，这就是他每天的生活。回去时，我问佩佩如何看待雷蒙娜采取的行为？

失去桑佩德罗后，佩佩成了其家人和雷蒙娜的中间人。他一边灵巧地操作方向盘开出乡间小道，一边答道：

"我觉得她没错。因为那是他多年来的愿望……"

察觉到佩佩的声音有点发颤，我看向了车窗外。

我曾多次到访加利西亚地区，这里与城市不同，可以感受到温暖的气息。时间流逝得很慢，几乎见不到像我这样行色匆匆的人。越是小村庄，就越能感受到家族的牵绊。这里肯定也有像日本那样的共同体意识。

从那里开了十几分钟，我们来到了发生事故的海岸。我俯视着下方5米处浅滩上的海水。原本对大海了如指掌的桑佩德罗，在大约半个世纪前，从这里纵身跳入海中。

"那是他第一次也是最后一次，在大海里犯的错误……"

佩佩的叹息消逝在微雨的暗灰色天空里。

选择让 12 岁女儿死去的夫妇

我曾遇到很多在精神和肉体两方面患有各种疾病的人。但是，每一个案例，都是对于自己的死能够做出"自我判断"的成年人的选择。然而，到目前这个阶段，还有一个未曾触及的世界，那就是未成年人的安乐死。

2015 年 10 月，就在我开始要对安乐死进行取材的时候，在西班牙，发生了一起报纸和电视争相报道的大事件。在 "la Niña Andrea（少女小安德莱）" 的标题下，是站在圣地亚哥大学医院门前的少女的父母，他们每天都出现在麦克风前，脸上露出不安的神色。

当时 12 岁的安德莱·拉贡·奥尔多尼斯，幼儿期就患上了神经系统变性疾病，去世前 4 个月，病情进一步恶化，在上述大学医院紧急住院。后来，经过后文讲述的骚动，少女戴的胃瘘被摘除，在实施了临终镇静之后，少女死去了。

而且，她的情况的特殊之处在于，和对成年人或老人采取的措施不同，她不能按照自己的意志决定死亡。

2015 年 10 月 9 日，听到安德莱去世的报道，我将信息记在心里。一年后，我再次阅读了剪报。少女的死，究竟意味着什么呢？这种疑问带着与当时不一样的意义，在我的脑海里盘旋。

安德莱罹患的神经系统变性疾病，是损坏了的蛋白质累积在神经细胞里的疾病的总称。其中具有代表性的是阿尔兹海默症和帕金森病。安德莱所患的被推测为脊髓小脑萎缩症（SCD）。

病情从走路时步履不稳、手发抖的症状开始，严重的话，身体的所有机能都会停止。关于 SCD，如果说是后来在日本被拍成电影的《一公升的眼泪：与顽疾抗争的少女亚也的日记》（木藤亚也著，FA 出版社）的主人公亚也所得的病的话，或许读者就会立刻明白。幼儿时期就得病的安德莱，与他人交流困难。也就是说，她不能向别人传达想要安乐死的愿望。问题的核心在于，根据父母的意向让孩子安乐死是否得当？

　　结束对桑佩德罗事件的采访，我立即开始准备。这只是偶然，安德莱长大的诺亚村与桑佩德罗所居住的谢拉村，相隔只有 30 公里。若说两人是同住加利西亚地区的邻居也不为过。

　　少女的父母每天在媒体前露面，但女儿死后，却突然消失了踪影。那之后唯一一次公开发言，是在临近女儿一周年忌日时，地方报纸《加利西亚之声》（2016 年 10 月 3 日）上的报道。

　　去见雷蒙娜的当天，我在博伊罗的咖啡馆里发现了这则新闻报道。我读了一下，女儿死后，父母好像离婚了。至于离婚的理由上面没有写。照顾身患不治之症的孩子长达 12 年，之后又成为女儿的代理人，承担决定其死亡的责任，这其中一定伴随着不可言喻的精神上的痛苦。我到底能否见到这对父母呢？

　　遍访相关人员，我终于打听到安德莱的父亲安东尼奥·拉贡的电话号码。我立即拨打他的手机，但是没有人接。过了一会儿，我又用"WhatsAPP"发信息，第二天早上得到了以下答复：

　　　　新闻记者们总是想提起往事。请您理解，您的要求是要让我讲述非常心酸的过往。这份报道，会让我想起当时痛苦、失眠的日子。

　　我强烈地感受到了他失去女儿的痛苦。但是，我不想靠臆测去写他们以那种方式失去女儿、夫妻劳燕分飞的生活现状。对于经历过离婚的我来说，完全没有谴责他们离婚的念头。相反，走至这一步的过程，让我感受到他们是有血有肉、有真情的人。当然，对于安乐死给死者家属所带来的心理影响，也有必要采访。

安德莱的母亲埃斯特拉·奥尔多尼斯（33）仍然不知所踪。无计可施的我，想起了剪下来的独家报道文章，刊登这篇文章的是堪称西班牙购买人数最多的周刊杂志 Interviú，我与该杂志有 15 年以上的交情。

"洋一桑！好久没有打电话过来了嘛！今天有什么事情吗?"

电话那头，费尔南德斯总编突然这样叫道。在西班牙，他是唯一一个用日语的"桑"（意为"先生"）来称呼我的。他让我来马德里一定要给他打电话，我却没当回事。气氛稍微有点尴尬。我慎重地说起了要办的事情。

"明白了。那么我马上让记者打电话。但是，听好了。下次来马德里，给我个电话。我们到现在还没去吃过炖菜（马德里的传统料理）呢。"

30 分钟后，经验丰富的记者尼夫斯打来电话。

"我有手机号哦。但是在告诉您之前，最好跟埃斯特拉打声招呼。您简单写一下自己是干什么工作的，然后发给我好吗?"

我用西班牙语仔细写了一篇说明文，发了出去。等了 10 分钟。"WhatsAPP"来信铃声响了。尼夫斯转发了从埃斯特拉那里收到的短信。

可以呀。请把我的号码告诉他。

就这样，我得到了采访埃斯特拉的机会。

"爱你至死不变"

2016年11月4日，我再次前往加利西亚地区。10月份的凉爽天气陡然一变，超过25度的高温天气杀了个回马枪，席卷整个西班牙。然而，加利西亚却因为天气不好，很是寒冷。这次是从圣地亚哥租车前往诺亚村的。这里与博伊罗一样清静。

埃斯特拉的家是一座石砌的三层楼房。一楼是入口和仓库，二楼住的是埃斯特拉一家，三楼是她哥哥一家人。门口，戴着围裙的母亲和穿着粉色连帽衫的埃斯特拉一边照顾着2岁的长子安东，一边等待我的访问。比起我在电视上看到的埃斯特拉前年的模样，她的身材变得圆润了。

上了二楼，埃斯特拉打开房门，邀请我到里面。眼前是一个带柜台的厨房，左边是沙发和电视，右侧的里面是放着两张单人床的儿童房，左侧的里面为埃斯特拉的卧室。整个楼面的大小大概不到40平方米吧。

现在，埃斯特拉和8岁的二女儿克劳迪娅以及安东三个人一起生活。到前年为止，这里还有安德莱和后来离了婚的安东尼奥的身影。埃斯特拉几乎是同时失去了大女儿和丈夫。

"对不起，家里很窄。请随便找个喜欢的地方坐下吧。今天安东身体不舒服，现在刚从医院回来。"

流着鼻涕、空空咳嗽的安东，在我们旁边撒娇。虽然还是个不太会说话的幼儿，但是他似乎大体上能理解母亲的意思。

"接下来我们要讲安德莱的事情哦。安东，你去房间边玩边等吧。"

"安德莱"，安东反复重复着母亲的话，咚咚咚地走向了房间。

将刚沏好的茶递给我，埃斯特拉拿起红灌木茶坐在椅子上。我首先询问了安德莱的身世问题。

"据报上说，安德莱的父亲不是安东尼奥，是吗?"

"她的亲生父亲是我 14 岁时认识的恋人。因为那时年少轻狂……这也是常有的事吧。19 岁时我怀上了他的孩子，他要求我打胎。从我决定生下孩子起，他就断了联系。"

2002 年 12 月 19 日上午 6 点 30 分，怀孕 30 周的埃斯特拉通过剖宫产提前生下了安德莱。由于大量出血，埃斯特拉接受了紧急救治，看到出生的女儿是在第二天晌午过后。看着因早产鼻子里插着管子的安德莱，母亲发誓道："虽然插满管子，长得也不可爱，但是我会爱你至死不变……"

虽说是早产，但安德莱到 8 个月为止，与健康的孩子一样苗壮成长。不过，那时埃斯特拉注意到，她坐着学步车的腿使不上劲，脖子也挺不起来。20 个月过去了，她还不会灵活使用双手。

"脑部检查的结果是，发现有白色阴影。医生说这病没有治疗方法，只能越来越恶化，最后死亡。当初，还不知道她的生命能否维持 3 年。越过这个坎儿就是 5 年。我们每天都生活在恐惧里。"

安东从旁边的房间走了过来，手里提着蓝色的箱子。"安德莱。"他边说边把箱子递给母亲。打开盖子，里面堆满了已故少女幼年时用过的玩具。有铃铛，翻过来会发出牛叫声的东西和简单的动物拼图。

女儿的病情日益恶化，在她 1 岁半的时候，埃斯特拉邂逅了同样住在诺亚村的安东尼奥，并坠入了爱河。成为继父的恋人爽快地接受了要照顾身患不治之症儿童生活下去的现状。

当时，他们做好了女儿活不到 5 年的思想准备，决定要一个他们自己的孩子。2007 年 11 月，二女儿克劳迪娅出生了，2014 年 5

月长子安东也诞生了。大女儿有残疾，为什么还会想到要养育孩子呢？

"我觉得安德莱会想要有兄弟姐妹。而且，如果姐姐死了，后来生的克劳迪娅会伤心的，所以决定再生一个。克劳迪娅常帮我一起照顾安德莱，姐妹俩关系非常融洽。"

照顾安德莱一定有常人想象不到的辛苦。然而，埃斯特拉却面带微笑，非常怀念地开始讲述起那段日子。

"女儿晚上9点上床，2小时后的11点会出很多汗，因此，首先要更换睡衣。凌晨3点，为了给她翻身，还要去看一遍。我早晨7点起床，喂她吃饭。12年来，饭菜每天都一样。肉、蔬菜和水果做的3种糖渍食品，用豆乳而非牛奶混合，装入180毫升的哺乳瓶，一天喂3次。幸运的是，她可以吞咽，没有必要依赖胃瘘。对了，还有，她一个人上不了厕所，所以我要用手指头把粪便抠出来。"

"几乎没有睡眠时间的生活，持续了10年以上……"

想象到她的辛苦，我这样说道。埃斯特拉瞬间答复说：

"没睡过好觉啊！即使现在安德莱走了，我也是到夜里两三点钟睡不着。早上还醒得早……大概是身体习惯了吧。"

在父母的帮助下，埃斯特拉努力抚养孩子，放弃了取得资格证的美容师的工作，全身心投入到女儿身上。成为父亲的安东尼奥，由于西班牙泡沫经济，加上要养家糊口，所以很多时候半夜才回家。

"虽然他几乎没在家里照顾过女儿，但带女儿去医院的一定是他。"

关于前夫，埃斯特拉吐露过不满，但也说他比有血缘关系的父母还要爱身患顽疾的安德莱。这种生活，在这个小镇上，一直持续了很多年。安德莱活过10岁本身就是个奇迹。有时候甚至让人期待"是不是会一直这样下去，活上几十年"，然而，命运是无情的。

酷刑开始了

2015 年 6 月，久违地看了场电影的那天夜里，事情发生了。埃斯特拉在沙发上昏昏欲睡。凌晨 3 点，她想要给女儿翻身，看了一眼女儿的卧室，不禁倒吸了一口冷气。鲜血浸红了整个被单。

"安德莱、安德莱!"

埃斯特拉说，那天比平时更疲惫，所以身子沉，醒不太过来。万一她要是睡过去了，女儿肯定就死了。

"如果当时没有送到医院，她就可以死在自己床上了吧。后来，我后悔了，是不是我在沙发上睡过去更好呢?"

她的话让我迷惑不解。

"你说不救女儿更好?"

"是的。不是那年的 10 月份，安德莱还不如 6 月份就死了更好呢。因为在医院里，对安德莱的酷刑开始了。"

埃斯特拉称医院的对应措施和治疗为"tortura（酷刑）"。一般来说，这个西班牙词是用来比喻独裁国家进行的残忍行为或强制劳动的。然而，为了证明自己这个词语用得妥当，她提高了声调，飞快地讲述了女儿住院后 4 个月所过的日子。

"你女儿为什么老是哭? 你来了还不是一样。"

进入女儿的病房，护士跟埃斯特拉这样抱怨道。对于不理解少女的表达的护士，母亲怒吼道:"哪里哭了。那是在正常说话呢!"医生和护士强制剃掉她开始生长的阴毛，或者向"啊、啊"叫着反抗的少女的身体里强行扎针时，她发火了。

"安德莱啊啊叫是因为疼哭了。女儿出生以来第一次这样哭。"

因大量出血而导致的输血，因肾功能衰竭而进行的人工透析，住院后安上的胃瘘，少女体会到了前所未有的恐怖。正常值为 13 万 /μL 到 35 万 /μL 的血小板一时间降到了 4.3 万 /μL，体力迅速衰弱。

这次采访结束后的第 3 天，我来到了西班牙屈指可数的综合性儿童医院巴塞罗那儿童医院。这个国家，一共有 10 500 名儿童绝症患者，其中 10 000 人需要缓和疗护，但实际上得到缓和疗护的不足 10%。据说，每年有 3 300 名未成年人离世。我向在这里工作的儿童缓和疗护专家塞尔吉·纳瓦罗·比拉鲁比（33）咨询了安德莱住院时候的情况。因为安德莱入住的是别的医院，所以他事先说明自己的观点未必完全正确，然后，讲述了他的看法。

"母亲说女儿痛苦，其实肉体上是否真的痛苦不得而知。我觉得痛苦的是母亲，而不是女儿。孩子患绝症的父母，与医生和护士之间的意见不一和冲突，屡有发生。"

环境的变化，对患者自不必说，对父母也有影响。对于亲自照顾身患绝症的女儿十多年的埃斯特拉来说，精神压力就更大。

我非常理解专家的见解。但是，仅听埃斯特拉的讲述，我觉得她的说法是正确的。采访中，她多次掏出手机，给我看了没有向媒体公开过的几个视频。视频拍摄了安德莱从住院到死亡前一天的身体状况变化。

"哈——哈哈哈！"

外公一边假装摔倒，一边进入病房，她开怀大笑。这是刚住院时期的视频。她在倾斜的可调节床上，支起上半身，眼睛追随着他人的动作。就算说她马上要出院，也会有人相信。

然而，到了两个月后的 8 月份，安德莱的体力明显衰退。病房门开开关关发出声音时，少女的身体会哆嗦一下，手也在颤抖。眼球也左右游离，焦点不定。这些都明确表现出了体力的衰退。

"女儿害怕被医生和护士治疗。我能看出来。"

身体出现并发症是 10 月 3 日，她已经发不出声音，眼神也更加迷茫。体温 40 度。对母亲的声音稍微有点反应。录像里拍到的少女口中，胃瘘里的黄色食物液体逆流而上，她空空咳嗽，却苦于吐不出来。母亲在女儿的耳边轻声说道："全部吐出来吧。没关系的，可以吐出来。"

问起埃斯特拉为什么同步拍摄录像，她说是想把女儿"延命治疗"的痛苦的样子，展示给加利西亚地方法院看，从而想要立即得到临终镇静的许可。

孩子无法做出死亡的选择，埃斯特拉和安东尼奥想要代为决定。孩子得了绝症，不能表达自己的意志，是让安德莱"永远的长眠"还是不让？首先，由 27 人组成的加利西亚伦理委员会（没有法律强制力）同意了父母的请求。而收到实施临终镇静请求的医院对此表示反对。患者与医院意见不一致，最后发展为由加利西亚法院来裁决的西班牙首例反常事态。

法院的法官通过医疗专家的判断，认为对少女实施临终镇静是无罪行为。

这项判决能够成立，其背后也有政治性的趋势在起作用。6 月 26 日，就在安德莱入院后不久，以赋予患者尊严为目的的《晚期患者的权利和保障法》在加利西亚地方议会通过。西班牙与联邦制的美国一样，由自治州构成，各自治州都有独立的法律制度。该法虽然没有承认安乐死，但是认可了终末期的临终镇静。推动这个法律的正是前面提到的桑佩德罗事件。在西班牙国内，该州对安乐死的理解尤其深刻。

由父母做出将孩子引向死亡的重大决定，埃斯特拉没有一丝迷茫吗？对于这个问题，她以充满自信的表情，朗声答道：

"我的声音就是女儿的声音。我比任何人都了解安德莱。总之，我想尽快让她从痛苦中解放出来。"

也就是说，照顾女儿12年的母亲，可以代替女儿表达临终的感情。

10月7日，开始对安德莱实施临终镇静。这是让患者陷入昏迷状态，几天后迎来自然死亡的行为，被称为"间接安乐死"。10月9日上午9点半，少女在临终镇静两天后停止了呼吸。

在终于从痛苦中解脱出来的女儿面前，母亲想起了一个画面。病情真正恶化之前，她经常领着女儿到公园，两人一起荡秋千。看护虽然很辛苦，但是留在记忆中的是安德莱幸福的表情。兑现了在女儿出生时许诺的"爱你至死不变"的誓言，母亲抱着安德莱，在心中叹息：

"我竟如此地爱你。现在，我真的这样想。谢谢你，安德莱。"

母亲把所有的爱都献给了女儿　　　　　　　　　　*Interviú* 提供

与痛苦一起活下去

　　第二天早晨，我回到了巴塞罗那，紧接着下午 4 点，开车前往法国西南部的城市佩尔皮昂。巴塞罗那是我的采访据点，而这座城市是我实际居住的地方。

　　我也是偶然得知，安德莱的父亲安东尼奥·拉贡与埃斯特拉离婚后，从 2016 年 6 月起在此居住。尽管我收到了他措辞决绝的答复，但是后来经过多次邮件沟通，我得到了采访的许可。

　　蓝色牛仔裤搭配灰色卫衣打扮的安东尼奥，打开了公寓入口的大门。与我前年在电视上看到的本人，从体格到脸部轮廓都不一样了。据他说从 2015 年 1 月起，他的体重下降了 21 公斤。

　　"去年一整年，我身上发生了太多的悲剧。"

　　安东尼奥泡好了格雷伯爵茶，放在桌上后坐下。首先向我这样讲述。他所住的公寓与埃斯特拉的相比，无论是从宽敞度、清洁感还是气味上来说都截然不同。

　　从天气恶劣、村落社会占主导的加利西亚，搬到在法国日照时间最长的佩尔皮昂，我认为他的生活会很自由。然而，他却在这远离家乡的邻国的土地上，挣扎、痛苦和悲叹。

　　"与埃斯特拉离婚后，我自己经营的爱尔兰酒吧倒闭，再加上安德莱的死……不幸的事情接踵而来。人生中头一次遇到如此的痛苦。从女儿去世到今年的 4 月份，我一直失眠，痛不欲生。"

　　宽敞的客厅里，有两只猫蹲在沙发上注视着我们。安东尼奥喝了一口红茶，继续道来。

　　"那件事（女儿的死），我尽量不去想。一想就陷入悲伤。不过，那是现实。我必须与这份痛苦一起活下去。"

安德莱1岁半的时候，他与埃斯特拉相识，成为了与女儿没有血缘关系的父亲。安东尼奥面露悲伤地说道：

"被告知孩子早晚会死，作为父母什么也做不了，让我非常不甘。我没能为她做任何事情……"

突然成为患有绝症的女孩的父亲，想必有很大的难处。但是，埃斯特拉夸赞他"是一位了不起的父亲"。关于与他离婚的理由，她说："或许我成为了一位好母亲，但没能成为一位好妻子。"可以隐约猜测到他们之间有隔阂。

爱尔兰酒吧受到经济危机的影响。在酒吧倒闭前的几年里，安东尼奥的首要任务是维持家庭开支。作为老板，他基本上没有休息，过着每天早上7点出门，晚上12点回来的日子。一天干16个小时是家常便饭。

他几乎没有与安德莱碰面的时间。在难得的节假日或者带薪休假的日子，作为家有残疾女儿的父亲，他全部时间都用在女儿身上。

"虽说是玩，但对于女儿来说，生活的中心就是家里。即使带她出去散步，她也不能跟其他小朋友玩。我提早回家时，女儿听到脚步声，就很兴奋。背对着我的安德莱，最喜欢我从背后'哇'地一声吓唬她。那时，她哈哈大笑的声音，现在还在耳边回响。"

埃斯特拉对我讲述的是她肉体上的疲倦，安东尼奥所说的不如说是精神上的层层重压。安东尼奥回忆起当时的情形。他没有改变笔直的坐姿，放在桌子上的两手紧紧地交叉在一起。

"当小学校长跟我说，你姑娘什么也不懂，为什么要教她算术呢？我很受打击。他说女儿是全校的问题儿童。"

虽说社会上普遍有帮助残疾人的意识，但是除部分支援残疾人的机构以外，无论是教育机关还是医疗机构，都没有伸出援手，这样的现实让他感到心力交瘁。其中，最不能忍受的是那些伪善者。

他继续向我倾诉着什么，却因为声音突然变小，没能听清。他将手指伸入眼镜下面，低下了头。

"对不起。一想起来，我就伤心……"

"没关系的。很抱歉让您想起来了。"

一度封存的记忆，又被我强行引导出来，我真的觉得很抱歉。尽管如此，他还是努力平复因泪水而沙哑的嗓音，强有力地说道：

"妹妹克劳迪娅和周围的朋友尽情奔跑、玩耍时，坐在轮椅上的安德莱看着我笑了。我说你又不能跟他们玩，为什么要笑呢？……太痛苦了！"

声音哽咽的安东尼奥再次道歉，深深地吸了一口气。虽然不是亲生父亲，但我深切地感受到了他打心眼儿里爱着大女儿。

——决心提早如此疼爱的女儿的死期，应该是出于想让她从痛苦中解脱出来的这份爱。对于他所作的这个决断，我找不出反对的理由。

这个行为，与那位帮助桑佩德罗死亡的雷蒙娜的爱有相同之处。为了解除所爱之人的痛苦，比起自己"想让其活下去"的私心，更尊重对方"想死"的愿望。

实际上少女是否是这样想的，无从得知。既然没有见过她，那么她有多大的判断能力就留有疑问。母亲主张女儿祈求死亡，我不想盲目相信。

不过，无论怎样，安德莱的生命至多也就几个月。想让痛苦的女儿安详地离去，这份父母的心情，只有他们才懂。

在圣地亚哥的医院里，安东尼奥也对医生和护士的应对措施大失所望。那时正值安德莱陷入临终状态的10月初，准备经过法律程序，进行临终镇静之时。主治医生突然向少女的父母这样提议道：

"安德莱很快就可以出院了。回家也没有关系。"

医生的话，让安东尼奥不敢相信自己的耳朵。这是要求正处于危险期的女儿出院。媒体也骚动起来。隐约可见院方不想卷入麻烦中的企图。据说从那时到开始临终镇静的几天里，该大学医院内部展开了互相推卸责任的闹剧，有多人受到处分。

安东尼奥一改方才哭丧着的脸，表情愤怒地加强了语气：

"为什么要让快死的孩子出院呢？医生们只想保全自身！而且，他们误以为自己是神。明明是患者提供了医疗费，他们却压根儿没把我们当回事儿！"

对此，前文提到的比拉鲁比医生表示："那里不是专业的儿童重病医院，也是个问题。"在西班牙，对儿童实施临终镇静，让其从终末期的痛苦中解放出来的举措，在部分城市也实施过，但是从没有达到采取法律措施的地步。

爱女离世约一年了。安东尼奥选择过另一种人生。他为什么来到法国？真正的理由我也不清楚。从埃斯特拉那里，我听说了

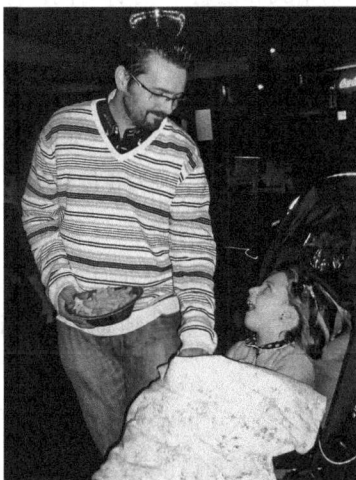

安东尼奥（左）和安德莱
Interviú 提供

几桩导致离婚的事件，但那些事与安德莱的成长和去世都没有关系。所以关于此中的因果关系，在此不做赘述。我唯有不断地祈祷他们在将女儿的死留在心中的同时，能早日走出来，歌颂新的人生。

话说，我和埃斯特拉结束对话后发生了这么一件事。8岁的二女儿克劳迪娅吃着三明治回来了。她立刻注意到我的存在，眼神敏锐地看向我。听了母亲的解释，她似乎心情有所缓和，因此我们三

人一起去了附近的餐厅。

"我们玩石头剪刀布吧！哈哈哈。啊，那个酱料，我也想尝尝！"

克劳迪娅渐渐习惯了我的存在，在食指上滴了一滴墨西哥辣椒汁，小心翼翼地笑着舔了一口。我假装把辣椒汁的瓶子整个往嘴里倒，她笑得更开心了。我有一个问题想问她。"喂，克劳迪娅，妈妈说过，那天你在病房里，你都干什么了？"

我听说在安德莱去世的前几天，克劳迪娅做了一件事。她说："请给我和姐姐 10 分钟时间。"并要求医生和父母离开病房。

在餐厅的桌子上，克劳迪娅用手左右来回地滑动着玩具踏板车，淡然地解释道：

"我在画纸上画了一个姐姐喜欢的小丑图案，然后在下面写上'我最喜欢你'。因为我最喜欢姐姐了……"

克劳迪娅将画纸轻轻地放在安德莱的胸前，脱下鞋子。10 分钟以后，在病房外面等候的父母喊了声"克劳迪娅"，然后进入室内。发现克劳迪娅躺在意识朦胧的姐姐身边，在床上颤抖着身躯。

被家人守护着，去往天堂的安德莱，是否感受到了这份爱呢？虽然不可能知道被投药的少女的心情，但是我想相信，至少她是没有痛苦地迎来了最后的时刻。

半年后的再会

在西班牙采访的两个案例中，有一个死者家属和相关人员竞相使用的词语，那就是"爱"。在禁止安乐死的国家里坚决实行安乐死，所给出的动机是如此情绪化的词语。

听到这样的话，我得以释怀也是事实。人的生死，不可能仅由逻辑和正统性来判断。有时，除了希望安乐死的本人以外，家人和恋人的判断也很重要。

从这个意义上来说，我有一个想再见一面的人。我没有忘记在瑞士的"那个约定"。

2016 年 9 月 28 日，趁着在西班牙加利西亚采访的间隙，我去了趟西班牙南部的安达卢西亚。自罹患胰腺癌的瑞典女性约莱尔·文努在 LIFE CIRCLE 的普莱西柯那里自愿死亡，已经过去半年了。我与她的丈夫安德鲁斯·由布林克约定的"6 个月后的再会"，正是在这个时候。

关于妻子做出的安乐死这个选择，现在，他怎么看呢？他不后悔吗？我也想知道他恢复单身后的生活。

由布林克和文努在安达卢西亚地区的高级别墅区马贝拉拥有别墅公寓。当时，直到去瑞士的前一天，夫妇俩在这间公寓度过了最后几周时光。我到访的这个家里，还留有诉说文努胰脏癌晚期之痛苦的痕迹。原来，她得吃这么多药啊！

"放在那里的只不过是一部分药哦。"

由布林克说着，打开了厨房的柜门，取出了镇痛药"羟考酮"、抑制抗癌药引起的呕吐的"昂丹司琼"。他还从寝室里拿来了缓和痛苦的"芬太尼"给我看，数量达 9 盒之多。

"她去世后，我回到瑞典，旅游了一阵子。几天前才回到这里，这是离开瑞士以后第一次回来。所以，无论是药，还是她的化妆品，都原封不动，还没有收拾完呢。"

由布林克平淡地说道。在厨房前面，有一个可以眺望公寓公用游泳池的露台。在这里，夫妻俩每天早晨吃着早餐，进行各种讨论。据说，两人都喜欢生命伦理的话题。

"您寂寞吗？"

他坐在露台椅子上，我在他背后发问道。

"真是不可思议啊！上一次在这里时，妻子还坐在旁边的椅子上，和我在一起。我忘不了她。但是，这半年时间，我拼命逃避痛苦，努力迈出新的一步。"

他想要详细叙说半年来的事情，邀请我到附近的印度料理店去。

"在瑞士，跟您吃完早餐后，我精神恍惚，突然浑身无力，不知道接下来该怎么做。普莱西柯医生劝我在巴塞尔市内观光，可我没有那个精神头。不过，精神状态比我想象的要好。"

由布林克送走妻子的第二天，从巴塞尔机场回到了位于瑞典马尔默的家。他说失去妻子的那天他"没有伤心"，可是，一打开家门，看到眼前摆放着的文努的鞋子，他突然被一种丧失感所包围。后来的几天里，无论是在没有妻子的家中漫无目的地走来走去，还是去公园散步，他总是泪流不止。后来，他召集了 10 位亲属，在瑞典和丹麦之间的厄勒海峡上，将文努火化后的骨灰从船上撒入了大海。

"我被孤独感侵袭，觉得这样下去是不行的，于是就去了朋友所在的泰国普吉岛。我在那儿过得很愉快。"

开始从伤痛中重新站起来的由布林克于 2016 年的初夏，在瑞典东南部的北雪平与医学生时代的恋人重逢，关系变得亲近起来。

有一天，这位女性遇到交通事故，被送到了医院急诊。曾是医生的由布林克照顾被迫坐在轮椅上的她，陪她做康复训练，还做起了家务，承担了很多事情。这种生活持续了一段时间后，她对由布林克说：

"我想和你重新生活在一起。"

然而，他没有再续前缘的打算。她依然美丽，但是把她作为共同生活的伴侣来考虑有点困难。与她一起生活的日子，4 个月就结束了。

其实，我采访时，由布林克开始对另一位女性产生了兴趣。4年前，他认识了一位在这个西班牙住宅区里居住的德国女性，她和文努的关系也很亲密。由于平时她在伦敦工作，没有太多机会见面，但今年9月，他们重逢了。

"我与她非常投缘，她与妻子的关系也很好。几天前，我来到这里，与她发展成了亲密的关系。我不是想填补心里的空白。这只是让感情顺其自然的结果。"

看着边吃着马德拉斯鸡肉咖喱边讲话的由布林克，我想起了实施安乐死前一天的文努的模样。生前，她想到过丈夫的未来了吗？丈夫像现在这样有了新的恋人，她会坦诚地祝福他吗？这些问题没有答案。

话说，文努去瑞士之前，在瑞典跟她告别的孩子们（文努与前夫的孩子），在那之后怎么样了呢？

"妻子留下遗言说，'一半财产分给儿子和女儿'，'剩下的一半给你（由布林克）'。但是，妻子与孩子们关系不好。出于这个原因，她也说过，如果他们闹起来，就把那一半用去捐助印度女性的社会运动。"

文努生前大约有200万欧元（约2亿6400万日元）的存款。正因为是这样的女性，所以她才能飞到瑞士接受协助自杀吗？不，也不能这么说。由布林克继续说道：

"协助自杀一共花了1万欧元（约132万日元），加上机票和宾馆的费用是1.5万欧元（约198万日元）。"

反过来说，有200万日元的预算，并得到医生的许可，就有可能在瑞士接受协助自杀。从文努的储蓄来看，这点金额微不足道吧。

晚饭后，由布林克和我为了消食，慢慢走路去他的住处。我问他，对于妻子在发现胰腺癌后那么短的时间内，就决定以协助自杀的方式离别之事，后不后悔？

"那不是我的决定。她的死是由她自身来决定的，我只是同意了她的想法而已。"

欧美人为什么如此轻易地肯定自我决定和个人的死呢？为什么我听不到对于安乐死的纠葛和内心的呐喊呢？半年来，他身上发生了各种事情。然而，此时，我并不觉得由布林克神色忧伤。

他一定是找到了自己的幸福。

"我对现在和我在一起的女性很满意。她填补了我的内心。"

如果由布林克送走的是痛苦地自然死去的文努，那之后还能像现在一样找到幸福吗？还是说，正因为他面对的是预期的安详死亡，所以才能够得到幸福呢？……这是夫妇间才明了的事了，我无法干预。总之，看到活生生的他，我就放心了。

与由布林克的重逢，让我想再去拜访一次普莱西柯。遍访瑞士、荷兰、比利时、美国和西班牙，我自身的想法也成型了。一年前我被眼前的情景惊得哑口无言，如今的我大不一样了。

补章Ⅱ　与普莱西柯的对话［瑞士］

与瑞士医生普莱西柯的相遇，拉开了围绕安乐死进行取材的序幕。

第一次身临安乐死的现场，我的生死观产生了巨大的动摇。英国老妇人道丽思在安乐死前一天所讲的话，如今也深深地刻在我的脑海里。

"好不容易拥有美好的人生，却要因为身体的衰弱而失去。我可不想这样。"

从那以后，已经一年过去了。

普莱西柯对我说："我没有将自己的想法强加给你的打算。请去采访各种人，接触一下各种想法。"这段时间，我追踪各国的患者、医生和死者家属。他们的选择，受该国的背景和价值观的影响很大。由于也有个人的情况纠缠在里面，所以我很清楚自己的采访经验不能普适化。

回顾起来，也不是没有令人不快的话题。虽说医生被法律免责，但他就有资格停止患者的呼吸吗？患者的人生，医生又知道多少呢？一方面，我还了解到在安乐死法不完善的国家发生了骚动。

抱着种种想法，2016 年 12 月 6 日，我再次飞往瑞士的巴塞尔。在这片土地上，我还约好要见一位德国女性，她半身不遂，准备进行安乐死。到了那个时候，我能全力支持普莱西柯的行为吗？能够看着她的眼睛，像以前一样讲话吗？说实话，我没有信心。

普莱西柯与笔者（左）

第二天早晨 7 点，气温零下 5 度。在浓雾弥漫的巴塞尔市内的咖啡馆里，喝了一杯热腾腾的咖啡后，我踏上了去往普莱西柯所居住的郊外的电车。据说几天前，她滑雪时摔倒，无法开车，不能像以前那样到车站来接我。我追寻着记忆，尝试着走到她家去。穿过作为标记的森林后，看到了住宅区。

"洋一，好久不见！"

拄着拐杖走下楼梯的普莱西柯像往常一样，微笑着迎接我。客厅里，她丈夫的父母坐在沙发上，眺望着屋外。她马上把我带到了三楼的工作室。对话从道歉开始。

"其实，跟你说过的患者，好像不希望你明天出现在协助自杀的现场。她情绪低落，检查的时候也一直哭泣。总之，下午，你去她住的宾馆，先谈谈看看吧。"

她好像直接答应了与我见面。陪患者一起来的男士据说也在等着我到访。约定的时间是下午 5 点，地点是巴塞尔的某个宾馆。

普莱西柯的电话响个不停。手机画面显示的是邻国法国的号码。"谁呀？"说着，她拿起了手机。切换成法语后，她开始询问。

"您夫人的状态呢？……那样的话，或许需要早点采取措施。正好 12 月 19 号空着，您觉得怎么样？那么，请提前两天到。"

"又增加了一名患者了吗？"我问。

"嗯。又是一名晚期癌症患者。世界各地，每天都有来联系我的。世界上癌症患者太多了。再这样下去，我的身体也受不了。"

她说，仅 2016 年，她就协助了 80 名患者自杀。从 2011 年创立 LIFE CIRCLE 以来算起，送走的患者达 230 多人。现在申请人数超过 200 人，排队等待清单上的人数很多，预约到 2018 年 3 月都是满的。

"洋一，你现在能跟我一起去马卡斯家吗？我腿疼，不能开车的。"

最近，她把我当朋友一样对待。马卡斯是她的一位希望协助自杀的患者，瑞士人，处于胃癌晚期。

我们去车库，钻进了大众高尔夫汽车，在雾气弥漫、视野模糊的草原沿线道路上缓缓行驶。这个国家与法国、德国和意大利接壤。越过无人的国境，刚以为进入了法国，又立刻回到了瑞士，大约就是这种感觉。在那一瞬间进入的法国的土地上，有几间房屋。但是，住在那里的法国人，不被承认有安乐死的权利。这是日本人无法想象的陆陆相连的世界。

到马卡斯家停下车，他本人从玄关出来，朝这边走来。听说癌症已经转移到他的全身。我们与这位面色苍白、白发苍苍的 75 岁男人相互问候。他身体瘦弱、嗓音嘶哑，表现出癌症晚期的症状。

为什么普莱西柯要带我到这里来呢？她大概是想要展示另一种协助自杀的状况吧。与迄今为止介绍给我的外国人不同，瑞士人马卡斯"可以在自己家里迎接死亡"。外国人没有这个特权。

他的家呈山野别墅风格，里面装饰着野猪和野鸡的标本，暖炉前面放着一张可以躺着的白色沙发。他说要在这个沙发上迎接最后的时刻。

"前些日子，患食道癌的朋友在临终关怀医院病逝。他没有选择自己的死期。我不想要那种死法。在医院的话，会被死亡追赶。我想要自己死。"

普莱西柯看着手机里的预约表，确认什么时候可以帮助他自杀。12 月 25 日圣诞节——对于这个候选日期，马卡斯点头同意。

但是，在这个家人难得欢聚一堂的日子逝去，有点不太合适，最终，实施日期定为 28 号。

"如果在此之前，摔倒了或者身体突然不适，请立刻给我打电话。我会赶来，立刻实施（协助自杀）。"

听到她这样嘱咐，马卡斯苦笑了一下。他看着我，感叹道：

"75 岁，还不是应该死的年龄啊！其实我也不清楚，那天，能不能鼓起勇气接受协助自杀。"

听到这些，我问道："既然如此，为什么还要这样？"

"因为我想过要活下去。与妻子一起，去听每月一次的怀旧歌曲演唱会的时候，我就会这么想。"

"那活下去不就好了嘛！"我不由得脱口而出。几个月之前，我明明还是冷静地尊重对方的意思，努力想要理解对方，这究竟是怎么了？

"不，这个世界上还不存在能战胜此病的东西。我最多也就能活几周或者几个月。可能的话，我想迎接一个理想的死亡。"

我无言以对。

在回程的车内，普莱西柯从他的病情和嘶哑的声音判断，小声对我说：

"马卡斯……或许活不到 12 月 28 号。我有点担心，他能不能实现在家人的簇拥下离世的愿望。"

22 年的病榻生活

下午 5 点左右，日暮时分的宾馆的 426 号房间里。沙维娜·杰立卡斯（53）面露绝望的表情说道：

"我想要周游世界才成为空姐的，但是，婚后两年，就因为脑干梗死倒下了，22 年来不得不生活在病床上。"

普莱西柯不在场。我把她送回家后，一个人来到宾馆。

采访全权交给了我。当然，也是因为她太忙，没时间陪我采访吧。

坐在轮椅上的沙维娜的表情，预示着 15 个小时后将要发生什么。据普莱西柯说，这名德国女性的病情是由脑干梗死引起的半身不遂。

打开房门的瞬间，映入眼帘的身影，与我的想象稍微有点不一样。她上半身不便，勉强坐在轮椅上，垂下的右手向我伸过来。"初次见面，很荣幸见到您。"说着我紧紧握住了她唯一能动的右手。只听见她小声说了句"初次见面"。

1994 年，当时她 31 岁，作为德国汉莎航空的空乘服务员，沙维娜满世界地飞，内心充满愉悦。"终于可以到世界各地旅行了。"沙维娜说道。她于 1992 年结婚，刚生下一个小男孩。

但是不幸降临了。睡眠中她脑干梗死发作。醒来时，她躺在病床上，已经昏迷 3 周了。

"我看得见，听得见，也能理解。但是，身体不会动，也不能说话。我既害怕，又痛苦，仿佛是在监狱里……"

她一直以来对人生抱有的怨恨，都凝缩在这一句话里。说到 1994 年，正是我开始海外生活的时候。随后的 22 年的岁月里，我环游世界，学到了很多东西。而这段时间，她一直生活在病榻上。

次日早晨，如果她不拒绝将致死药物注射到体内，那么她的人生就会在 53 岁结束了。此时，与她同行的是和她相识 10 年的布鲁诺·海尔曼。10 年来，她坚持用键盘打字，从未间断与他交换邮件。

沙维娜需要海尔曼，同时，海尔曼也对沙维娜产生了爱慕之情。在遇到他之前，从未做过错事的她，决定离开丈夫和儿子。

"没有治愈的希望，或许还会再次倒下。我完全变了一个人。4年后，我提出分居，后来我们离婚了。知道自己不能发挥母亲的作用，我将儿子托付给前夫。前夫现在和其他女性一起生活了。"

"您见到过 24 岁的儿子吗？"我问。"已经 8 年左右没见面了。"她叹道。据说儿子现在上军事学校。听到这些，我想起了在俄勒冈遇到的珍妮特·霍尔的故事，下一秒不由得提出了下面这个问题。

"您跟您儿子说过明天的事情吗？"

我期待着她至少已经告诉了儿子自己的决定，但答案是否定的。一旁的海尔曼说："只有我和另一位女性朋友知道。"她父亲已经去世，78 岁的母亲还活着。而且，她也没有通知妹妹（51）和弟弟（48）。

"我给所有家人都写了一封信。我死后，这些信会交给他们。上面写着'请让我走吧'。"

不安的情绪涌上我的心头。以前不会说的话，连续不断地蹦了出来。

"您儿子如果知道真实情况，会不会照顾您呢？"

沙维娜露出"那可不行"的姿态，这样说道：

"我不希望如此。无论是儿子还是母亲，我都不想让他们照顾有残疾的我。"

我又试着换了一种问法。

"如果有家人的支持，您是不是会做另一种选择了呢?"

"不可能。因为我自己已经无法忍受这个残疾了。我已经累了。"

海尔曼立刻插嘴道:

"她并不是没有得到充分的支援。请想一下，22 年啊。22 年来，她就是以这种状态活下来的。"

沙维娜上下摇晃着脑袋，用夹杂着叹息的声音说道:

"24 小时在家护理，花费巨大。但那只不过是让我延续生命的护理而已。"

从世界标准来看，半身不遂的她，不符合安乐死的条件。精神上的痛苦暂且不论，她既没有晚期症状，也没有肉体上无法忍受的痛苦。硬是要凑条件的话，那就是没有治愈的希望和本人的意愿了。

不管有没有家人的照顾，她都会选择死亡吧。但是，在通知家人之前，做出这种行动是否正确呢?

这跟在西班牙，雷蒙娜把桑佩德罗带出来，帮助他死亡的故事如出一辙。今后，海尔曼与沙维娜的家人也有可能会发生冲突。

另一方面，雷蒙娜说过的话也浮现在我的脑海里。

"（不让他死去）是家人的自私。"

哪一个选择才是正确的呢? 我的思绪混乱如麻。

"不会失去爱"

沙维娜每天躺在床上，看着云彩，回想着旅行中的自己。生病之后，很多梦想无法实现了。

"我想去泰国和南非。想见很多素不相识的人。"

知道那个梦想不可能变成现实的沙维娜，大约从 10 年前开始怀抱另一个梦想——进行安乐死。她也同桑佩德罗一样，考虑过在德国国内自杀。但是，她又担心将弄到致死药物的人卷入案件里。

我把桑佩德罗的事情讲给沙维娜听，她的脸上浮现出一副深有同感的表情。

"我在床上生活了 20 多年，外出的时候，我收到来自周围人的鼓励，接受人们对我的触碰。我一直是从下往上看，与他们接触。这种生活没有尊严可言的。"

我无法切身感受她的苦恼。没得过重病的我，希望沙维娜活下去，这个愿望本身实际上是利己主义作祟吗？

2016 年 4 月，沙维娜辗转找到了普莱西柯的 LIFE CIRCLE。

8 个月后，沙维娜来到了巴塞尔。协助自杀将在 15 个小时后施行，不，已经只剩 14 个小时了，她是什么样的心情呢？

"如此一来，所有的一切都结束了。虽然是我盼望的事情，但还是有点不可思议。之所以这么说，是因为对于我来说，这是未知的经验，不知道死后的世界会怎么样。但是我没有犹豫。这是我决定好的事情。"

最后我问沙维娜。她死后，对被留下的海尔曼有什么期待？

"没有什么期待。愿他能抱着希望活下去。"

闻听此言的海尔曼似乎在强忍泪水。尽管如此，他还是深深地凝视着沙维娜，然后轻轻地说道：

"我爱你。虽然我会失去你，但不会失去爱。"

此时，沙维娜被压抑的情感一下子喷涌而出。她哇的一声嚎啕大哭，而后，用稍微能动的右手，拿起纸巾擦拭哭红的双眼。

"明天，请加油哦！"我向沙维娜说了一句我唯一能想到的话。然后，弯下腰，用力拥抱着她的身体。

外面愈发寒冷。我立刻跳进开着暖气的有轨电车，将羽绒服的拉链拉到下巴，但是，身体的颤抖好久都没能停下来。

医生的违法行为

沙维娜去世后的第二天下午 3 点，我从近郊的车站走路去普莱西柯家，再度拜访她。这一天天气晴朗，轻柔的空气中弥漫着甜美的味道。

普莱西柯结束了因滑雪而受伤的右腿的 X 光检查，提早回到家里。她的婆婆打开了房门，我走到厨房，坐了下来。这么说来，没有看到秋田犬的身影。据说活了 16 年的秋田犬，几个月前迎来了死亡。

普莱西柯拖着腿从三楼下来。给各自的杯子倒入咖啡和红茶后，在这个第一次与她对话的地方，我慢慢讲述起自己的经历。

"自从在这里见到您之后已经过去一年了。我走访各个国家，我自身的想法也正在逐步明确。今天，包括我与您之间有分歧的事情在内，我想跟您谈一谈。"

这样切入后，我向她讲述了我的观点。我认为她所进行的协助自杀行为，比在荷兰进行的主动安乐死正确。其理由是，临终选择的决定人不是医生，而是患者本人。责任还是由患者本人来承担比较合适。

另一方面，我强调，反对将部分国家实施的安乐死变成世界标准的社会运动。原因在于，各个国家的宗教、历史和文化不同，每个人的生死观也不同。对于已经认可安乐死的国家，我不打算发表废止言论，但是，我感到一刀切地促进合法化的运动孕育着风险。

"为什么你觉得合法化不好呢？"普莱西柯问道。对于这个问题，我断言道："因为法律可能会被滥用。"对此，她说了下面一段话。

"我也害怕会被滥用。所以我才反对主动安乐死。在荷兰、卢森堡和比利时，不是患者自己（将致死药物注入体内或者喝下去）去死，而是医生下手，也没有录像。是否真的是患者的意思也就说不清楚了。你觉得我的协助自杀（的做法），是医生在滥用法律吗？"

关于安乐死不被法制化的危险性，普莱西柯讲述了个人的主张。堕胎没有合法化的时候，在世界各地，违法的堕胎泛滥，不断发生事故。其结果便是引起了在一定条件下将堕胎合法化的浪潮。

"协助自杀如果也能在一定条件下进行的话就太好了。不然的话，医生当中肯定会出现即使是犯法也要让患者死亡的人。"

事实上，就连认可协助自杀的瑞士，在监管不严的地方，将患者引向主动安乐死的行为每天都在发生。因为"医生讨厌因协助自杀被警察调查或是做资料申报"，普莱西柯悄悄透露道。这是最近，由35名医生参加的研讨会上探讨的内容，如果公开的话，不用说，实施过主动安乐死的医生全都会被逮捕。对于这样的现实，她不由发出慨叹。

然而，对于这个主张我心存疑问。如果法律承认协助自杀，当局就要严格检查安乐死的过程和死因。普莱西柯主张，如此一来，染指违法行为的人就会减少，同时她又说，即便如此，仍有人会暗地里知法犯法。那么，应该管制到什么程度才好呢？苦思无果，我换了个话题。

"即便是遵循严格规则的协助自杀，对没有晚期症状的患者实施安乐死，我认为也是不正确的……"

医学的发展，让延命治疗不可避免。认为在没有治愈希望的情况下活着是"没有人类的尊严"，这样的想法也可以理解。但是，还有生存希望的患者，却因为本人的强烈期望或医生的判断，被引向死亡的世界，这是错误的。

当时的我，回想起前几天采访的沙维娜。普莱西柯将还可以活着的她引向了死亡。对于这个行为我抱有怀疑。

"洋一，你觉得她的人生是有尊严的吗？知道吗，如果我过着和她一样的人生，我不会想要继续活下去。连厕所都不能一个人去，要戴着尿不湿生活哦。"

以前，她的生死观听起来很正确，也很美好，但此时的我有了不一样的想法。一些身患重病的人觉得人生不幸，想要去死，这是事实。但我也知道，有些与病魔抗争的人活得很幸福。面对病魔和残疾，感受因人而异，不能一概而论。因此，我再次问她：

"请思考一下。是您决定了沙维娜人生的最后时刻哦。对于她漫长的人生，您知道多少呢？"

普莱西柯的回答出乎我的意料。

"我经常用'人们选择自己的死亡，他人与人们的死亡共生存'来解释。"

也就是说，既然沙维娜决定了死亡，那么包括普莱西柯在内的"他人"就只能接受这一点。我想对她说，正是她的这句话，与我所思考的生死观格格不入。

如果有人问我：你认为"死亡是个人的事情"呢，还是"死亡是集团和社会的事情"呢？在日本长到 18 岁的我，一直认为是后者，即一个人的"死亡"与家人、恋人以及地区等各种要素密切相连。

开始在欧美生活以来，死亡权利是个人的权利这一想法，在客观上我是理解的。但是，通过采访，我对于欧美的想法不由得产生了违和感。

询问桥田寿贺子的联系方式

　　人类不是凭自己判断就可以决定自己生死的强大生物。但是，向欧美人传达日本人的生死观应该很困难吧。我暂且退让了一步。

　　普莱西柯告诉我，基于"人对自己的死亡有选择的权利"这个想法，最近，她要进行一次协助自杀。对象是个美国人（36），她不顾父亲的反对逗留在瑞士，也没有向父亲透露行踪，现在她即将迎来协助自杀。

　　普莱西柯对她说："如果不告诉您父亲，我就不会协助您。"话虽如此，但只要她把安乐死的决定报告给父亲，即使遭到反对，普莱西柯也会帮助执行。我完全不能理解这个方针。

　　"我认为只要父亲反对，您就不应该在她临终的时候出手。对于这名父亲和他女儿的关系，您究竟了解到什么程度呢？"

　　我不由得加大了声音的力度。普莱西柯镇定自若地这样答道：

　　"如果父亲不同意，我会给他打电话，向他耐心说明，以他女儿现在的状态，如果顺其自然，会发生什么事情。迄今为止，我跟很多家庭做过这种说明，最终没有人不同意。因为他们已经是成年人了。"

　　这是真的吗？最后那一句"因为是成年人"，让人在意。成年人的话，就可以以自我决定的名义，无视家人的意思了吗？因此，我问道：

　　"对于那家族的历史来说，您会成为最终的责任人啊。您要怎么处理那些家人的感情呢？"

　　"总之，重要的是解释说明。如果他要反对到底，我也会告诉他，这样下去，他女儿有可能选择自杀。"

这个"自杀假说",普莱西柯已多次跟我说过。她反复提及此事,是因为她的父亲曾因为晚期癌症尝试自杀。

然而我觉得,患者到最后一刻是否真的会自杀不得而知,医生为了防止这种情况而进行协助,也不合情理。

我试着想象了一下具体的场景。父亲或母亲因为没有治愈希望的晚期症状,不顾我的反对,决定靠协助自杀来实现安乐死。医生通过"想象"来判断"有自杀的可能",不顾我的感情,擅自决定进行协助自杀。如果发生了这种事情,我一定会发飙的。

我不是在说,协助自杀就一定是错误的行为。我想说的是,医生以自己的价值观作出判断,决定协助来自价值观不同的尚未面临终末期世界的外国人,是不对的。

即便如此,她还是主张,最后打开致死药物开关的是患者本人。于是,我向她询问了从美国人史蒂文森那里学来的"洗脑"问题。

在认可《尊严死亡法》的俄勒冈州,听说有医生将患者的死期提前的事情。我觉得医生向患者告知协助自杀的存在本身,就属于洗脑……

对于这个提问,普莱西柯含糊地回答说,他们希望患者最大限度地活下去。作为证据,她列举了 LIFE CIRCLE 对于希望协助自杀的 ALS 患者的应对方式。据说,与她以前工作过的 DIGNITAS 不一样。

"ALS 患者如果接受护理是不会死的。LIFE CIRCLE 会判断患者的状况,尽量让他们活下去,因为总有一天会开发出 ALS 的特效药。但是在 DIGNITAS,有时只要患者希望,就可以死。我在DIGNITAS 干了 6 年,无论如何也无法顺应这个方针。"

但是,在 LIFE CIRCLE,根据患者的状况和病情恶化程度,对不是晚期的患者也可能施行协助自杀。我不清楚普莱西柯所讲的这两个机构的区别何在。若要这么说，岂不是总有一天所有的病都有可能开发出特效药吗？现在，就算是艾滋病，也不是不治之症了。

我也就史蒂文森所说的"4W"进行了询问。我一一列举了"白人、富裕层、高学历、焦虑"等4个W。她从厨房取出一张纸，开始记笔记。"我非常感兴趣！"说着，她转向我，发表了她的见解。

"说到高学历，的确如此。来这里的人半数都是这样。有很多人生顺遂的公司高管。他们大多有些讨厌被别人指挥，想要在临终时自己做决定。白人也没说错吧。据我所知，至少没有亚洲人和黑人。"

"焦虑"是指预想到将来的疾病和痛苦而过于焦虑的现象。她在纸上画了一个简单的图形。人类的年龄到85岁为止，健康状态是一条平坦的横线，85岁到95岁之间，陡然向右上方攀爬。她解释说，到了85岁以上，各种老年疾病增加，会使人变得焦虑。

"除了老年人，我们不接受因焦虑而寻求自杀协助的患者。这是因为考虑到85岁以下易焦虑的人，可能有轻微精神疾病，或许可以治愈。"

2016年，当时91岁的剧作家桥田寿贺子在《文艺春秋》（2016年12月刊）上公开发表了"日本应该允许安乐死"的言论：

> 我唯独害怕傻傻地活着。（中略）现在，医院也不会一直照顾老年痴呆的人。说句不好听的，就是会被从医院里赶出来。既然要赶出来，那么还不如让想死的人死掉算了。（中略）我认为，日本也应该像瑞士一样，早日制定允许安乐死的法律。

至于能够实现安乐死的场所，桥田具体举出了DIGNITAS的名字。实际上，在来瑞士的几个星期前，我通过邮件跟普莱西柯说过这件事。当时，她向我询问了桥田的联系方式（我当然没告诉她，原本我也不知道桥田的联系方式）。为什么普莱西柯会感兴趣呢？

"如果她超过了 90 岁，那么即使现在再健康，身体也会突然不适，关节、听力、视觉都会发生问题，还会易疲劳，生活变得艰难。我想让她写出想在瑞士死的理由。如此一来，即使她因为心肌梗死等原因身体状况恶化，也可以来这里。否则，到了无法表达意思的时候就晚了。假如她是住在瑞士的话，即使失去了意识，我也可以为她做临终镇静……"

此时，我出其不意地问道：

"那不就成了您间接给她（桥田）洗脑了吗？"

"不，我是不希望她去 DIGNITAS。在 LIFE CIRCLE 的话，直到临终的那刻为止，应该可以一直探寻最大限度地延长生命的方法哦。"

桥田如果是按照自己的意思考虑去瑞士的话，就不是被强行邀请。但是，她却在询问桥田的联系方式。于是，我再次问道：

"如果您邀请了她，就相当于诱导她死亡吧？"

"我没有邀请她的想法。我讨厌洗脑。"

她语气温和地说道。然而，我的疑问尚未消除。

对她的协助是错误的

一个半小时过去了。我仿佛是在谴责给我机会，让我学习了这么多东西的人，心里很不平静。但是，她时而露出微笑，淡然地谈起自己的想法。这是她对工作自信的表现吗？然而，就在此时，她话锋一转。

"洋一。"她用跟往常一样平静的语气唤我，露出了从来没有过的痛苦表情，黯然说道：

"虽说我一直做这份工作，但是我不认为所有的协助都是正确的。偶尔，也会有罪恶感。希望你能明白。"

即使是为了患者而施行协助自杀，患者的死究竟是否与她所认为的死一致，还留有疑问。不出所料，这果然是在为尚未面临终末期的患者协助自杀时体会到的。

最近的例子便是当天早晨踏上死亡之旅的沙维娜·杰立卡斯了吧。前一天，我当着病人本人的面抱不平说"你明明还能再活下去"。那名病人正是她。

"她的病症是半身不遂，还有生存的可能。最初生病倒下的那两年，应该仿佛生活在地狱里吧。然而，自那以后的20年里，估计她已进入精神稳定期。她致力于德国的协助自杀启蒙运动，我希望她可以继续努力。她死的时候，我看到了海尔曼嚎啕大哭的样子。我不由觉得在这个时间点协助她自杀是错误的。"

即使后悔，人死也不能复生。与其抱有后悔的心情，还不如不要把人们引向安乐的世界。我觉得这个根本的出发点，就是我与普莱西柯的差异。不，这或许是日本人与欧美人的差异。最近我常这样想。

即使察觉到相互之间与平时的气氛有点不一样，普莱西柯也没有否定我的主张，反倒是笑着说："你看到的事情，再讲给我听听。"

自瑞士始、至瑞士终也不错。不过，我发现有件事必须要去做。那就是去日本取材。

在欧美国家，思想、法律以及社会生活，在与宗教理念的相互关联中成立。可以说，根据如何理解"一切由神决定"这一基督教的信仰，决定了对安乐死赞成与否。

天主教的反对派认为主动安乐死"违反神的规定"；新教的赞成派将"怜悯"痛苦的患者解释为"符合神的教诲"，对其表示认可。

当然，诚如迄今为止看到的一样，对安乐死赞成与否，不能根据宗教派别一概而论，每个地区和文化都演绎出了各自的解释。但是，关于这一层面的问题，许多人进行了深入的讨论，至今没有讨论出一个结果。

一方面，在日本，丝毫没有普及对安乐死的理解。在不以宗教为事物判断标准的日本，是什么成为了阻碍呢？近来，像桥田那样接受安乐死的言论成为话题，能让社会状况发生变化吗？

从安乐死这个角度来比较日本和欧美，似乎也能成为寻找前文所述的"死亡是个人的事情还是集体和社会的事情"这一问题答案的线索。

我立即准备了飞往日本的机票。

第6章　被称为杀人医生的人们［日本］

违反刑法

虽然不到一年时间，但是我切身感受到了许多欧美人的生死观。

我不是每天都在死亡现场的医生。正因为如此，第一次目睹安乐死的瞬间时的动摇和无力感，至今还留在内心深处。

但是，到了第二次以后，不可思议地，我开始习惯待在现场了，这种习惯甚至让我感到了恐惧。这究竟是为什么呢？我并不是没有猜到原因。

——欧美人重视个体，讴歌个体的人生。在日常生活的方方面面，他们都是自己对自己的行动负责，"死亡"也是其中之一。既然如此，我不是也应该对这一个个个体的生存方式表达敬意吗？不，无意识当中，在内心某处，我已经表达了敬意……

不过，即便长年生活在欧美，身为"日本人的我"也潜藏在内心深处，这是事实。即使在逻辑上被说服，能够理解安乐死的正当性的时候，我的 DNA 似乎也在某处表示抗拒。因此我想看清它的真面目。

日本也有过认可安乐死的势头强劲的时代。1970年代，因荷兰的波斯特马事件（1971年）、美国的卡伦事件（1975年），终末期医疗成为全世界热议的话题，日本安乐死协会顺势成立了。那是在1976年，参与人为医生和律师。同年，与各国的安乐死协会联合举办的安乐死国际会议在东京召开。

日本安乐死协会虽然起初以推动主动安乐死的法制化为目标，但是由于对终末期医疗的理解不够深刻，会员内部的意见也不统一。当时，盛行延长人类生命的医疗，哪怕是一分一秒也好。很多人认为安乐死是"医疗的失败"。1978年，作家水上勉和野间宏创办了"阻止安乐死法制化协会"等，刮起了逆风。

后来，日本安乐死协会改变了推动安乐死法制化的方针，1983年，更名为日本尊严死协会。日本的尊严死，与将其等同于协助自杀的美国或包含所有安乐死的欧洲有所不同。受日本尊严死协会的影响，在日本，尊严死一般多指"静观或停止延命治疗"。为此，该协会开始推广普及生前预嘱。

停止没必要的延命治疗的行为虽然没有被立法承认，但是，2007年厚生劳动省发布的指南（2015年修订）允许了这一行为。不过，里面明确写着"主动安乐死不是本指南的对象"。

在日本，主动安乐死到底为什么是违法的呢？

刑法第199条（杀人罪）和第202条（嘱托杀人罪）就是最大的障碍。在不承认主动安乐死的日本，不管是否有患者的意愿，投入药物的医生都是第199条针对的对象，即适用于"杀人者，处以死刑、无期徒刑或者5年以上惩役"这项条文。

第202条的条文如下："教唆或者帮助他人自杀，受他人嘱托或者得到他人承诺而杀人的，处以6个月以上7年以下的徒刑或者监禁。"这也适用于医生的协助自杀。为了解除患者的痛苦，即使是在患者及家属的同意下施行协助自杀，医生也会以杀人罪被起诉。

用一管针剂，停止患者呼吸的行为——安乐死，在日本，被称为杀人。

在日本，为了患者和家属，有的医生涉及该行为，从此人生急转直下。在东海大学医学部附属医院（1991 年）、国保京北医院（1996 年）、川崎协同医院（1998 年）发生的"事件"，不但没有形成认可安乐死的舆论，反而起到了相反的作用。

首先，我想见一下这些事件的当事人。虽然因为这些事件他们的人生被颠覆，但他们依然伫立在医疗现场。欧洲医生自豪地说起安乐死的样子还鲜明地留在我的记忆中，不知日本的医生会以什么样的表情跟我接触呢？

日本首例"安乐死事件"

"实在是不忍看下去了。医生，请让他早点解脱吧……"

"作为医生，当然是只要有一点可能，也要继续治疗。"

就昏迷状态的男性患者的医疗处置，医生和患者家属每天都在反复争执。那是在 1991 年 4 月 13 日——已经是 26 年前的事情了。东海大学医学部附属医院发生了日本首例由医生引起最终发展成民事和刑事诉讼案的"安乐死事件"。在日本国内，1962 年的名古屋、1975 年的鹿儿岛等也曾发生过安乐死事件。不过这些事件没有医生参与，都是伴侣或孩子受托的嘱托杀人。

另一方面，东海大学安乐死事件作为与安乐死相关的判例，至今仍会被拿出来参考。终末期医疗中，在尚不明确医疗行为的底线在哪里的时代里，这是一个作为分水岭留名医疗史的事件。

1990 年 2 月，干了 30 多年零件加工厂车工的桂哲朗（化名，当时 58 岁）在做体检时发现了身体的异常。他的兴趣爱好是打网球和高尔夫，对体力有自信，也没有烟酒等不良嗜好，过着健康的生活。为了保险起见，他从 4 月开始住院。为了照顾丈夫，妻子考取了驾照，每天从家里开车到医院。桂曾出过一次院，12 月份又再次住院，被诊断为多发性骨髓瘤。次年，1991 年 4 月，桂陷入昏迷状态。

当时，负责桂的是年仅 34 岁的助教青木刚（化名）。同年 4 月 13 日，桂从大学医院 6 楼的大房间转到单间，家属像文章开头那样，请求青木停止治疗。家属也曾向青木以外的主治医生提出过这种要求，甚至还发生过把不同意这要求的医生换掉的事。

之后，情况就变成了青木一个人承受重压。他多次严厉拒绝家属想让桂安详逝去的请求，但最终抵挡不住家属们长约两周的强烈要求。青木做出了决定。他停止输液，往静脉里注射了氯化钾。

两天后，问题暴露了。曾制止过青木独断专行的护士，通过护士长向院长报告了此事。青木当天就受到回家待命的处分，后来被开除。这件事以后，他离开了医疗第一线。

一个月后，从医院相关人员得到信息的晚报，报道了"医疗杀人"一事，以此为契机，各个报社连日整版持续报道。周刊杂志也大写特写他的生平和人际关系。不久，这起事件被当成安乐死事件，引起社会的关注。

在事件暴露后的记者会上，当时的院长不无困惑地说："什么是安乐死？这是一个很难回答的问题，我不清楚这次的事件使用安乐死一词恰不恰当。"但是，给患者大量投入氯化钾会导致心跳停止这件事，在医生中间是"常识"。

这个事件，与我之前看到的欧美的案例在前提上大不相同。近来，癌症告知变成了主流，而当时，对患者隐瞒病情的风气盛行。

由于妻子和长子拒绝告知桂实情，因此直到最后医生也没有告诉桂病名。

1992 年 9 月，横滨地方法院举行了首次公审，探讨实施安乐死的重要条件，期间也不免有些争论。在为期两年半的公审中，最重要的论点是"患者本人的意愿"。由于主要缺少这一点，因此横滨地方法院于 1995 年 3 月做出了有罪判决，判处青木有期徒刑 2 年，缓刑 2 年。

以这个事件为契机，横滨地方法院将主动安乐死所需的 4 个条件整理如下：

（1）有难以忍受的肉体上的痛苦。

（2）无法避免死亡，死期迫近。

（3）用尽了消除苦痛的方法，没有替代手段。

（4）患者本人明确表达希望安乐死的愿望。

当时，即使在全球，这也是很宝贵的判例。

桂的长子隆之（化名）与母亲一起，目睹了父亲在病床上痛苦挣扎的样子。有报道称，他们多次向青木恳求，"希望快点让父亲解脱""想早点带父亲回家"等。如果青木被问罪，那么隆之等人也有可能被判教唆杀人罪，但是，在 1992 年 11 月举行的第 3 次公审中，隆之说出了这样的证词：

"那天，我不记得对青木医生说过'请让父亲尽早解脱'这句话。"

死者家属主张，没有意识到青木的医疗行为会直接导致死亡。然而，根据检方的开庭陈述，确认患者死亡后，青木说"已经去世了"，当时隆之弯腰致谢道："承蒙您关照了。"这个分歧意味着什么呢？有一点是清楚的，桂死后的一段时间，医生和死者家属之间没有产生任何摩擦。

从事件发生到被告上法院，青木持续受到各种批判，最终没有人站出来保护医生青木。除了部分同事之外，院方也给人忙于保护组织的印象。不仅是媒体和检方，就连患者遗属也把他推开了。

不，唯一支持他的是他自己的家人。事件发生时，在九州经营诊所的青木的父亲在朝日新闻社（1991 年 5 月 18 日）对其采访时说道："总之，儿子做的事情是不对的。我常跟他说要成为一名懂得患者痛苦的医生，如今，这句话反而害了他。"母亲也很痛心，她说："一旦有人求他，他总是想方设法去帮人家……希望大家能看到儿子也很努力。"青木医生家人后来的情形也让人很挂心。

然而，我不想去挖掘四分之一世纪前的事件真相。那不是我的工作，我关注的领域主要是欧洲。事件发生后的那段时间里，有过大量的报道，还有相关的书籍出版。我应该写的是，当事人们在那之后过着怎样的生活，现在在想些什么？还有就是尽量找出日本人与欧美人不同的观点。在这个国家，安乐死是禁忌，造成这一结果的背景因素正隐藏在他们日本式的内心里。

"不会再回来了"

我决定把接触患者家属作为本次采访的开端。我想请桂哲朗的长子隆之回顾一下当时的场景和审判内容。如果可能的话，我想知道"请尽快让父亲解脱"的"解脱"意味着什么？

2016 年 11 月 23 日，我来到了位于神奈川县某地的隆之的家。自从那次骚动以来，他几乎没有在媒体面前露过面。我自知他当时的"心理创伤"还没有痊愈，但还是按响了玄关前的对讲机。

"哎？什么？请稍等。"

估摸是桂隆之妻子的女性如此答道。我简明扼要地说明来意。

从她的声音里可以听出，她对于要追溯到 25 年前往事的采访意图，感到困惑。之后，她沉默了一段时间。估计是在向身旁的家人（隆之本人?）传达来意。等了几十秒后，女人的声音又响起来了。

"非常抱歉，我们不想回答，您请回吧。今后我们也不想发表任何意见，对不起……"

解释完后，对讲机的声音戛然而止。

最终，这天我只能留下信离开了。我期待着桂能给我打电话，然而没能如愿。

第二次访问时，通过对讲机，我得到了一个男人的答复："他不在家，他不会再回来了。"大概是他本人吧。我理解他绝口不谈的缘由。

长子向青木执拗地恳求"父亲的死"一事被报道后，有人对他进行了严厉谴责。到了与亡父同样年龄的他，也与父亲一样丧失了很多东西。

不仅家属方面，医生方面也保持沉默，使得这起"安乐死事件"为终末期医疗投下了阴影。我希望桂哲朗的主治医生青木，能多谈谈这件事。

为什么他在那个瞬间，给患者注射了氯化钾？他是以何种心情，做了安乐死的决定呢？他当时是否认识到，在日本，他的行为与违法的安乐死有关吗？我想直接从本人那里听取在报道中无法掌握的部分。

为了得到采访许可，我给他写了一封信，并立刻收到了回信。

……对于所有媒体，我都坚决拒绝接受采访或进行对话。对于大众传媒、新闻媒体，我唯有绝望和不信任感。（中略）更何况，小生是被判缓期执行的戴罪之身。事到如今，有谁会想听这种人说的话呢？

他的心情都凝缩在字面上。想采访他估计很难吧。但是，我不能不去拜访他。即使他坚决不愿讲述详情，只要能看到他的"眼睛"、听到他的"声音"也可以。从中应该能感受到某种东西。

如果国民能够多少了解他的心情，就能向医疗界提出异议。历经了长达一年的海外临终现场的采访，我也产生了一种可以称之为使命感的东西。

小声的怒吼

5 天后的 11 月 28 日，我从羽田机场飞往他所居住的九州的地方都市。日暮渐临。由青木担任院长的诊所位于宁静的住宅区的一角，时有从补习班回来的中小学生经过。我没有事先预约。

我在接诊处表明身份，而后坐在候诊室的沙发上。在我的两侧是几个戴着口罩的患者，正一边看着电视一边等待护士传诊。突然，我感觉到一股视线。抬头仰望做成楼梯井的二楼走廊，只见一名穿着蓝色衬衫、灰色毛衣和宽大黑裤子的便服男子正俯视着这里。

——是青木吗？……

头发既不黑也不白，是任由其自然变色而形成的银灰色。他就那样走下楼梯，直接消失在诊室里。

一名女子领着孩子进来了，她将鞋子放入鞋柜，把挂号单交给接诊处，然后在我的旁边坐下。随后，刚才在楼上的男性穿过连接着一楼诊室的走廊，朝这边走来。我盯着这名男士。他的眼神一变。

"我没什么要说的。给我回去！"

这是"小声的怒吼"。从音量上，我没能瞬间理解他说的是什么，但是，表情传达出了他的愤怒。他随即消失在诊室里。坐在一旁候诊的患者们，也胆怯地看向这里。

我觉得自己应该离开这里。于是，回到酒店，躺在了床上。我决定先集中于别的事情，便打开电脑，信手写其他主题的稿件。可是，青木信上的内容，与方才的声音一起，在耳畔回响。

更何况，小生是被判缓期执行的戴罪之身。事到如今，有谁会想听这种人说的话呢？

那一天，我辗转反侧，无法入眠。

第二天早上8点，我等着诊所门口的百叶窗拉开。我被此次采访的罪恶感所折磨，同时也在意青木的心理状态。抬头看时，发现候诊室的灯亮了。

我在接诊处请求与青木见面。过了一会儿，身穿暗灰色衬衫和黑色马甲的青木从二楼下来了。没有一个患者，就是现在，这是最后一次请求。

"归根到底，你干的事情和他们没什么两样。一点也没有改变嘛！"

说着他在我面前站住。就在我以为他会立即离开这里去诊室时，却听到了意想不到的话语："换上拖鞋，到里边来吧！"

穿过短短的走廊，我们去了最里面的诊室。门是开着的，对面的门也是敞开的，那应该是通向其他诊室的内部通道，或者是连接着自家住宅的走廊吧。青木沉身坐在了电脑前低矮的扶手椅上。仅凭窥视他镜片后面的眼睛，接下来的发展便已显而易见。我保持站姿，倾听他的诉说。

"为什么呢，归根结底，媒体的本质就是没改变呢。净干这种往对方的伤口上撒盐的事。为什么就不能痛快地接受这边的保密要求呢？为了听取意见而不请自来，是媒体的特权吗？说到底，你们跟那个时候相比一点也没变嘛！"

青木怒从心头起，"嘭"地敲了一下桌子。和昨天跟我说"给我回去"时一样，虽怒气冲天，声音却很低。

或许他就是这种性格，无法大声怒斥。抑或是怕有人听见斥责的声音不好吧。

曾在东海大学医学部附属医院担任助教的他，此时用的却是"那个时候"这一说法。25年前的事件在他心里留下的创伤至今仍未消弭吧，从中我听出了这样的悲叹。如果没有那起事件，这名医生就不必早早地回老家工作了吧。

"那么你是什么人呢？让我再次开口，将我拼命构筑的生活基础打碎，让我丢脸吗？你也太不负责了吧。或许你是出于正义感在做事，但媒体的正义感与普通市民的正义感，根本就是两码事。"

那次事件后，青木被大学医院开除，受到了3年的业务停职处分。停职期间，他在妻子娘家开的医院里负责药价计算等医疗事务。但是，开办现在这家诊所的青木的亲生父亲，希望儿子能够重新成为医生，为此他积极争取当地居民的信赖和理解。青木为了继续当医生，辗转到达的终点，就是这里。这位父亲现已离世，青木则一直守护着这家诊所。

他的手指在膝下不安地摩挲。我即使有问题想问，他也完全不给我这个空隙。大概他是不想听我这边的辩解吧。青木继续说道：

"青木写了死亡诊断书。他不会是又做了那种事情了吧？这就是你们（想捏造报道）的本性吧？"

这段话中的一些部分我没能理解。他的确因为媒体打造的奇怪可笑的报道深受伤害。他对媒体的批判有一定的道理。但是，他要抱着这种被害意识到什么时候？这时，我第一次插话。

"我们应该再认真讨论一下，我……"

青木不等我说完，立刻进行反驳。

"讨论也没用！"

"为什么没用呢？"

"这么说吧，是社会太不负责任了！"

说完，他提出了对于近来安乐死法制化的期待。自从前述的桥田寿贺子提出以来，很多有识之士在周刊杂志和月刊杂志上发表了个人的主张。

"前段时间的周刊杂志上，（阐述安乐死赞成论的）那个家伙当年可是把我写成混蛋的呢。搞什么呀，这个家伙……"

我把想在日本展开对安乐死的讨论，所以在各国反复取材一事告诉了青木。他用愕然的表情看向我，仿佛在说，事到如今才有人做吗？从他接下来的话及其语气里，我感受到，对于自己所受的处罚，他想要坚持自己行为的正当性。

"在法庭上，我可是说过了。'这种（可以施行安乐死）时代到来了吧？'从那以后过去多少年了？事到如今，无论做什么都没有用了吧。本来，现在是在政府或者国会里说话的大好时机。但是，我一点也不想说。想到当时的痛苦，我才不相信媒体什么的。"

青木站在旁听席上，讲述对安乐死的想法，是在公审已经进入中期的 1994 年 5 月 12 日。纪实文学作家高山文彦在旁听席上记录下了他的身姿。根据高山所写的《生命之器》（角川文库）中摘录的话，青木的发言好像是这样的，摘录如下：

"现在还有将安乐死和尊严死混为一谈的趋势。做到哪一步是安乐死，做到哪一步是尊严死，没有标准。这次我使用的是氯化钾。可是，如果患者极度痛苦，想要用吗啡止痛，却因此使患者死亡的话，该如何评判呢？（中略）对于在你眼前小便失禁（死期将近）的患者，可以袖手旁观吗？荷兰通过了安乐死法案，即使照搬到日本，两国民族性和对于死亡的看法也不一样。重要的是，面对如何迎接死亡这个问题，人们是怎么想的？"

对此，高山说："从他那好像是在演讲的态度中，听不出痛苦地匍匐在地的声音。（中略）也完全没有听到他自身对于尊严死和安乐死的想法。"也就是说，对于安乐死，他讲述的是"普世观点"，缺少了作为当事人的看法吧。我想要问的也正是他作为当事人的意见，然而，我们没能聊到这一点上。

瑞士或荷兰的医生们谈起安乐死来都很自豪。面对同样的主题，日本与他们的差异究竟来自何处呢？一定是因为法律制度的不同，以及社会渗透性的巨大差距。在日本，不论现在还是过去，都不允许安乐死。也就是说，青木的行为触犯了法律，这是不争的事实。

虽然我这样想，但我内心不认为法律是绝对的，更不认为青木要负全责。

在该事件之前，日本关于安乐死的法律和指导方针暧昧不清，以该事件为契机，才规定下来。照此来说，或许将其明确称为"安乐死事件"也未尝不可。

青木说，现在的自己只遵从两个原则。

"一是不牵扯进死亡练习里，二是沉迷于兴趣爱好。只有这两个。不然的话，无法保护自己……"

他叹息着说道。"保护自己"——他就是这样生存的。他也逐渐冷静下来。或许是觉得愤怒本身也很虚无吧。我无论如何都想请他回顾一下这漫长的医生生活的苦恼。

"这 25 年来，您是以什么样的心情继续当医生的呢？"

他的表情相比 10 分钟前似乎缓和了一些。"嗯？"他用鼻子哼了一声，似乎有所松动，愿意听我提问了。调整了一下坐姿，他说道：

"什么心情？我也没有其他谋生手段了吧。还有就是当地人给予我的支持。只有这些了。即使在那种情况下，当地人还在问：'你家长子还没回来吗？'我想只有当地人才会这样想。我只是珍惜这份心意，一路走过来的。我一点也不想引人瞩目。所以，你找找看，应该根本看不到我的招牌。说实话，我觉得随时都可以关门。但是，他们还是来找我看病。我唯有感谢的份了。"

胆怯的老母

如果发生什么事情，他随时都准备关掉诊所，正当他语气坚决地如此说道时，我突然看到，在对面走廊的一头，有一个驼背的老妇人，一边侧身前行，一边战战兢兢地探出头来。她用右手托着无力垂下的左臂手肘。难道是第一名患者吗？

青木察觉到我看向的方向有人，将椅子转向背后，粗声喊道：

"够了，妈！你为什么要出来啊？"

原来是他的母亲，也就是开了这家诊所的已故父亲的妻子。她神色惊恐地转向了这里，立即脱口说道：

"不是，我有点担心。想让你帮我量血压……"

从她那胆怯的目光也可以知道，她不是为了量血压才来这里的。不知她从什么时候开始听我们讲话的？我剥夺了这个家庭的平静。看着她的表情，我感受到这种"直接采访"的残酷，但我想应该把这个表现了他和家人整个半生的光景，传达给世人。即使是被他抨击为"媒体的特权""无意义的正义"……

沉默持续了一段时间。医生眼神怔怔地盯着一点，眼眶湿润地叹息道：

"我的父亲、母亲、妻子以及孩子，我给所有人都添了麻烦。然后你还要旧事重提吗？不管你这么做是出于多强的正义感，就没想过会产生不良影响吗？"

接着青木吐露说："除了我以外还有其他人吧。你去问他们好了。"我知道这样很没礼貌，但还是问他有没有跟死者家属谈过话。他立刻给了我答复：

"没有。他们应该也不想谈。在法庭上，氛围发生了那么大的变化。就是因为对方的证词，我才变成坏人的吧？事到如今，那种事情，也没有必要翻出来吧？他们什么音讯也没有。而且我也不想知道。不过，幸运的是，还有人支持我。"

我退出房间的时候，青木的怒气与进来时相比减少了。想必他不擅长一直训斥别人。青木恐怕是个特别温柔的人吧。

他是在熟悉安乐死的基础上贯彻自己的理念呢，还是他的性格使然呢？这个答案，只有他自己知道。25 年过去了，他始终没有出现在媒体上，虽然我终于知道了他的想法，但是关于事件的详情，他没有提及。

这次采访的几个月后，我联系到东海大学医学部附属医院当时的骨干、青木曾经的上司，获得了向他询问情况的机会。我有一点疑惑：事件发生之后，医院没有展现出想要保护青木的姿态，这是为什么呢？

"据周围的传闻吧，好像他（除此以外）还有很多问题。据说在他出差的医院，也发生过这种事情。"

就此我深入地追问了一下。

"如果那个问题是安乐死事件的先兆，为什么那次的行为没有被揭露出来呢?"

"大概是本人或者是周围的人隐瞒了吧。"

如果是周围也参与隐瞒的话,就更有问题了。

"医生您很熟悉青木医生吧?"

我这么一问,这名原骨干表现出了意想不到的反应。

"虽然他是我的学生,但其实我不太了解他。"

在拥有数百名医生的这家医院里,青木不过是最底层的医生。说不了解,也是事实吧。

此外,这名原骨干还补充说,在青木的审判过程中,自己曾说过"希望不要吊销他的医生执照"。结果正如他所主张的,青木至今仍在从医。不过,尽管如此,我还是觉得有些别扭。

青木在九州勉强经营着小诊所,而这名原骨干在那之后也一直身居高位。同样是医生,两个人的人生有着天壤之别。此事总让人觉得心里不舒服。

尽管是发生在著名大学医院的围绕安乐死的重大事件,对此的讨论却始终将其当作个人犯罪来对待。如果说那是保护组织的话,也许的确如此。它的背后是日本特有的保护集体、抛弃个体的文化在作祟。

这就是我迄今为止所看到的与欧美社会截然相反的景象。

消失的"教主大人"

平日寂静的城市里,回响着直升机螺旋桨的声音。

"什么事呀,在这种地方?"

居民们仰望天空。打开电视,只见上面播放着从空中拍摄的当地的田园风光。1996 年,在人口 7 400 人(当时)的幽静的乡村小镇上，弥漫着紧张的气氛。

同年 4 月 27 日，国保京北医院（现在的京都市立京北医院）的山中祥弘（78）院长，在当时 48 岁的晚期癌症患者多田昭则（化名）的点滴中注入了肌肉松弛剂，致其死亡。1 个月后，因医院内部告发，警察着手搜查，6 月份，事件浮出水面，报道进入白热化。之后，他的档案被以杀人嫌疑移交检察院，第二年的 12 月 2 日，因嫌疑不充分，检察院决定不起诉。

那时，在京北町（现在的京都市右京区）这个小镇上，究竟发生了什么事情呢？那是"安乐死"吗？不起诉处分正确吗？而极为崇敬山中前院长的当地民众又是如何看待这个事件的呢？

2017 年 1 月下旬，我从京都站沿着国道 162 号线一路向北，行驶了大约 1 小时。对于我来说，京北町是一片未知的土地，我不太熟练地驾驶着方向盘右置的汽车。我长年旅居国外，不可能熟悉地形，光是能了解到观光胜地之外的京都，就勾起了我的好奇心。由蜿蜒曲折的急转弯连成的周山街道，是多数为双向两车道的山间道路。越过高雄，钻入杉里、中川和笠三个隧道。接着，穿过第四个隧道——京北隧道。此处的风景能让人联想到那位有名的大文豪所描绘的景象[①]，雪给山间和村落披上了银装。

京北町是 1955 年由周山町、细野、

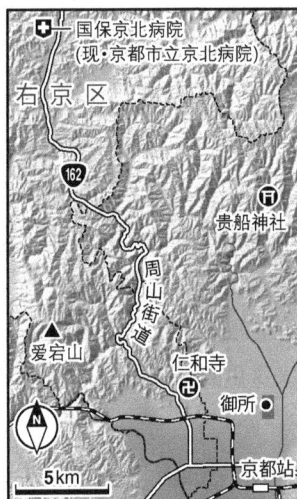

---

① 此处指川端康成《雪国》的开篇第一句："穿过县界长长的隧道，便是雪国。"（叶谓渠译）——译注

宇津、黑田、山国、弓削等1町5村合并而成的。各个村落似乎还留有当时的风貌。不愧是北山杉的产地，这里林业发达，环顾四周，木材堆积成山的工厂映入眼帘。虽然有道路休息站、加油站、电器商店、干洗店、理发店、卖纳豆饼的土特产商店等商业设施，但无论哪一处看起来都很冷清。这样的景象让我的内心归于平静。

在弓削这样生活设施密集的地区，静静地矗立着一栋建筑物——京都市立京北医院。被米色墙壁包围的这家医院，在2005年京北町被合并编入京都市成为右京区之前，名字为国保京北医院。当地居民相信，支撑着地区医疗的这家医院，是保证整个城镇健康的地方。而其核心人物就是山中。

经营理发店的40岁左右的男子说，那位医生在他们来看，就像是教主一样的存在，他很想知道不见踪影的原院长的去向。此外，住在细野的50岁左右的女性，似乎很怀念从1978年起当了18年院长的这位经验丰富的医生，她这样说道：

"那是位好医生啊！很有名，镇上的人都说他和蔼可亲。我的父亲也是，有点什么事，就山中医生、山中医生地叫着。"

然而，当我谈到当时的"事件"时，他们的眼神突然变得严厉，开始吞吞吐吐。看起来像是不想说坏话。

进入医院后，我在接诊处旁的椅子上坐下。完全感觉不到人的气息。很难想象在这里发生了那起轰动的事件。我坐了一会儿，回想起来这里的3个月前，短暂回国的时候，在京都市内与山中会面的事。

病历卡传递的信息

山中离开了事件的舞台京北医院，从1999年到现在，他一直在京都左京区的疗养医院继续当医生。我从京都车站换乘睿山电铁本线到达目的地，陈旧的医院大门敞开着。

"谢谢您特意来到京都。来来，这边请。"

事件当初 58 岁的山中，如今 78 岁了。他皮肤白皙，头发花白，穿着灰色西装，一丝不苟地系着一根时尚的黑色领带。是一位穿着考究的老绅士。他平肩，身高超过 180 厘米，走起路来，像是被人操纵的吊线木偶一样。或许是心理状态年轻，偶尔可以看见他轻快地跳起越过障碍物。

我被领进会客室，里面十分暖和，但山中还是说有点冷，要去打开暖气，暂时离开了房间。在此期间，我随意想象着，觉得他不是个坏人。他回到屋内，首先是这样说的。

"哎呀，您说得太对了。"

他是对我发表在杂志上的关于安乐死的报道发表感想。我不清楚他被哪个部分感动了。从事这个工作以来，不是第一次受到采访对象这样愉快的问候。不过，想要博得采访者好感的行为，往往藏着陷阱。我反而提高了警惕。

山中先声夺人，首先从结论入手。他在桌子上摆好了 1996 年发生的事件的证据——题目为《看护记录Ⅱ》的患者病历卡。这本病历卡曾从京都府警本部移交到检察院，后因他嫌疑不充分，不被起诉而退还。

我探头看了一下这张稍稍泛黄的病历卡。日期是多田去世的 1996 年 4 月 27 日。从上午 6 点起，是用红色圆珠笔写的。

在上午的阶段，记录着"喊名字有反应""能说早上好"，下午 1 点以后，"喊名字没反应"，可以看出身体状况的变化。从 1 点 30 分左右，记录的是将死之人的情况："扒开眼睛，没有睫毛反射""四肢冰冷""HR（作者注：心跳）130 左右"，"注射器 3.5 毫升（作者注：吗啡）"。

下午2点，注射增加到"注射器4.5毫升"，2点30分，根据"山中医生的指示"，投用1瓶抗痉挛剂"苯巴比妥米那"。2点50分，写着"HR DOWN""R（呼吸）停止""去世"，病历卡的记录就此结束了。

仅凭观察这张病历卡，看不出与事件相关联的痕迹。患者仿佛是迎来了自然死亡。当然，在这个阶段，我还没有完全掌握所有被记录下来的药物名称。从随后的对话中，我得知一个事实，病历卡上没有记录直接诱发死亡的肌肉松弛剂"松弛素"。这件事当时引起了种种猜测。

从局外人的死到局内人的死

在当地土建公司开搅拌车的多田，临终之际，发生了严重的痉挛。当时，病房里有护士，还有多田的妻子和两个女儿以及亲戚在场。在家人们的哭喊声中，即使加大吗啡的剂量，也无法阻止住痉挛。于是，山中下定决心，向护士指示道：

"把松弛素拿来。"

护士对院长的指示感到疑惑，拒绝投用肌肉松弛剂。据报道，最终是院长亲自注射的点滴。

1个月以后，事件以内部举报的形式被公之于世。接着，3个月以后，包括拒绝投用肌肉松弛剂的护士在内，在京北医院工作的30名职员，向管辖医院的京北町公所提交了请求书，主要内容是"如果院长复出，所有人将辞职"。

当时的护士长接受了《周刊文春》（1996年9月12号）的采访，她在值班室里，从前文提到的护士那里听说了肌肉松弛剂的事情。护士长是这样说的：

哎？为什么要用那种东西？这个疑问使她的脑子一片空白。虽然"打了松弛素呼吸马上就会停止，可怎么没准备人工呼吸机""必须阻止山中院长"等想法浮现在脑海里，但她当时脑海里乱成一团，只是愕然地愣在那里。

此外，关于松弛素的使用和病历卡的关系，护士长的讲述如下：

当时，使用松弛素这件事，山中院长自己没有写在病历卡上，他指示不要写在看护记录上。如果是想借此讨论安乐死问题，堂堂正正写下来就可以了。为什么要向护士指示不要记录呢？一想到这一点，剩下的就只有不信任感了。

为了确认这个报道的真实性，我问山中为什么没把肌肉松弛剂写在病历卡上。他表示是媒体在偏袒护士，然后指着放在桌子上的"看护记录Ⅱ"：

"我说过了，只是她们没有写而已。如果她们想写，怎么着都能写，因为这件事大家都知道。我在值班室清楚地说过。我从来没有说过让她们保密什么的。"

那么，为什么在那个时机投药呢？肌肉松弛剂使用不当会使患者死亡，这件事是医生都知道的。如果不用药会怎么样呢？对于我的质疑，山中答道：

"这个地方是很模糊的。我觉得正因为如此，才会成为无限接近安乐死的病死状态。"

检察院不起诉的背后，是因为拿到了调查肌肉松弛剂与实际死亡是否相关的京都大学的鉴定书。鉴定书显示，无法判断投用的致死药物是否导致多田停止呼吸。山田也强调，当时，他态度坚决地反驳了检察院。

"我跟他们说，在司法界，死亡是一个点，如果这个点（在法律的框架中）不被允许，那么起诉我也没有关系，结果检察官说根据鉴定，没能证明两者有因果关系。所以他们才把它当作不应该起诉的案例来看待了吧。即使是生物学上的死亡，类似这种患者的情形，我们也用线来考虑。"

关于这个"点"和"线"后面会有详述。我再次询问山中，究竟是以什么样的心情，判断要投用肌肉松弛剂的呢？我倒是对他这个瞬间的想法感兴趣。

面对病历卡追忆往昔的山中

"要说那个时候为什么会想到肌肉松弛剂，归根结底只有一点，就是想尽快让患者的表情缓和下来。他马上就要死了，但是，如果能让死亡提早哪怕一两秒，（我也想这么做）……我想到了这有可能成为安乐死。"

山中淡然地叙述着。原本，投用了大量的吗啡，又打了抗痉挛剂，只要等着死亡自然到来就可以了。但是，他却不顾护士们的反对，决定投用松弛素，将多田的死期提前。据说是临终之际，围绕在多田周围的妻子的哭喊和泣不成声的女儿们的存在，让他的内心起了波澜了。

"你已经很努力了。不用再努力了！"

多田的妻子，凝视着病床上丈夫的脸，这样安慰道。在其身旁，女儿们紧紧地握着父亲的手。山中说所谓的地区医疗，对于他来说，就是家庭医疗。看到这个光景，他有必要缓和一下"他个人内心的波澜"吧。

山中没有在桌前的椅子上落座，他站立着，两手叉腰，继续道来。

"我知道有'死亡是个人自由'的观点。但是，它不仅是个人的，也是家人的。与这个死亡有着密切关系的人们，还是家人吧。我们一直重视家人表情的变化。当时她们有过尖叫。对此，我的内心产生了波澜。因此多田的死就从局外人的死，变成了局内人的死。"

山中想说的是，他本人不再是医生，而是进入了家人的领域里。这是只有在地区医疗最前线当医生的人才明白的领域吗？多田在当地的土建公司工作。除去医生和患者的关系，首先，他们是同一个村社的居民，彼此有过交流。

"他年轻的时候，动不动就跟人打架。我值班时，经常给他缝脸上流血的伤口。我和他是20多年的老朋友了。"

虽然我长年生活在国外，但对于他说的"死亡不仅是个人的"这个日本社会独特的观点，我心中的日本人的部分产生了共鸣。因为通过1年多的海外采访，我目睹到了许多"个人的死亡"，脑海里却有着类似于同情的疑虑——家人们不会感到悲伤吗？

"冷静下来的话，就不会去做"

不过，有一件事让我很介意。我打断他的话问道：

"医生您重复着'波澜'这个词，如果冷静判断的话，就不会变成那种形式的死亡了吗？"

当时，这名经验丰富的医生轻松地说出了恐怕不<u>应</u>该说的话——不，是我不希望他说的话。

"嗯，如果冷静下来的话，或许反而什么也不会做。如今想来，什么也不做，是最好的。"

我想起了艾丽卡·普莱西柯说过的话：

"我不由得觉得在这个时间点协助她自杀是错误的。"

医生也是人。他们也会对他人产生同情或愤慨吧。然而，会后悔的话，就不要把他人引向安乐的世界。我的这个想法一直没有改变。

而且，还有一点，山中的解释里，有一个难懂的部分。在欧美，实施安乐死的条件中，有一条是必须向医生表达"本人的明确意志"，如此，"个人的死亡"才能最终成立，家人也能够理解。没有这个条件，医生不得强行侵入患者家属这一局内人的世界，帮助患者死亡。多田没有被告知罹患癌症，这也是一个巨大的缺陷吧。

关于癌症告知，山中拥有自己的哲学："即使是现在，我也不认为100％（告知）就行了。对该告知的人要告知，对不该告知的人就不告知。"如果他这么想的话，我更加觉得他不应该做出与安乐死有关的行为。

平肩的医生站在放在我旁边的白板前，拿起了白板笔。他在白板上画了一条长长的横线，说道："这就是无限接近安乐死的病死。"并开始用具体图形来解释"点"和"线"。

"在点滴里加入肌肉松弛剂，正好是他去世的瞬间，这是一个时间段。因为临终时间段一直持续了12个小时以上。在发生痉挛之前，他已经开始没有呼吸了。叫他名字也没有反应，也没有被称为脑干反射的睫毛反应。就是说他的脑干已经完全死了。如果是事故的话，这是暂时性的，还有可能治愈。但是，癌症晚期的人吧，是不可能的，没法治愈。"

临终之际的多田跟死去了没什么两样，反正都是死，山中不想让家人看到他痛苦的样子。如此一来，就应该使用肌肉松弛剂，让他尽快解脱。

横线的右边表示"生"，左边表示"死"，医生在横线中间画上"中间地带"的竖线，用来表示"濒死状态"，继续进行解说。

"昭和四十三年（1968 年）我入职的时候，京北属于偏远地区，经常发生山林事故。我曾多次为陷入昏迷的病危的患者做手术。那么，他们会去向哪边呢？很多人回到这边（右）。但是，癌症晚期的患者，绝对是去这边（左）。媒体的诸位遗漏的最重要的部分就是病人处于什么时间段。（多田的情形是）一半已经跨过了死亡线。"

关于剩余的生命，正如很多专家所说的那样，没有医学根据。这个濒死状态的"中间地带"理论，只能说是山中以经验性的"直觉"做出的判断。

多田的妻子是否意识到投用松弛素是与安乐死有关的行为，不得而知。人口 7 400 人的小镇，而且是在 20 世纪 90 年代的日本，能够理解安乐死是什么行为的人应该为数不多。

事件曝光也是因为护士们的内部举报。据说，山中一方面被当地居民奉为"教主大人"，另一方面却对医院内部职工非常严厉。在封闭的共同体内积压的对于山中的郁愤，以意想不到的形式爆发了出来。如果没有内部举报，在那之后，山中依然会是村民们的"教主大人"吧。虽然没有被起诉，但是山中还是被迫在机关里任闲职，担任医院旁边的保健中心主任，自 1999 年左右起，才得以到现在的医院上班。关于被迫离开小镇之事，山中凝视着远方，叹道："非常遗憾。因为有很多人仰慕我呢。"

"在死亡现场，要说经验丰富的医生能否始终保持冷静，答案是否定的。您（在海外）看到的人们非常冷静，那是因为法律已经确立，所以才能做到的吧。"

山中突然羡慕起允许安乐死的国家的制度来。然而，无论是瑞士，还是荷兰，没有本人的意愿，是不可能实施安乐死的。

"患者不能表达意愿时，有什么解决办法呢？"

我不经意地问道，他的回答是这样的。

"首先重要的是与家属商量。他们可以说是患者本人重要的分身。即使没有血缘关系的妻子也是分身，孩子们就更是如此。"

他的意思是，如果多田的妻子和女儿们允许，即使是安乐死也没有关系。但是，患者多田本人根本没有被告知罹患癌症。生前，多田应该也没有和家人讨论过安乐死。从这个意思来说，山中的言论也有不合理之处。

另一方面，就我个人而言，并没有完全反对这种基于血缘关系的想法。有时候我尊重"个人的死亡"，同时也对他所说的"分身"这一观点有同感。

"我跟即将逝去的人们说：'虽然您走得早了点，但我们早晚也会走的。'我觉得看着患者挣扎的样子，或者让家人看到那副样子，都是不人道的。"

这个想法与瑞士和荷兰的很相似。这是一种为了不让家人看到患者痛苦的样子而希望允许安乐死的理论。我是从国外学来这种观点的，山中是怎样摸索出这种思考方式的呢？他似乎不是单纯地由于感情用事才这么说的。普莱西柯和EXIT的索贝尔，是因为有目睹珍视之人挣扎着痛苦死去的经历，所以才偏向于允许安乐死的理论的。

广岛县庄原市出生的山中，有两个哥哥因病去世。

"战后，大哥在食材匮乏的东京念医科大学，并在那里因病去世。二哥去了明治大学，后来也病死了。我还清楚地记得父亲的姐姐是在原子弹爆炸中去世的。"

年轻的时候，山中亲眼看到了他们长期处于痛苦中的身影。或许正因为如此，他才对人们的生死抱有强烈的感情。此外，他还有一个患有脑膜炎后遗症的二儿子。这些存在，对他的医生之路产生过某些影响吧。

山中的价值观的确有让人折服的地方。一手承担起地区医疗的"教主大人"，被这个小镇的居民爱戴也是可以理解的。他辞职后，除当地居民外，日本全国以及海外约有 10 万人签名请求让他回归岗位。

"医生您为什么现在答应采访了呢?"

我最后问了这样一个问题。事件发生以后，他曾说过"因为知道媒体的可怖，所以我跟谁都没有谈过这件事"。

"实际吧……"他叹息道，"今天我之所以想见宫下先生，是因为我正好也到了父亲去世的年龄，不知何时会死。如果是面对和以前的媒体不一样的人，我想说出来。"

取材开始 3 个月以后，我实地访问京北町，聆听了民众的声音。从超市买东西出来的 50 岁左右的男子说道:

"这话只能在这儿说，奶奶身体不好的时候，我也想过拜托医生（安乐死）。真是一名乐于助人的好医生啊! 原来村子里没有医生，很多人都得到了他的帮助。我家儿子鱼刺卡在喉咙时，也是山中医生给取出来的呢。"

同龄的另一名女性也说道:

"大概是上小学的时候吧，医生给我做过盲肠手术呢。我家孩子也受到了医生的照顾。是位很可靠的医生。没想到会发生那种事。媒体闹腾得太过了吧。我都讨厌护士了。"

仿佛所有的居民都给予了原院长以赦免。也有人冷冷地回应说，"都不知道你是哪儿冒出来的，怎么可能跟你说医生的事!"或者"请原谅我无可奉告!"。然而，我个人并不讨厌这种共同体或者村落社会。因为多年以来我在欧美社会亲身体会到的，是与村落社会相比更注重贯彻个体的社会中那种肃杀的氛围。

我下了车，试着冷静一下头脑。

这个小共同体内，存在着不成文的规定。无论是人际交往，还是红白喜事，一定有着隐形习俗吧。估计即便是安乐死，也肯定适用于某种规定吧。对于他们，我这个外来人能插嘴吗?

在京北町，是医生与护士的对立使事件凸显。而在日本的其他地方，或许也有类似的事件发生，只是没被看见而已。

雨夹雪变成了细小的雪花，看着弓削川的雪景，我仔细思考着这些事情。离开京北町之前，我品尝了当地著名小吃纳豆饼。非常美味。我有意没采访这里的店主。从远处传来的老鹰的鸣叫声，让人通体舒畅。

我干的事情是杀人吗?

"就算被说成是安乐死还是别的什么，我也没有那种认识。定义的标准各式各样，或许是家人的判断，或许是本人当天所说的话。因此，不能用死板的公式硬套，非说这样是安乐死，那样是尊严死。这不是能用线来划分的。"

在横滨市大仓山诊所担任院长的须田节子（62），对"安乐死"这个词仿佛有过敏反应似的，露出了无奈的表情。若是把这个问题扔给日本的医生，大多数人会含糊其词。但是，她不一样。我反倒是喜欢直言不讳的日本人。或许可以说，她已经没有什么可畏惧的了。

在日本的医疗界，她是唯一一名因安乐死杀人罪被起诉，最终上诉到最高法院的医生。从欧洲回国后的某天夜里，我一口气读完了须田的著作。在阅读过程中，我不由将其与在欧洲的体验作比较。标题是这样的：《我干的事是杀人吗?》（2010 年，青志社）。我想通过反复调查，自己寻找这个问题的最终答案。

在认可安乐死的国家，这种医疗措施，首先不会发展成为事件。我想起在荷兰采访过的"世界死亡权利联盟"的罗布·永吉埃尔说过，即使他实施安乐死也不会上报，但检察院会知道此事。

在日本，无论有没有患者的意愿，将终末期患者积极地引向死亡时，不仅会面临民事起诉，还有可能发展为刑事诉讼，甚至被勒令停止行医。

为什么在这个国家，会发展成这种事态呢? 其背后是根深蒂固的日本独特的习惯和法律。当时，须田节子担任呼吸内科部长，我想从她本人口中，探索习惯与法律是怎样背离实际医疗现场的常识的。

1998 年 11 月 16 日，事件发生在神奈川县川崎市的川崎协同医院南栋 228 室。当时，患有支气管哮喘的 58 岁男性患者土井孝雄（化名），继镇静剂后，被投用肌肉松弛剂"本可松"，停止了呼吸。当时的主治医生是呼吸内科经验丰富的部长须田，4 年后的 2002 年 12 月，她因杀人罪被起诉。

经营施工商店的模板木匠土井，自 1984 年起，被认定为川崎公害病[①]患者。地处京滨工业地带中心的川崎市，很多人的健康受到了侵害。1980 年开始就在川崎协同医院工作的须田，作为门诊主治医生，非常熟悉这名患者。他平时寡言少语，但见到须田时总爱说

---

① 1960 年到 1970 年，日本神奈川川崎市因大气污染导致的大规模哮喘等疾病。——译注

一句口头禅：

"我一直干这份工作。这份工作非常重要。"

他本可以选择在其他空气清新的地区生活，却还是留在此地。14 年来，一直往医院跑的土井，把工作放在了第一位。据说，很多人一到可以休息一下的周休时，病情就会恶化，他也是其中一人。某个星期天，他感到身体不适。

次日星期一上午，在工作期间，他的哮喘恶化了。下午，他病情危重（持续呼吸困难），心肺功能停止，被送到医院。虽然对他进行了心肺复苏，但是由于低氧血症，大脑和脑干受到损害，他陷入了昏迷。之后，土井的气管内被插上了吸痰用的软管，进入植物人状态。

事件当天下午，土井的病情骤变。与须田商谈后，患者家属同意终止延命措施。在赶来的 11 位家人的守护中，须田拔掉了土井气管内的管子。

然而，患者起了意想不到的反应，他上身打挺，开始挣扎。于是，须田向患者静脉里注射了 3 瓶"速眠安"。但患者还是痛苦不堪，根据其他医生的建议，她决定投用肌肉松弛剂"本可松"。须田本人往生理盐水的点滴里溶入了 1 瓶"本可松"，开始点滴的几分钟后，土井停止了呼吸。

对于这些行为，须田称之为"镇静剂的延伸措施"。在后来的审判中，她强调自己"没有安乐死的意识"。

首先，① 她拔掉了气管内的插管，投用镇静剂，然后，② 她投用了肌肉松弛剂。①相当于被动安乐死和缓和疗护，是终末期医疗的常用手段。土井是在①②的连续作用下丧命的，对于只关注②，将其看作违法行为（主动安乐死），她提出了异议。使用肌肉松弛剂，也是想放松患者的肌肉筋，从而缓解患者痛苦的表情和喉咙的力量。

为什么上诉到了最高法院？

2016 年 11 月 25 日，我从东急东横线大仓山车站徒步 10 分钟前往位于住宅区内的大仓山诊所。用自行车载着孩子的母亲，戴着口罩、身穿学生制服的高中生，以及老人，络绎不绝地从诊所进进出出。候诊室里坐满了患者。

"啊，这边请！"

被接诊台的挂号人员叫到后，须田让我进去。身着白大褂的纤细女子，就这样匆忙消失在诊室里。我紧跟了进去。里面是极其普通的诊室，放着一张诊断用病床和一张医生用的桌子，隔扇后面，能窥见护士们拿着病历卡在讨论的情形。须田在椅子上落座，开始快速地说道：

"对不起啦。我忙得有点不可开交，邮件也没能回复，总觉得……"

仅从患者的数量来看，也可以判断出她很忙。因此我采访的时间应该很有限吧。不过，至少我想了解事件的本质。

"关于川崎协同医院的事……"未等我说完，须田就已经滔滔不绝地讲述起来。不知是因为她工作太忙呢？还是她的性格使然？我推测是后者。虽然打断了别人的提问，但是，她会知无不言，言无不尽。我觉得这就是须田节子。

她在坚持自己没有安乐死意识的基础上，开始讲起停止治疗的暧昧性。

"医生会尝试对因心肺停止被送来的患者实施心脏按摩或抽吸，让其苏醒。但是，有的医生做 10 分钟，有的做 1 小时。要持续到什么时候呢？手松开的瞬间，就是患者死亡的时间。要做到什么地步呢？在哪里停下来，是停止延命治疗呢？所谓的定义是各种各样的。"

我奶奶遇到交通事故的时候，医生在重症监护病房里对她实施了心脏复苏。不知为何，赶到医院的所有家人都被强行领进了监护病房，被迫观看了对浑身是血的奶奶施行的心脏按摩。过了一会儿，医生说："差不多可以了吧？"然后停止复苏术，摘掉了呼吸器。现在的我能够理解这一连串动作的意思了。

在听须田讲述的过程中，瑞士的普莱西柯的脸庞突然浮现在我脑海里。两人年龄相仿，又同是女性。瑞士的女医生协助晚期或非晚期患者自杀，正大光明地向我说明工作的意义。相对于此，须田却因想让一名晚期患者解脱，使用了肌肉松弛剂，而成了"杀人犯"，变得措辞谨慎。

在日本，肌肉松弛剂是手术麻醉时，用于缓解气管内插管等情况下的肌肉紧张的。因此，使用该药物导致患者死亡时，会被怀疑是安乐死。京北医院事件也是使用了肌肉松弛剂，最终患者死亡。山中也是想"尽快让患者表情缓和下来"，而给患者用了此药。

须田爽快地吐露了以下内容。强调自己没有杀人的意图。

"宫下先生所看到的安乐死，好像都是喝药或者注射，死得很痛快。这种事情在日本首先就是不可能的吧。"

的确，我所看到的安乐死的药物，要么是放在杯子里喝，要么溶入点滴里注射，一招毙命。近在咫尺的我，被药物的速效性震撼到了。真的是"转瞬间"，非晚期患者也猝然离世。

须田想表达的是，给土井用的药并不是直接死因。如果她有意实施安乐死，那么就没有必要用镇静剂。仅仅是理清时间的先后顺序，便可以知道须田尊重患者的生命。她的著作上有下列记述：

虽然我知道他快要死了，但我还给患者吸氧、除痰。直到最后一刻，能做多少就做多少，这才是医疗工作者。我不会去想："反正都要死了，没有必要做这些事情了吧?"

须田完全不给我提问的空隙，继续陈述自己的意见。

"那个嘛，使用药物，让患者轻松死去是杀人。但是，如果打了镇静剂，药物见效，导致患者呼吸停止，而这个过程快得出乎意料——这种情况是杀人吗? 我觉得不是。麻醉药也是一样，量太大了，也会导致呼吸停止。但是，在法律上，这一般不构成杀人罪。"

如果没有肌肉松弛剂，她一定不会被逮捕或者起诉。为了缓解病痛，她进行了终止延命治疗的延伸处理，土井方才与世长辞。

家属对须田表达了谢意，说："承蒙您关照了。"此事本应就此结束。然而，经过 4 年的时间，这个事情发展成了事件。起因是某位熟悉医院内部情况的医生向媒体爆料。

日本人的组织能力受到广泛好评，泄密和内部告发事件却频繁发生，在欧美反而很是少见。这应该是与在职场很难畅抒己见的日本的国民性有关吧。一肚子怨气，在某个节点向外爆发，这是集体的特性吗?

接到爆料信息，朝日、产经、日经等三大报社将其称为"安乐死事件"，而每日、东京两家报社止步于"投用肌肉松弛剂事件"。读卖社则将定义从前者改为后者。周刊杂志也大肆宣扬"杀人医生"。这些报道也给国民带来了误解吧。

2002 年 12 月 26 日，横滨地方检察院以杀人罪起诉了须田。次年 2003 年 3 月 27 日，横滨地方法院开始公审。最终判定"呼吸肌松弛引起的窒息导致患者死亡属于他杀"，作出有罪判决，判处须田有期徒刑 3 年，缓刑 5 年。

一审忽视了一个事实经过，那就是须田摘除了濒死的土井气管内的插管，由于患者产生了意料之外的反应而注射了镇静剂，最后她才亲自将肌肉松弛剂投入到点滴里。然而，须田自己也没强调这点。

因为当时的律师苦口婆心地劝说须田：

"您是被告人，请表现得神秘莫测些。在公众面前，不要露出笑脸。"

须田指出，死者家属的证词也有矛盾。

据她说，为了让土井安详地逝去，她与家属事先商量好了，家属同意拔掉气管内的插管。但法官坚持认为，当时须田向家属宣称"百分之九十九是植物人状态"一事，"具有冲击性，是不正确的说明"，"欠缺考虑，缺乏与家人的沟通"。

实际情况是怎样的呢？我把患者停止呼吸前的下午，须田与土井妻子的对话，以须田的著作为基础再现一次。

"希望您把管子拔掉。"

"什么？拔了管子，他就不能呼吸了，就活不了了。"

"我知道。"

"快的话，几分钟就可能离世。这不是夫人您一个人能做主的，大家都同意了吗？"

"这是大家一起决定的。"

由于没有录下这段话，因此不能作为证据。但是，在法庭上，土井的妻子坚称这个时间段，自己没有去过医院。于是法院判定，拔管是医生自作主张。

给须田最后一击的，是当时在场的护士的证词。经验尚浅的这位护士供述称，是自己往患者的静脉注射了肌肉松弛剂，而做出指示的正是主治医生须田。本可松的用量也是可当场致死的 3 瓶之多，是须田用量的 3 倍。须田填写的病历卡和护士的看护记录上，也可以看出两者的差异。须田叹息着说道：

"为什么护士要打针？这与事实不符。所以我才上诉到了最高法院。如果那么做的话，就真是杀人了。如果像她说的那样做，患者会当场死亡的。我以为没有人会相信在医疗现场竟然用 3 瓶肌肉松弛剂，但她说得有板有眼，其他医生又含糊其词，有的说觉得是这样，有的说觉得是这么写的，因此事实被扭曲了。"

负责一审的横滨地方法院，除了死者妻子的发言以外，还采用了护士的证词。然而，2005 年 3 月起上诉的东京高等法院，虽然依旧采用了护士的证词，但却以证据不足为由，撤销了家属方面的证词，并将 3 年的徒刑减为 1 年。

此外，须田回顾称，护士的态度也曾突然转变，甚至出现了含泪作证的场面。

"一审时，她说想要和我谈谈。我正高兴的时候，被律师阻止了。上诉审判时，她的语气与一审时截然不同，想必她想到了什么吧。"

2007 年 3 月，须田对高等法院的审判不服，再次上诉。最高法院上争论的不是事实关系，而是判断是否有违反法律条令的行为。主要审议的是"患者的自我决定权"和"医生诊疗义务的局限"，但讨论结果远不足以让须田接受。

2009 年 12 月，最高法院发布判决通知："法律上不允许终止延命治疗，当属杀人罪。"支持这一判决的决定性理由是，"没有做用于判断患者死期（剩余生命）的脑电波检查"。另一个理由是，"终止延命治疗虽然是放弃患者康复希望的家属的要求，但这个要求不是在被告知剩余生命的基础上进行的，没有以患者的意愿为基础"。

对于后者，我也不得不同意。但须田认为这不是安乐死，而是停止延命措施。"没有告知剩余寿命""无法确认本人的意愿"，与这两点同样成为问题的山中相比较，须田所处的情况在前提条件上就是不同的。她不是自己决定投药的，所以有必要去除这条——当然，这是在假设全盘相信她所说的话的条件下才能得出的结论。

就这样，历时 6 年又 9 个月的公审落下了帷幕。讽刺的是，土井去世后不久，医疗现场就引进了哮喘的特效药——吸入性类固醇的新药。由此，哮喘的历史发生了改变。须田苦笑着说：

"再早点的话，就不会发生这种事情了。"

遗属的证词

两周后，我拜访了土井儿子工作的地方。

打开入口处的大门，我看见一名小个子男人朝我走来。在我面前停下脚步的正是土井秀夫（化名）。我简单说明来意，他说道：

"啊，老爸的事吗？那件事我已经不再想回忆了。"

但是，他没有要强行赶走我的意思。

他斜眼看着不肯离去的我，不情愿地讲起了父亲土井孝雄的事情，并嘱咐我绝对不要写。但我还是决定写下来了。其理由不是为了指责须田和遗属，而是想揭露医院的内情——明明就是当事人，却仿佛事不关己。

"所以说啦，自从发生那件事以后，我就和家人疏远了。根本没有说过话，也没有见过面，虽然他们就住在附近。我当时工作很忙，突然被叫到医院，完全不知道发生了什么。老妈和兄弟姐妹们什么也没告诉我……"

秀夫双臂交叉，用带着压迫感的口吻这样跟我说道。儿子完全没有被告知父亲死去的过程。4年后，对父亲去世的疑虑，因为事件，转变成对家人的不信任，导致了家人之间的关系破裂。

"他们（疏远的家人）好像跟须田讨论过很多次，所以应该是有什么事吧。我赶到医院的时候，突然就把管子什么的拔掉，打了针后，老爸就死了。我完全没有搞懂发生了什么。在那之后我也一直在想，是不是有点不对劲啊？为什么是这种死法。即使老爸失去意识了，我也打算一直照顾他，在家里护理他。没想到他就那样走了……"

秀夫说他曾打算照顾父亲。另一方面，须田曾说过，他母亲的想法正好相反。以下是须田在自己的书中记录下的他母亲所说的话：

> 我们家人一起经营小店，缺一个人都忙不过来，什么保障也没有。我的身子也弱，没有信心一个人照顾丈夫，儿媳们都有小孩，也帮不上忙。可是要说送到专业护理的地方，经济上又不允许。

我默默地倾听着，土井的儿子越说越激动。

"几年后，突然来了4个医院的人。说是让我们把那件事压下去。而且，还拿了钱来。我跟他们说，不需要什么钱，我想要的是老爸的命。我真想揍他们一顿。因为我就是这种性格，嘴不好，性子急，怎么可能忍气吞声。我就跟那些家伙说，那不是安乐死吗？我要把发生的事情原原本本地说出去，于是，他们就自己在医院里召开了记者会。"

在此之前发生了向媒体泄密的事件，所以医院方面才急忙去拜访遗属的吧。据说，医院方面暗示要做金钱补偿。秀夫觉得这个举动才是在轻视父亲的死。

2002 年 4 月 19 日，院长等人举行了记者会，公开宣布"未满足（施行）安乐死的条件"，并谢罪。医院亲口承认医生的行为有问题。

医院选择保护组织，抛弃了须田。责任的矛头指向了须田一个人。

其他员工进来后，秀夫结束了谈话。

"今天凑巧没有别的员工在，才能说出这些话，要是有人在的话，就算推，我也会把你推出去的。没有下一次了，即便你再来，我也不会再说什么了。"

父亲是一家的顶梁柱，我非常理解他失去父亲的心情。然后我想，川崎协同医院事件，真的应该作为安乐死事件来看待吗？

须田也有着和东海大学事件的主人公相似的经历。现在，她在大仓山经营着一个以当地居民为对象的诊所。虽然这也是快乐活泼的须田的天职，另一方面，也让人感到了掌握人们生命的医生其实处于弱势，得不到组织的保护，在这个国家，甚至也得不到法律的保护。

须田最后这样说道：

"法律判断他人不能引导人走向死亡，认为自己决定的死亡和他人决定的死亡之间，应该明确划分界线。但是，我并不认为这是绝对的。我觉得在最了解自己的人身旁死去是最理想的。能全部委托给他人，不是最幸福的事情吗？"

"自己决定的死亡"换而言之就是"个人的死亡"。日本与欧美不同，"个人"是建立在"家人"的基础之上的。如果须田所说的"他人"是指"家人"，那么，与个人也是相关联的。这些很难用法律明确区分吧。

在日本，对死亡的讨论还未成熟，加"终末期的判断"由医生负责，所以，最终会在家属和医生之间引起摩擦。而且，如果打官司，医生方面无法争取到无罪判决。这正是日本的现状。

我得出了自己的最终结论——须田做的事不是杀人。

来自 LIFE CIRCLE 日本会员的电话

那是 2017 年 1 月末，我在日本逗留期间的事情。瑞士的普莱西柯发来了邮件。其中，这样写道：

> 我发给 My Japanese members 的信，也给你抄送一份。

究竟是怎么回事？My Japanese members 是指日本会员吗？而且还是复数？

我的眼睛被这第一次从她口中听说、绝不可能译错的英文单词吸引住了。她打算就某个案例，咨询一下日本会员的意见。

尽管如此，迄今为止她为什么对日本会员的事守口如瓶呢？后来我才了解到，除了要协助的会员以外，她无法掌握所有人的国籍。"注册为会员的患者"和"协助的患者"之间有着巨大的差距。

我带着些许激动，回复了邮件。次日便收到了普莱西柯的回信。

> 虽然他们是会员，但还没有决定（协助自杀的）日程。

——日本也有希望得到普莱西柯协助的患者！在日本取材之余，突然发生了新的事态。日本人为什么要去瑞士？为什么非是安乐死不可呢？日本已经不再是我所熟悉的社会了吗？

我立刻动手准备采访。但是，要如何同日本会员联系呢？我拜托普莱西柯从中周旋，让她将我的邮件转发给他们。日本很重视个人隐私，他们不会轻易与我联系。

然而，从京都采访回来的路上，突然，我的手机屏幕上闪现出"未知来电"的字样。我没有关心为什么是"未知来电"，立即将手机举到耳边。"喂……"不需几秒钟，我就反应过来，电话那头柔弱的声音是日本会员。

"我是从艾丽卡医生（普莱西柯）那里听说宫下先生的……"

当时，我还不知道她所求为何。她好像也不想见面交谈。我单方面地诉说着，先约定了用手机邮件保持联系。一个星期后，她终于告诉我住址，我们在中部地区的某个城市见面。

我先行来到餐厅，5分钟后，一位把黑发扎在脑后、戴着口罩的小个子女人走了进来。她似乎立刻认出了我，因为我告诉过她以棕色围巾为记号。

三十五六岁的川原美重子（化名）坐了下来，一触碰到我的视线，立即就看向膝盖，放在桌子上的十根纤细的手指交叉在一起。她好像在等我提问。她身后有三张餐桌，分别坐着两名在享受餐后惬意时光的女性。

"您注册 LIFE CIRCLE 的契机是什么呢？"

我自知此问有点唐突。但是我总觉得对川原不需要铺垫。她露出一副想马上回答的表情，开始大声讲述起来。

"打小时候起，我就每天都想死。但是自杀会给别人添麻烦，因此我不想自杀。过去我一次也没有自杀未遂过……"

川原是 2016 年 9 月注册 LIFE CIRCLE 的。她在网上了解到，在荷兰，外国人不能安乐死，于是辗转找到了瑞士的机构。

"给别人添麻烦"这句话引起了我的注意。前面提到的桥田寿贺子也在著作《请让我安乐死》（文春新书）中，频繁用到这句话。

想要不给人添麻烦地死去，就只有安乐死了。

这是在日本社会生存，必不可少的道德观念吧。但是，将死亡动机说成"为了不添麻烦"，就长期生活在欧洲的我看来，总觉得有点别扭。

川原将红润的香草茶倒入马克杯里，轻轻抿了一口。

现在她做的是与社会福利相关的工作，从上午9点开始工作6小时，中间没有休息。经济上勉强维持生计，她的烦恼是家庭状况。

"我是单亲妈妈，儿子10岁，女儿8岁。儿子被诊断为发育障碍、自闭症。几年前，我与在打工单位认识的老公分手了。因为他家暴很严重。"

离婚的原因是，前夫掐过"（当时）四五岁的儿子"的脖子。儿子逐渐拒绝上学，对母亲也开始使用暴力。川原与出版了多部发育障碍相关著作的著名儿童精神科医生A商量。然而，这却增强了她对死亡的渴望。

偏偏在儿子的治疗过程中，母亲川原本人被确诊患有分离性障碍。其症状表现为某些特定的记忆会消失，自己的思维、记忆和情感等感觉被分裂。大多数患者是受幼年时期产生的精神压力和心理阴影的影响。

在护士不在场的两人密谈中，儿子的主治医生A对川原说道：

"就此下去的话，你儿子就完了。"

川原垂首低语道，医生紧追不放，甚至对她说"你最好不要谈恋爱"。她心里不服，反问医生：

"您突然这么说，我理解不了，能再详细地跟我讲讲吗?"

"所以就说你不行嘛。你理解不了。"

川原从桌子上抽了一张纸巾，一边擦拭着眼角，一边看向别处继续说道：

"听到那种话，我连求助的地儿都没有了……"

从她的声音中，听不出一丝光明。尽管如此，为了不遗漏任何一个词，我竭力侧耳倾听。

"和我在一起，所有人都会不幸。孩子也是因为我。我觉得如果我的养育方法不合适，还不如把孩子送到福利院的好，或许我抽出身来比较好……"

川原的声音逐渐变小，有时听不清楚。A 调走了，新来的 B 医生也对她采取了严厉的态度。

"孩子变成这样，都是因为你的缘故！"

明明是为给儿子治病才来的医院，现在却变得更混乱了。虽然我也想相信她所说的话，但是分离性障碍具体是什么病？她出现了何等症状？仅凭眼前的状况难以判断。

为什么川原每天都想死呢？

虽然没有就医的经验，但据说二十几岁时，曾有人说她精神上有问题。当时只是被诊断为抑郁症，之后，她也没有在意自身症状的严重程度。然而，儿子的住院，唤醒了她对儿时的父母的回忆。

"母亲不给我做早餐。偶尔煮一次鸡蛋，看见我不吃，就拿鸡蛋砸我，弄得我满头都是蛋黄。父亲酗酒，我若是躺在被窝里，他就不停地拳打脚踢让我起来。所以，到现在我都害怕睡觉。"

这样的童年生活，也带来了心理创伤，塑造了现在的川原。

前往瑞士的门槛

如今川原在 LIFE CIRCLE 注册，发现了安乐死这个选项。但是，就结果而言，从注册到执行，还有很高的门槛。

首先，在瑞士，理论上精神病患者也有施行安乐死的可能性，但是，找不到能够写诊断书的精神科医生和神经科医生。与比利时不同，很多瑞士医生出于伦理上的原因不同意安乐死。外国人还需要将本国的诊断书翻译成瑞士的官方语言（德语、法语或意大利语）或英语。万一病名或者病情稍稍翻译有误，就会被驳回。此外还需要具备能正确回答当地医生的问诊的语言能力。

与比利时的艾米不同，眼前这位日本女性，没有进行过精神疾病的治疗，连日本医生开具的诊断书也没有。了解到她只不过是一时兴起才注册，我问她今后想怎么办？有诊断书吗？

不可思议的是，川原充满自信地仰头答道：

"现在我还没去想，倘若病情真的恶化，那时自然会拿出诊断书。虽然我每天都想死，但是，我觉得现在没有必要立即制订计划。总之，能够注册，就是我每天的心理支撑。"

"支撑"即"遏止力"。寻求安乐死的人们使用这个词，是内心"不想死"的表现，我理解这份心情。我多次听到过这个词。对于精神病患者来说，知道能够安乐死这件事，就是他们活下去的食粮。

然而，据说她没有为了活下去而努力。她与母亲的价值观大相径庭，小她 5 岁的弟弟则"不是正派人，不想与他沾边，也不想被他沾上"。她得不到家人的支持。日常生活中也是诸多不如意，也没有什么事情能让她着迷，她表情绝望地说道：

"我既没有心情想要过得更好，也不想给人添麻烦，所以……"

我问再次低下头的川原：

"您不想再谈一次恋爱吗？"

我之所以这么问，是因为她说过结婚后，曾觉得可以再多活一阵子。或许像这样活下去的动机，要靠她自己去摸索。

"我觉得不应该那样奢望。"

川原充血的眼睛里，流出了一滴泪珠。谁也不能阻止她的眼泪吗？去瑞士还尚早。我觉得她不应该死。但是，说出这种话，会产生相反的效果。这件事我也很清楚。因此我什么也没说，只是对她的到来表示了感谢。

"不知对您有没有用。因为我觉得这不是具有普遍性的话题……"

川原站起身，慢慢地鞠了一躬，说了声"谢谢了"，然后走出店门。在放有账单的透明圆筒旁，有一枚500日元的硬币。我们俩只点了一杯香草茶和一杯咖啡，根据账单计算，加起来不到这个金额。

我心里的某处对她产生了同情心吗？桌上的硬币让我觉得格外沉重。我从钱包里取出了另一枚500日元硬币，把她的换下，付了账单。

接连不断的信息

在这次采访结束的时候，以去往瑞士为目标的其他日本会员开始联系我。

一位是患有精神分裂症的30岁左右的女性，据说一开年她就早早地注册了。从年轻时候起，她就把自杀挂在嘴边，2016年1月，她真的经历了自杀未遂。正如比利时的爱迪特·滨克的案例所示，如果自杀成功，势必会给留下的家人带去创伤。这次的自杀未遂以后，家人也协助她寻找安乐死团队，最终找到了 LIFE CIRCLE。我见到的不是本人，而是她身边的人，那人流着泪这样讲述道：

"实际上，当我知道某某（希望协助自杀者的名字）可以自愿死亡时，我甚至感到欣慰。因为看上去，只要她活着，痛苦和不安就会持续下去。"

在瑞士，对精神病患者施行协助自杀很困难。现阶段不会实现吧。

另一位是长年患抑郁症的男士，2012 年成为 LIFE CIRCLE 的会员。他认为人的性命没有那么沉重，自己决定死期就好。他也曾多次自杀未遂。我们没能直接见面，只是通过邮件，做了一些没有具体内容的交流，因此不做赘述。他还没有真正想要接受协助自杀。只不过，"会员＝死亡"，做好准备这件事，让他心安。

除此之外，我还收到了很多手写的信件以及邮件。"请告诉我安乐死的方法""日本也应该允许安乐死"的呼声居多。团块世代①也迎来了 70 岁，真正的老龄化社会即将到来。随着医疗的技术进步，比起延长寿命，有不少日本人更关心死亡的自由，这令人吃惊。

但是，在日本，前文所述的"添麻烦文化"根深蒂固。由于某种理由，罹患疾病的人们不愿意让周围的人照顾或护理自己，觉得自己不借助别人之手就无法生活是耻辱。这与把终末期的生活方式，当作是个人的人权来考虑的欧美，截然不同。在日本，直到最后一刻，集体意识都会如影随形。

想必患者本人察觉到家人间"差不多让患者走吧"的氛围，于是自己申请安乐死的案例也极有可能发生吧。被强逼着的死亡，原就与追求"死亡的自我决定权"而进行讨论的安乐死的概念处于两

---

① 1947 年到 1949 年期间出生的一代人，是日本二战后出现的第一次婴儿潮人口。——译注

个极端。

此外，说到日本国内是否真的能制定同意安乐死的法律，还有很大的疑问。我曾多次采访政治家和相关机构，咨询立法的可能性，但我觉得眼下还有更基本的问题需要考虑，尚未到讨论法律问题的时候。

以生命伦理学为专业、持反对安乐死立场的鸟取大学医学部副教授安藤泰至说，日本连讨论安乐死的土壤都没有整顿好。

"安乐死虽然被'死亡是自己的私事，所以应该由自己决定'（死亡的自我决定权）这种思想所支撑，但是在日本，就连自己的生活方式，自己都决定不了。"

就此，安藤列举了公司职员不行使法律权利带薪休假，即使是过劳死也要为公司服务的现状。在所有层面，日本人都不想主张自己的权利。医疗方面也是一样。即使提倡"患者的权利"和以医生的说明和患者同意为基础的"知情同意书"等想法，实际上也没有渗透进日本社会。

"此外，假设医生告诉患者得了癌症。在告知'您是第4阶段'时，如果患者崩溃痛苦，要怎么应对呢？要如何跟憔悴的家属打交道呢？在医疗现场，能做到与人正面打交道的医生有限。明明不能确定患者活着的时候医疗手段能给予他们怎样的帮助，患者死的时候却说自我决定重要，有点本末倒置了吧。"

在这一章中，我对三起"安乐死事件"进行了取材。但是施行者们的行为与欧美的大相径庭。首先，日本医生们应该不是自觉地结束了患者的生命。例如，须田节子主张自己是为了消除患者最后的痛苦，是医疗行为的延伸。其他医生也是在家属的要求下，或者在过度紧张的状态下，拿起了致死药。他们对事情的严重性理解多少？存在疑问。

其次，是在是否确认患者的"死亡意愿"这一点上。据我所知，没有一名患者自己要求死亡。我们以在西班牙发生的桑佩德罗事件为例吧。该国不认可安乐死，即使这一点与日本相同，但是他向周围诉说想死的愿望长达 20 年以上。如果是像他这样的患者，在日本也能引起轩然大波吧。

最后，与其说三起事件都发生在"终末期"，不如说很明显都是发生在"濒死期"。即使医生们什么也不做，患者的寿命也不长了吧。因此，还是与我在欧美看到的情形不一样。

在日本，在不同的报道中安乐死这个词的定义各有不同。少有质问和验证文章中所写的安乐死的前提条件的，只是重复着已有定论的空洞讨论。

这个国家缺少围绕死亡的交流。就连开始告知患者得了癌症，也并非十分久远的事情。来到瑞士的各国的患者们，即使没有像晚期癌症患者那样死期迫近，也是过着每天都把死亡当做现实的生活吧。

那么，如果日本人也围绕着死亡反复讨论，在健康的时期就表明理想的死亡方式，是不是就行了呢？最近逐渐普及的生前预嘱或许是一个方法。不过，我想再三强调的是，在日本，除了个人的意愿以外，还需要包括家人和朋友在内的集体的理解。从中可以看到其连悲伤和痛苦都要共同承担的国民性。

"日本人并不回避（亲人去世时的）悲伤。正因为伤心，才让自己重新认识到，去世的亲人对自己来说，是多么不可替代的存在吧。"

说这话的人是湘南中央医院缓和疗护医生奥野滋子。我听说在欧美，有人声称安乐死的功能是不让死者家属受到心理上的打击。奥野的意见虽然正好相反，但这不是理想主义，而是从看护约 3 000

名患者的经验中得出来的结论。

此外，为病患家庭提供免费护理员的一般社团法人日本护理员联盟代理理事儿玉真美主张"人的不确定性"。她本身有一名身心都患有疾病的女儿。

"人心是会随时动摇的。看到关于布列塔尼（梅纳德）的一系列报道，我觉得是大家把她逼到不得不那么做的境遇。有位医生批评她，对此，她反驳说：'我没有那么懦弱。'但是，在那种情形下，坚持己见并不是坚强，不想做就可以说不做，才是真正的坚强。因为没有必要为了证明自己的坚强而去死。"

接触了这些日本人的观点和意见，我了解到欧美与日本的价值观完全不同。与此同时，我也似乎弄清楚了自己身上日本人的部分，究竟是对欧美社会的哪些地方感到违和。悲伤和软弱绝不是坏事。

在拥有这种价值观的日本，通过与周围交流来酝酿自己的死亡方式，是相当困难的。在日本承认安乐死果然并不容易。我是这么认为的。

结　语

　　这是很神奇的体验。刚死去没几个小时之人的声音再次复活了。虽然采访第二天就要离世的人也是不可思议，但是，一边听着从 IC 录音机里传出的死者的声音，一边写稿子，实在是不舒服。

　　在回程的电车或飞机上，我边听录音，边想着离开人世的这些人，原本是不是能再多活些日子呢？想到这儿，有时会觉得很空虚。同时，如果相信他们迎来了幸福的死亡，有时我又会感到欣慰。我永远无法将这份心情传达给他们。

　　在这次取材过程中，我很早就感受到这样一个事实：对于安乐死，世界各国的医务工作者竟然也缺乏相关知识。在人类历史上，医疗的进步一直是为了人类的生存，认可死亡医疗，还不到几十年。

　　就像取材开始前的我一样，普通市民对于安乐死的实际情况，很难正确理解。向他们询问这种死亡方式，试图形成舆论的行为是危险的，只能招来误解。

　　的确，对安乐死持怀疑态度的我，在不断取材的过程中，逐渐表现出了理解。这是因为我没有感受到患者们在去世之前的恐惧，之后的大部分家属也看不出有悔意。

在尊重个体的国家里，安乐死是为了本人，同时也是为了被留下的家属。终末期或者濒死期的患者，如果是根据本人明确的意愿，向医生进行详细咨询后选择自愿死亡的话，不能断定是坏事。当然，在这种场合，医生免责是绝对条件。然而，对于安乐死成为人们的"权利"，以及被合法化，我最终还是持怀疑的态度。

如果安乐死在日本也被立法，我担心有可能出现"滑坡理论"现象。不仅局限于安乐死法案，该理论是指某种制度一旦确立，当初提出的理想就会随着常态化的推进，向着预想不到的方向发展。安乐死被合法化以后，或许不多，但会出现把患者生存的可能性丢到一边的医生，以及滥用法律或不正确报告死因的医生。

没有必要美化一切。世间万物均有正反两面。完美的国家是不存在的。这也是我多年来的亲身体会。不能失去平衡——这就是我在欧美采访期间，一直浮现于脑海的准则。

在日本的取材，等同于重新发现"自我"的历程。

我18岁离开日本，一直生活在欧美，不管认不认同，我都得拼命适应当地的语言和生活习惯。等到我熟悉所有这一切，能够自在生活的时候，无意识中，我的"个体"已经确立起来了。也就是说，我拥有了在弱肉强食的欧美社会里生存的智慧。

作为个体生存的人生，不会太在意给别人添麻烦，它享受自由，能够无拘无束。事实上，我深有体会，并一直讴歌这样的人生。但是，随着年龄的增长，最近几年，我感到自己缺少"某种东西"。我觉得在日本取材时，发现了这个"某种东西"。

在这马不停蹄的23年里，我与世界各地的人们交流，度过了有点横冲直撞，但也义无反顾的人生。即使明天死去，我也能为自己负责。不被任何人左右，自己的最后时刻自己做主。相应的，周围的人也应该尊重这个生存方式。我一直是这么认为的。然而，经过日本的取材，我在欧美建立的人生观，如今产生了动摇。

执着于集体的日本，虽然平时让人喘不过气来，但也有其温暖的一面。

让我活着，我才活着。是的，我不是一个人，有周围人的支持，我才活着。所以才想活下去。我多年来没有发现的"某种东西"开始进驻到我的内心里。我不禁这样想：这个国家不需要安乐死。

今后，全球化社会势必会导致日本特有的家族观念和共同体意识淡薄。对此，我感到有些寂寞。

家族意识的减退，必定会拉低死亡的门槛。我在取材中学到：如果有周围的支持，或者说有守护自己的人，就能够减轻"难以忍受的痛苦"。不是个体主张死亡，而是与周围的人一起思考应该如何活下去——建立这样一个社会不是更健全吗？

何为安乐死？对于人类来说，什么才是幸福的死法呢？我甚至觉得还没搞明白，采访就结束了。

本书介绍了各种安乐死的事例，还写了我的感受。但是，我不想把自己的想法强加给读者。我想把做最终判断的权利交给读者。因为国家、文化和宗教等价值观的不同，个人的想法也有差异。死亡方式与生存方式直接相关。认为自己是幸福的，因而死而无憾，不正是全力以赴活过的证明吗？

其实，我身边就有一位当过老板的人，实现了特殊的死亡。他曾与癌症作斗争，癌细胞已经从肝脏转移到各个器官。他决定在自己生日那天离开人世。在不可能安乐死的日本，能最大限度地减少痛苦、结束生命的方式就是"绝食"。

他的夫人至今也没能从他的死亡中走出来。但据说这是以他的儿子为中心，全体家庭成员反复商议最终接受的离世方式。如果能与最爱的人进行"死亡的对话"，并将"死"交托给对方，对其决定深信不疑，那么死亡方式就不受医生、他人乃至法律的束缚了。

——所谓的死亡是千差万别的，每个人都有自己的看法。

我觉得死亡就是那样的东西。

各国的医生、患者和遗属，在百忙之中答应了我执拗的采访请求。

我要特别感谢 LIFE CIRCLE 的艾丽卡·普莱西柯女士、荷兰的 NVVE 原理事长罗布·永吉埃尔先生、沙博·茜女士、"世界死亡权利联盟"欧洲理事长艾克·司茂科先生、比利时精神科医生里布·提蓬女士、美国俄勒冈州尊严死亡顾问安妮·杰克逊女士以及西班牙尊严死亡协会的相关人员。

本书主要聚焦于安乐死，在日本篇里，也致力于围绕尊严死取材。但是，尊严死问题无法尽言，从下列患者和专家那儿所获得的丰富的知识和信息，也只能割爱了。

有马齐先生（横滨市立大学副教授）、岩尾总一郎先生（日本尊严死协会理事长）、石飞幸三先生（特殊养老院"芦花之家"的医生）、冲永隆子女士（帝京大学副教授）、川口有美子（日本 ALS 协会理事）、酒井瞳女士（NPO 法人樱花会理事）、桥本美沙绪女士（同前）、山口俊一先生（众议院议员）、增子辉彦先生（参议院议员）。

对于在工作中抽出时间，或是在与病魔抗争的病床上，允许我采访的上述诸位，由衷地表示感谢。此外，我还请鸟取大学副教授安藤泰至先生阅读原稿，他对医学和生命伦理学的术语以及描述方法提出了宝贵意见。

但是，所有可能有的错误，都是我的责任。

接下来，我要衷心感谢为了这次企划，给了我 16 次连载机会的

SAPIO 的弥久保熏总编，提供不可动摇的信任和知识的责任编辑柏原航辅先生，没有他们二人的鼎力相助，本书就不会出版。

最后，我为祈祷这部作品问世，在去世的前一天竭力发声，与我进行对话的各国故去的人们，祈祷冥福！

2017 年 11 月末

宫下洋一

文库版寄语

自本书《安乐死现场》出版以来，已经 3 年过去了。

在此期间，不断出现新的承认安乐死或自杀协助的国家。我想这是由于这些国家都是少子超老龄化的发达国家，对于瑞士和荷兰进行的"End of Life（生命的终结）"越来越关注。

在介绍这些新的国家之前，首先我们通过调查数据，一起看一看本书列举的瑞士、荷兰和比利时等国在采访后发生了什么样的变化。

据瑞士联邦统计局（OFS）统计，2018 年的死亡人数为 67 088 人，其中有 1 176 人是通过协助自杀去世的。相当于约 50 人中就有 1 人使用了致死药物，这个数字是 2010 年（352 人）的 3 倍多。

专门接待外国患者的自杀协助团队 DIGNITAS 也是如此。该团队每年公布的统计数据显示，患者的死亡人数 2017 年为 222 人，2018 年为 221 人，2019 年为 256 人，创下了历史新高。

从 2019 年的统计数据来看，若按国籍来划分，邻国德国人数最多，为 85 人。欧洲以外的国家中，以色列和美国人数最多，分别是 11 人和 18 人，创历史新高。从这些数字可以看出，在瑞士，自杀协助的件数有逐年增加的倾向。

接下来是荷兰，地区审查委员会发布的最新年度报告（2019 年版）显示，当年接受安乐死的国民为 6 361 人，占全部死因的 4.2％。这个数字比上一年的 6 126 人要多，低于 2017 年的 6 585 人。尽管如此，与曾是 3 136 人的 2010 年相比，10 年间还是增加了一倍。

荷兰的安乐死制度经过多番讨论，取得了各种进步。近几年，该制度在未成年患者和老年痴呆患者的安乐死措施上引起人们的热议。例如，2018 年，12 至 17 岁的未成年患者有 3 人实现安乐死去世。2019 年，老年痴呆患者中，初期患者 160 人和末期患者 2 人被投用致死药物，停止了呼吸。

此外，在荷兰，12 至 16 岁的未成年患者在父母的同意的情况下，可以接受安乐死，2020 年 10 月，允许 12 岁以下的终末期患者接受相同措施的法案被提上议程。也就是说，事实上，年龄限制被取消了。

那么，比利时又如何呢？2017 年之后，每年因安乐死去世的患者有增无减，2019 年达到 2 655 人。每 2 年发布一次的"安乐死管理与评价联邦委员会"的报告（2018、2019 年版）显示，2002 年安乐死法通过以后，该国共有 22 018 人实现了安乐死。

比利时因取消年龄限制而备受各国非议。不过，该国最近 2 年接受安乐死的 18 岁以下未成年人实际只有 1 人。老年痴呆患者却从上次报告书中公布的 24 人增加到了 48 人，翻了一番。自闭症、抑郁症和精神分裂症等精神疾病患者为 57 人，略微有所增加。

从瑞士、荷兰和比利时三国的数据中，我感受到了以下几点。安乐死的实施件数也好，针对死期尚早的神经系统疑难病患者的法律的扩大解释也好，都一发而不可收。但是，它是具有透明性的。

得到社会认可的这种死亡方式，每年都会由国家和地方审查委员进行统计整理，公布完整准确、内容丰富的数据，这点值得一提。

除了这三个国家以外，还出现了其他主张"死亡权利"的国家。这可以看作是争取人权的过程，同时也是医疗发展所带来的发达国家的宿命。首先我们来看看非欧洲圈国家的情况。

2016 年 6 月，加拿大制定了自杀协助方案（正式名称为《医疗辅助死亡法案》），其特点是，积极安乐死也被包含在自杀协助的范围内。该国卫生部称，截至 2017 年 6 月 30 日的 1 年期间，1 982 人实现了安乐死。2020 年 2 月，议会预算局负责人公布的报告书称，自承认自杀协助以来，医疗费减少了 8 690 万加拿大元①。

在加拿大，从法律生效到 2019 年末的 3 年期间，有 13 946 人实施了安乐死。占全部死因的 1.89％。在这里，不仅是医生，连护士也可以进行自杀协助。对象为 18 岁以上的患者，条件是要有知情同意书。

2017 年 9 月，澳大利亚的维多利亚州原则上承认自杀协助（自主决定的协助死亡）为安乐死。据该国的审查委员会的报告显示，从 2019 年 6 月施行安乐死法到 2020 年 6 月的 1 年期间，自杀协助死亡人数为 104 人，积极安乐死的人数达到 20 人。

法案的适用对象仅限居住在维多利亚州的终末期患者。他们必须具备"有难以忍受的痛苦""死期将至""剩余生命不到 6 个月"等条件，这一点与先行国家相同。此外，还需要经过医生的当面评估，审查委员会的审查，以及卫生部部长的许可。

2020 年 10 月 30 日，约有 500 万人口的新西兰通过了安乐死法

---

① 约合人民币 4.4 亿元。

案。全民公投中，赞成票高达 65.1％。该法案于 2021 年 11 月开始实施。对象为 18 岁以上的国民和拥有永久居住权的居民，适用条件与其他国家基本相同。

这之后，美国多个州接连不断地决定统一安乐死合法化。原本只有 5 个州和华盛顿 D.C 允许自杀协助，2021 年 4 月 30 日的今天，又有夏威夷、缅因、新泽西、新墨西哥等 4 个州，实现了 *End of Life Option Act*（《生命终结选择法案》）的引入。

我访问俄勒冈州是 2015 年 6 月的事。在那之后，该州众议院提出了将对剩余生命的限制"从 6 个月变成 12 个月"的修正法案，但被否决了。2019 年，议会就在现有自杀协助法案的基础上承认积极安乐死的法案进行审议，该法案在众议院通过了，但是在参议院遭到了反对。

今后，其他州也可能允许自杀协助。美国尊严死协会的官方网站显示，法制化近在眼前的州有亚利桑那州、印第安纳州、纽约州等 3 个州，此外还有 13 个州处于审议阶段。包括已经制度化的 9 个州在内，美国有一半以上的州允许实施自杀协助或正在积极商讨。

接下来我们看一下欧洲的情况。

近几年，安乐死和自杀协助像推倒的多米诺骨牌一样，迅速扩散到其他国家。就连大量患者涌向瑞士的德国、认为自杀有罪的天主教国家西班牙和葡萄牙，也都承认了安乐死。

在写单行本时我没有了解到的一个情况是，其实德国也存在以自杀协助为盈利目的的团队。2015 年，该国政府认定业务性自杀协助违法，针对这种行为，适用刑法第 217 条（处 3 年以下有期徒刑或者罚金）。

然而，2020 年 2 月，德国联邦宪法法院作出判决，禁止协助自杀违反《基本法》，再次承认自杀协助。该法院的终审指出，根据《基本法》，必须承认"自我决定死亡的权利"，以及为了自杀"向第三方寻求帮助的权利"。

联邦宪法法院院长安德烈亚斯·福斯库勒告诉德国媒体，承认权利并不容易，这个权利中，包含着自决死亡的自由和寻求第三方（自杀协助）帮助的自由。

据《纽约时报》（2020 年 2 月 26 日）报道，德国在 2017 年一年期间，约有 9 000 人自杀。德国广播联盟在同一时期发布了 81% 的国民赞成自杀协助的调查结果。我没有采访过德国的自杀协助团队，因此不清楚他们的实际状况，但是，自此以后，去往瑞士的德国人患者的数量一定是在减少的。

2020 年 12 月 17 日，在笃信天主教的西班牙，众议院的赞成票大幅超过了反对票，安乐死法案表决通过（注：最终得到承认是在次年 3 月）。这个法案与荷兰的安乐死制度类似，积极安乐死和自杀协助两种都得到了承认。只要不是以自杀为目的的入境者，即使是外国人也可以接受安乐死。也就是说，只要是在当地做过居民登记的成年人，不问国籍。

希望安乐死的患者，在 15 天之内要进行 2 次申请。主治医生在同患者商量替代医疗和缓和疗护之后，再次确认患者的意愿。然后，还需要经过主治医生和独立的专业医生的同意，并得到地方审查委员会的许可。所有这些都通过之后，最短在 40 天以内，可以实现安乐死。

西班牙民调机构 Metroscopia 于 2019 年 4 月进行的调查结果显示，87% 的西班牙人认为"恢复无望的患者，有权要求医生开致死药物"。此外，支持此看法的 97% 的人认为自己是无神论者。在信仰之心动摇的过程中，自杀已经不是罪过，"死亡权利"被看成是人权的一部分。

同在伊比利亚半岛的葡萄牙，也经历了同样的过程。2021 年 1 月 29 日，在该国的国会上，安乐死法案以 136 票赞成、78 票反对通过表决。但是，同年 3 月，德索萨总统认为，申请安乐死的条款中有不明确的地方，在最后阶段拒绝签字。现在该法案正在宪法法院进行审议。

就天主教国家允许安乐死的倾向，我咨询了本书中出现过的"世界死亡权利联盟"行政总监罗布·永吉埃尔。他明确指出：这是现代社会里，国家与宗教正在分离的证据。在这种情况下，不久的将来，奥地利和冰岛可能也会走上安乐死合法化的道路。

此外，针对安乐死合法化的趋势，罗马教廷（梵蒂冈城国）也于 2020 年 9 月发表了关于生命伦理的信函《慈善的撒玛利亚人》（*Samaritanus bonus*），表明了"安乐死是一种对抗人类生命的罪行"的看法。信函明确指出，"无法治愈（inguaribile）和家人朋友等无法照料（incurabile）不是同义词"，倡导相互依靠和倾注爱情的重要性。为了应对社会的急剧变革，宗教界也不得不展示某种态度。

安乐死制度化的大潮已经势不可挡。但是，通过这次采访，我开始思考的问题是，"剩下的人们要以什么样的心情活下去"。接下来，我们来看看本书登场的见证者们后来的生活。与安乐死相关的人们，现在是什么样的心情？他们有没有后悔呢？

接受自杀协助的瑞典女性文努的前夫由布林克，在那之后也霉运连连。文努故去正好一年后，由布林克的弟弟也因为脑肿瘤离世。虽然他一直在斯德哥尔摩接受治疗，但是没能康复。

由布林克与交往的德国女性之间的关系，也在这段时间彻底破裂。与女友分手后，他与本国瑞典的女性谈起了恋爱。现在虽然受新冠疫情的影响，但也过得有滋有味。

关于前妻文努的安乐死，我询问了他的心情。他平淡地答道："我已经不伤心了。她的死是一个不可改变的事实。"他坚决地说道："虽然记忆犹新，但是对于她的死，我不感到后悔。"

我还问道："你也想要安乐死吗？"他是这样回答的："我不想为了某个人，再次做出这种决断。至于我是否想这样做，由于多种要素纠缠在一起，所以一言难尽。关于这个答案，我想先做保留。"

安乐死当天开派对的荷兰男子威尔·费萨的妻子尼禄，2019年辞去了护士的工作，过上了退休生活。曾说过每天都会想起性格顽固又独特的丈夫的尼禄，如今每天忙于兴趣爱好，或是在合唱团唱歌，或是享受登山或园艺的乐趣，或是在健身房挥洒汗水，偶尔参加读书会。

关于丈夫如愿离世的决定，尼禄回顾说，如今也觉得安乐死是正确的选择。她没有后悔。因为那是丈夫的希望，是件非常了不起的事情。接着，她又补充说，参加过派对的亲人朋友们经常聊起当时的事情。他们说那件事虽然令人震惊，但是非常美好，能参加那场派对很开心。尼禄很喜欢听这样的回忆。

尼禄还毫无隐瞒地透露了一件事。"最近，我在尝试使用交友网站。但是，对我来说，好像没有必要。因为我现在很快乐，所以这就只是锦上添花。"了解到尼禄的近况，我放下心来。

在比利时，我把焦点放在了精神疾病患者的安乐死上。首先我来介绍一下精神科医生里布·提蓬的情况。

2010年，因对患有精神疾病的女性（当时38岁）投用致死药，提蓬以谋杀罪被起诉。2020年1月，根特法院宣布她和另外两名医生无罪。历时10年的审判结束了，网络上报道了提蓬在法庭上祈祷的照片。

近年来，提蓬看上去老了许多。判决后，她对当地媒体说道："当死亡不可避免的时候，人们今后也可以享受有尊严的死亡。"

时隔多年，我再次联系提蓬，收到了这样一封回信。

> 审判结束后，我松了一口气。但我也越发感觉到对安乐死本身，以及精神疾病患者的重大责任。审判证明了比利时国民所认为的"美好死亡"也开始发生转变。它变成了想要"有尊严地，平静地死去"。在一个确立了自我的社会里，人们已经无法接受痛苦地死去。

罹患多种精神疾病的那位艾米·德乌·斯普特尔的事情也不得不提一笔。到2020年为止，每次打开"WhatsAPP"通讯应用，她有时更换头像照片，有时把照片撤掉。虽然我没有特意联系过她，但是可以感觉到她活着的气息。

然而，从2021年初开始，给她发送短信，或是在通讯应用上留言，都没有人回应。到了后来，"WhatsAPP"也处于停用状态，连正被使用的迹象都没有。

于是，我在网络上搜索她的名字，发现2020年8月25日播出的SKY NEWS（英国专门播报新闻的电视台）的特别报道节目里出现了艾米的名字。她的面容看上去比4年前更加消瘦。她在节目中诉说道："安乐死是在帮助人们，否则他们只会更加痛苦。"同时她也阐述了"正因为有了死亡的权利才能够活下去"的见解。

艾米不知所踪，我向提蓬询问了她的去向，得到的回复如下："艾米于2020年8月13日，在大家的温暖守护中微笑着接受了安乐死。她仿佛感受到了终于要从痛苦中解放出来的快乐。"SKY NEWS 的节目是在她去世以后播出的。

被躁郁症折磨了 30 多年的库恩·德布里克，于 49 岁实现了安乐死。他的妻子米娅和女儿塞丽娜，也发生了不小的变化。

米娅开始与住在根特市的一名男性交往，每周会去他那儿几次。这名男士读了提蓬出版的书籍后，了解到库恩的悲剧和安乐死，对米娅也表示理解。米娅在给我的回信中写道，对于她来说，"库恩的事情，不是什么禁忌的话题"。

无论是当初，还是现在，库恩的家人对米娅都十分冷淡，只偶尔发信息说声"生日快乐"或者"新年快乐"，几乎没有见过面。库恩的家人对安乐死没有好感，两家之间的关系至今也没有改善。

21 岁的塞丽娜成了大学生，她没有住校，而是住在家里。塞丽娜如今有了男朋友，她虽然尊重库恩的安乐死，但也有后悔的事情。

塞丽娜偶尔会感叹"当时好想再多说会儿话"，米娅总是劝慰她说："你那时候还小，不要责怪自己了。"从我第一次拜访这对母女算起，5 年的时间过去了。米娅有时也会被悔意所侵扰，那是与丈夫一起决定安乐死时不曾有的情绪。

> 我时常会感到烦恼。只怪我牵扯上了库恩的死，一心想要陪他到最后一刻，才把塞丽娜卷了进来。我没有在意她的感受，而是放任不管，连个选择权都没有给她……

在美国采访时，退休医生威廉·邓肯为我当向导，他罹患前列腺癌，是住在俄勒冈的安妮·杰克逊的丈夫。2019 年 12 月 3 日，他因病情恶化，撒手人寰，享年 83 岁。

安妮给我寄来了一封 10 页的长信。信的内容，读起来像是写给天国的威廉的。她的生活被悲伤所吞噬，令人心痛。在临终关怀机构工作过 32 年的安妮，虽然当时一直在研究自杀协助，但是并不相信它具有必要性。如今，她的想法改变了。

威廉是接受自杀协助去世的。给他开致死药的是 29 岁就英年早逝的布列塔尼·梅纳德的主治医生。当时，曾说过"不到最后时刻，不知道会是什么死法"的威廉，从开春起就日渐消瘦，被剧烈的骨痛所折磨，癌细胞也转移到多个部位。

安妮哀叹说是"惨不忍睹"。"再早点提供临终医疗（缓和疗护），就不至于这么痛苦了"，她后悔地说道。安妮在信中还愤愤不平地写了如下内容。我的心情也因此变得复杂。

> 一位熟悉他的医生，把他的剩下的日子设置得太长。超过 6 个月，就不是尊严死的对象，拿不到致死药。而且对于临终关怀医院来说，住院时间越长越赚钱。因此谁也不宣布活不过 6 个月。到了去世前，才换了医生。

第一次通过自杀协助失去最爱的人，这位经验丰富的临终关怀从业人员感受到了一点，那就是自杀协助不是"生命的终结"，而是"生命的希望"。在思考安乐死和终末期医疗时，安妮似乎察觉到了自己曾经忽视的部分。

> 我曾经愚蠢地认为，终末期患者只要在临终关怀医院接受治疗就可以了。我曾以为（自杀协助中的）自我决定根本没有意义。好像是我错了。威廉正是因为不想放弃活下去的希望，才接受了自杀协助。

布列塔尼·梅纳德的丈夫丹·狄阿思也曾说过同样的话。他后来在做什么呢？就我从媒体上看到的报道而言，他似乎一直在继续参与"Compassion & Choices"的活动。

布列塔尼希望他有朝一日能够成为父亲的愿望，丹是如何回应的呢？如今他是否还思念着布列塔尼，无法开始新的人生？遗憾的是，我没有得到丹的答复。

在持续安乐死采访的过程中，与放疗科医生肯尼斯·史蒂文森的相遇，可以称之为转折期。他反对俄勒冈的自杀协助，从与丹完全相反的角度，阐述了"医生的作用"和"《尊严死亡法》的危险性"。

采访当时76岁还活跃在一线的史蒂文森，80岁的时候退出了医学界。"我非常健康，很享受人生。72岁的妻子佩吉参加了俄勒冈州众议院议员的选举，从去年2月份到11月份，我一直在给她帮忙，可把我给累坏了。"他说道。佩吉的得票率是45%，不及对手的55%，最终落选。

在全美扩散开来的《尊严死亡法》，让史蒂文森比以往更强烈地感受到了危机。

令我感到悲哀的是，不仅是美国，全世界都有承认安乐死的动向。我也曾跟你说过，富有的国家在杀害病人和残疾人。而贫穷的国家，知道国民的生命有多么宝贵，因此他们珍惜生命。是的，我们更需要家人和社会的支持。

史蒂文森认为，《尊严死亡法》没有贴近患者的死亡。所谓贴近是指，与患者一起承担痛苦，而不是杀害他们。而且，他还强调："如果有患者被病痛折磨，我会努力用我的经验和技术，缓解他们的病痛。自杀协助的目的是，给患者致死药，教患者停止呼吸的方法。呼吸是维持生命所必需的机能，不应该被停止。"

对这个事实深有体会的，是曾患过癌症的珍妮特·霍尔。在史蒂文森的说服下，她放弃了自杀协助，在 2021 年 1 月的邮件中，她用粗体字写道"我现在也很好哦"。

虽然身处新冠肺炎肆虐的美国，但珍妮特写道："我连感冒也没得过，每天对我来说都是奇迹。今后的人生，我想寻找对别人有益的事情去做。"依旧乐观开朗的珍妮特还干劲十足地说道："马上我就 76 岁了。我要以这种状态活到 100 岁。"

西班牙通过了安乐死法案，帮助全身瘫痪的桑佩德罗自杀、被当成杀人犯的雷蒙娜·马内卢一定可以放心了吧。每次西班牙国内发生针对神经系统顽疾患者的委托杀人事件，都能看到雷蒙娜参加电视节目，讲述自己的经历。

无论是政治家还是媒体，对于安乐死，已经不再用怀疑的态度讨论了。电视和报纸也不再采访被害者家属。西班牙的安乐死讨论，看来是早有定论。

2019 年在国会上也讨论过安乐死法案，当时接受西班牙国家电视台采访的雷蒙娜，语气强硬地说道："对于很多人来说，法律来得太迟了。我希望赶快结束讨论，早日实现法制化。"

我向雷蒙娜咨询了对安乐死法案通过的真实感受。通过电话线，她强有力地说道："我期待不要只停留在法律层面，而是能被真正利用起来。""安乐死不是逃避之路。对于有需要的人来说，那是美好的结局。我希望是为此而设的法律。"她似乎是真心希望如此。

然而，桑佩德罗的家人现在也没有原谅雷蒙娜。"以前，我去（当地）电视台的演播室参加节目的时候，马努艾拉曾以录像的形式出现在节目里，说我的坏话。结果我被当成了恶人。我已经烦透了这样的世界……"

今后，在传统的天主教国家，安乐死法案将以何种形式实施？我将密切关注西班牙与葡萄牙的动向。

2020 年 7 月，在日本京都，因给罹患肌萎缩性侧索硬化症（ALS）的女性投用了致死药物，两名医生被逮捕。这名女性希望安乐死，被杀害半年前，她曾给我发过邮件，询问相关事宜。

起初，媒体把它当作"安乐死事件"，大发评论。但后来，随着事件的全貌浮出水面，它又被当成了嘱托"杀人"事件。原因是投用致死药物的医生并非该女子的主治医生，而且，他们为了实现自己的主张，还曾试图在网络上接触这名女性。

关于这个事件，我也准备花些时间，从多个角度进行验证。现在，我只介绍须田节子对该事件的看法。

须田在电话里说，自 2016 年年末在大仓山诊所接受我的采访以后，"还是日复一日地做着同样的工作。没有太大变化"。她似乎接受了川崎协同病院事件是既成事实，认为它已经过去了。

须田认为京都事件可能对安乐死的讨论带来恶劣影响。"一个连主治医生都不是的人，晃晃悠悠地来到家里，给她打针，这件事简直太不像话了。"

"这种做法，会（让国民）对安乐死产生不良印象，认为不知道自己会被如何对待。即使不是安乐死，很多人也想毫无痛苦地死去。但是，知道这个事件以后，相反地，他们可能会想，要是被拉去安乐死可怎么办。"

川崎协同病院事件已经过去 22 年了。须田认为日本不可能实现荷兰式的安乐死。如第 6 章所写的那样，我至今仍旧认为，她被问责的事件，不应该被称为安乐死。须田本人也依然对安乐死有抵触。对于她来说，符合日本人的死法是，"不要进行无谓的延命治疗，而是在缓和疗护的过程中自然地逝去"。

据说很久以前就有希望安乐死的极度衰老患者和终末期患者。"我认为只要不做多余的延命治疗，那就是（字面上的）安乐死哦。"她补充道。

对安乐死本身的定义暂且不论，之所以与其有关的医疗行为被称为"事件"，是因为其背后，存在着超越法律允许范围的终末期医疗。但是，须田说："镇静技术比以前大有进步，（即使在现有法律许可内）也可以实现'安静地逝去'这个愿望。"虽然她认为今后很难再发生安乐死事件，但是我觉得这句话似乎也在暗示着安乐死法制化的未来。

最后，关于艾丽卡·普莱西柯，我必须要讲一讲。

2016年6月，普莱西柯因对当地巴塞尔出身的精神疾病患者（当时67岁），实施了自杀协助，而被巴塞尔检方指控为过失杀人罪。检方认为患者"没有判断能力"，而普莱西柯的观点正好相反，主张自己医疗行为的合法性。

根据瑞士法律的解释，只要没有"利己的动机"，即使帮助精神疾病患者，应该也不会被惩罚。但是，2006年，瑞士联邦法院（相当于最高法院）建议，对于精神疾病患者要由专家进行诊断。普莱西柯的LIFE CIRCLE疏忽了这个诊断环节。

2019年6月，在宣判的10天前，休假中的普莱西柯发来了一封邮件。其中写道，如果被判无罪，"检方一定会将我以杀人罪提出上诉。这样的话，事情就更加复杂，这场官司也会被拖得很久。"

事情果然不出所料。虽然普莱西柯被判无罪，但检方提起上诉，交由高级法院来判决。如果被高级法院认定有罪，那么她可能面临至少 5 年的监禁和被剥夺医生执照的处罚。这封邮件后半部分的内容，更是令我大为震惊。

> 　　我的健康也很糟糕。头发都掉光了（圆形脱发症），还有甲状腺功能问题（桥本病）。而且骨质疏松症也一直困扰着我。这全都是来自打官司的压力啊！

　　我看惯了她在脑后编着麻花辫的独特造型，简直无法相信她所说的话。在收到这封邮件的 2 个月前，我还在巴塞尔采访过她。

　　邮件的下方附有两张照片。一张是变得光秃秃的右侧前额头的照片，下面的说明文字写着"2019 年 5 月上旬，还不太糟糕"。另一张写着"6 月末，完全不见好转……"，照片里头顶几乎没有一根头发。从这两张照片可以看出，普莱西柯已经不堪承受自己背负的"正义"的重量。

　　从这个时候开始，有半年时间，普莱西柯拒绝接受新会员。虽然有传言称她暂时停止了活动，但她告诉我说，那是澳大利亚的医生传错了。"到当年的 10 月份为止，自杀协助已经预约满了，我没有精力安排之后的日程。"

　　真相不得而知，但我个人认为，官司带给个人的精神压力，还是影响到了 LIFE CIRCLE 的整体活动。而且，同一时期，普莱西柯的哥哥路艾迪也不再与她合作。2019 年 8 月，路艾迪创立了另一家自杀协助团队"PEGASOS（天马）"。兄妹之间的离别，似乎说明这之中有复杂的背景故事。

　　在当地媒体的采访中，普莱西柯一边申诉"我没有杀过任何人，我不是杀人犯"，一边又在诉说"我不想因为帮助他人死亡而毁掉自己的人生"。从她的言语中可以看出她迫切的心理状态。

新冠病毒席卷整个欧洲大陆，不属于欧盟成员国的瑞士限制了周边国家的入境。我已经两年没有见到她了。现在，她过得怎么样呢？她是如何面对遥遥无期的诉讼的呢？2021年1月，我试着询问了一下。

大规模流行病造成的局势恶化，似乎给她的工作带来了很大影响。她说外国人患者必须隔离，这是最大的问题。另一方面，自杀协助活动本身并未有很大变化，LIFE CIRCLE 的理念也被很好地传承了下来。

从成立到现在历时9年，团队的知名度也提高了。患者数量越来越多，但官司缠身，每日忙个不停。这是她创立团队之初所设想到的情景吗？她是这么回答的。

> 我知足了。世界上很多国家都为自杀协助立法。现在，很多国家都是在合法或者接近合法的状态下，进行自杀协助的。LIFE CIRCLE 希望更多的国家能够为安乐死立法。（我的目的）不是增加会员哦。

现在的会员将近2 000人，她又不得不停止募集会员。她感叹说工作太多了。考虑到团队的规模，普莱西柯的负担太重了。LIFE CIRCLE 的活动，她究竟要独自一人撑到什么时候？某个节点，会不会突然关门大吉了呢？

我问她诉讼对生活产生了什么样的影响，她看上去不太想回答，只是简短地说了一句："太难受了，我要生病了。但是改变不了。"我问她还要持续多久？她只是淡淡地补充了一句："大约，还要3

年吧。"

即使再次采访书中登场的人物，了解他们的"后来"，也感受不到他们有悔恨之意。无论是父母，还是伴侣，死了就一了百了——我甚至接收到了这样的信息。正因为如此，他们才能认可这种干脆的死亡方式吧。果然与日本人的生死观大不相同。

我的这种想法，与执笔单行本之际相比没有太多改变。我觉得在欧美社会成扩张态势的安乐死，在日本是无法被接受的。即使疾病造成的疼痛和折磨是世界共通的，围绕着它的社会环境截然不同，自然，人生落幕的方式也就各有特色了。

近年来，安乐死在日本的争论也变得活跃起来。打开社交软件，经常可以看到寻找安详死亡的癌症或疑难病症患者的哀叹。我觉得，这些讨论至少已不再是"好坏"之争这种单纯的意见交流。这种变化，正说明向前迈出了一大步。但愿他们能继续深入探讨。

我想提一下在再次采访过程中发现的新课题。

一个是对法律的扩大解释。在实施安乐死时，对象年龄和对象疾病的范围在不断扩大。在开始引入安乐死制度的 2000 年代，人们就一直在担心这个问题。特别是精神疾病患者的应对难度之大，提蓬和普莱西柯的案例也可证明这一点。

另一个是在采访和执笔过程中，比利时的案例曾让我相信安乐死会成为死亡的"遏止力"。艾米的死说明了什么呢？对于精神疾病患者来说，安乐死只是"一时的遏止"吗？我想再做一些进一步的采访。

最近几年决定立法的国家的动向也必须关注。每一个国家应该都会在安乐死的理想与现实之间碰壁。我不认为国民之间作了深入的讨论。只有一部分政治家和专家进行了商议，然后将荷兰模式

"复制粘贴"，最终立法，对于这种趋势我深感担忧。

发达国家所追求的"生活的便利"很可能与"死亡的便利"直接联系起来。安乐死正当化究竟有没有可能？让所有人都信服的死亡方式，真的存在吗？如果有答案，到底会是什么呢？

我的采访还远不能结束。

2021 年 4 月 30 日
于因新冠疫情而宣布紧急状态的巴塞罗那
宫下洋一

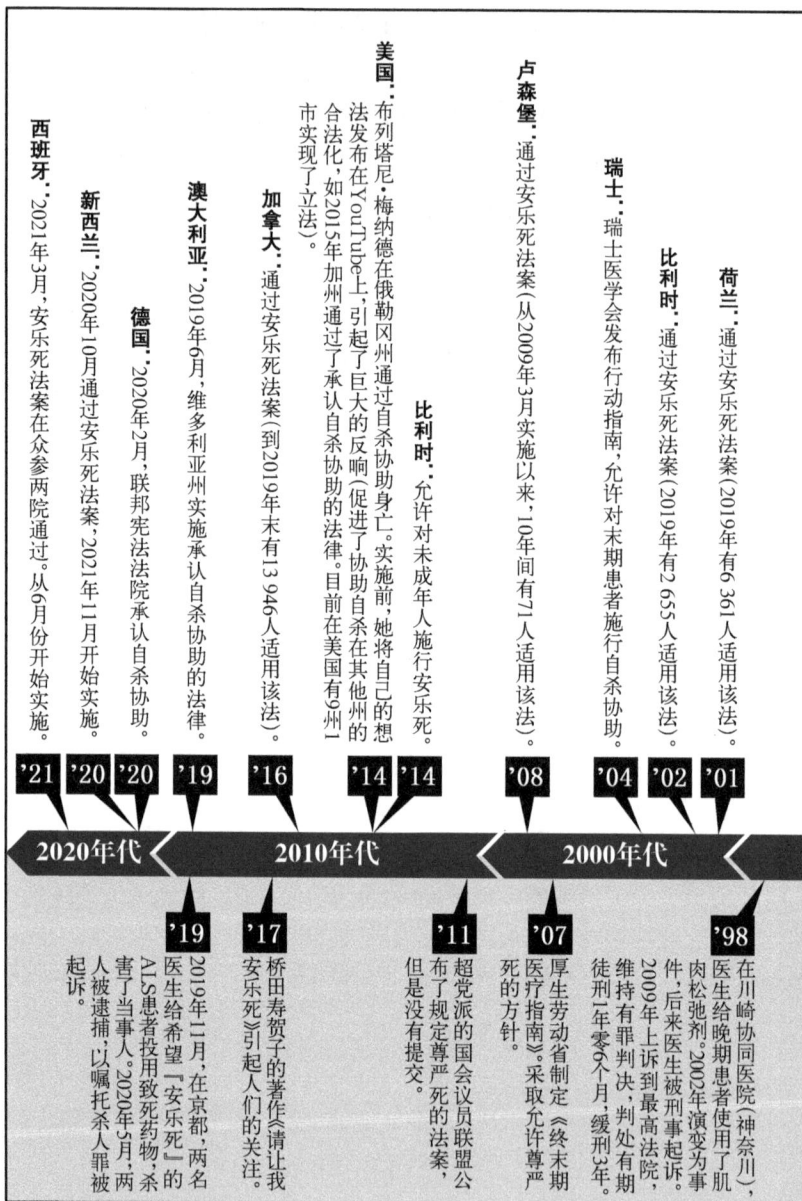

荷兰：通过安乐死法案（2019年有6 361人适用该法）。

比利时：通过安乐死法案（2019年有2 655人适用该法）。

瑞士：瑞士医学会发布行动指南，允许对末期患者施行自杀协助。

卢森堡：通过安乐死法案（从2009年3月实施以来，10年间有71人适用该法）。

比利时：允许对未成年人施行安乐死。

美国：布列塔尼·梅纳德在俄勒冈州通过自杀协助身亡。实施前，她将自己的想法发布在YouTube上，引起了巨大的反响（促进了协助自杀在其他州的合法化，如2015年加州通过了承认自杀协助的法律。目前在美国有9州1市实现了立法）。

加拿大：通过安乐死法案（到2019年末有13 946人适用该法）。

澳大利亚：2019年6月，维多利亚州实施承认自杀协助的法律。

德国：2020年2月，联邦宪法法院承认自杀协助。

新西兰：2020年10月通过安乐死法案，2021年11月开始实施。

西班牙：2021年3月，安乐死法案在众参两院通过。从6月份开始实施。

'21 '20 '20 '19 '16 '14 '14 '08 '04 '02 '01

2020年代 **2010年代** **2000年代**

'98：在川崎协同医院（神奈川），医生给晚期患者使用了肌肉松弛剂。2002年演变为事件，后来医生被刑事起诉，2009年上诉到最高法院，维持有罪判决，判处有期徒刑一年零6个月，缓刑3年。

'07：厚生劳动省制定《终末期医疗指南》采取允许尊严死的方针。

'11：超党派的国会议员联盟公布了规定尊严死的法案，但是没有提交。

'17：桥田寿贺子的著作《请让我安乐死》引起人们的关注。

'19：2019年11月，在京都，两名医生给希望「安乐死」的ALS患者使用致死药物，杀害了当事人。2020年5月，两人被逮捕，以嘱托杀人罪被起诉。

世界各国的安乐死动向

海外

荷兰： 弗里斯兰省的女医生赫特雷达·波斯特马，应脑溢血致半身不遂的母亲的请求，用吗啡助其安乐死。1973年，地方法院判处其禁闭一周，缓期执行。为了解除患者的痛苦，允许有条件地使用镇静剂（波斯特马事件）。

荷兰： 受到波斯特马事件的影响，荷兰自愿安乐死协会（NVVE）成立。

美国： 新泽西州的卡伦·昆兰在聚会后陷入昏迷状态。父亲请求摘掉人工呼吸器。第二年，即1976年，该州最高法院有条地承认了卡伦的『死亡权利』（卡伦事件）。

荷兰： 北荷兰省的私人医生对95岁的患者实施安乐死，以嘱托杀人罪被起诉。第二年，即1983年，一审的阿尔克马尔地方法院宣判医生无罪。1984年，最高法院也支持一审的判决（阿尔克马尔事件）。

瑞士： 世界首家协助自杀机构NPO『EXIT』诞生。（此后至今，又成立了『DIGNITAS』『EX INTERNATIONAL』『LIFE CIRCLE』等3家团体）。

美国： 俄勒冈州通过承认自杀协助的法律。随后，其他州也纷纷效仿。

澳大利亚： 北领地通过《终末期患者权利法》。安乐死得到认可。但1997年联邦议会又废除了该法案。

'95	'94		'82	'82		'75	'73		'71

1990年代 〈 1980年代 〈 1970年代 〈

日本国内

成立安乐死协会（1983年更名为日本尊严死协会）。在东京召开安乐死国际会议。'76

『阻止安乐死法制化协会』成立（发起人：野间宏、水上勉等）。'78

在东海大学医学部附属医院，医生给末期患者注射氯化钾，发展为国内第一个安乐死事件（1995年，横滨地方法院作出有罪判决，处医生杀人罪成立，有期徒刑2年，缓期2年）。 '91

在国保京北医院（京都），医生给晚期患者使用肌松弛剂，受到调查，但没被起诉。 '96

参考文献

第1章 瑞士

神馬幸一, 2012, 「医師による自殺幇助」, シリーズ生命倫理学編集委員会編『安楽死・尊厳死』(シリーズ生命倫理学第5巻)丸善出版, pp.163-179.

Preisig, E., 2014, *Dad, you are allowed to die*, Lifecircle.

Sobel, J., and Thévoz, M., 2009, *L'aide au suicide*, Favre.

第2章 荷兰

シャボットあかね, 2014, 『安楽死を選ぶ オランダ・「よき死」の探検家たち』日本評論社

三井美奈, 2003, 『安楽死のできる国』新潮新書

盛永審一郎, 2016, 『終末期医療を考えるために 検証 オランダの安楽死から』丸善出版

第3章 比利时

本田まり, 2016, 「ベルギーにおける終末期医療に関する法的状況」, 盛永審一郎監修『安楽死法:ベネルクス3国の比較と資料』東信堂, pp.37-55.

Montero, É., 2013, *Rendez-vous avec la mort*, Anthemis.

第4章 美国

土井健司, 2012, 「安楽死・尊厳死とキリスト教」, シリーズ生命倫理学編集委員会編『安楽死・尊厳死』(シリーズ生命倫理学第5巻)丸善出版, pp.43-64.

新谷一朗, 2012, 「アメリカにおける尊厳死」, シリーズ生命倫理学編集委員会編『安楽死・尊厳死』(シリーズ生命倫理学第5巻)丸善出版, pp.180-196.

第5章 西班牙

Maneiro, R., 2005, *Querido Ramón*, Temas de Hoy.

Sampedro, R., 1998, *Cando eu caia*, Xerais de Galicia.

Sánchez, E. P., 2007, *La muerte digna 10 reflexiones sobre la eutanasia*, Espiral Maior.

Associació Dret a Morir Dignament, 2014, *Una mirada a la historia de la Asociación*, DMD Catalunya.

第6章 日本

入江吉正, 1996, 『死への扉 東海大安楽死殺人』新潮社

奥野滋子, 2015, 『「お迎え」されて人は逝く 終末期医療と看取りのいま』ポプラ新書

須田セツ子, 2010, 『私がしたことは殺人ですか?』青志社

高山文彦, 2003, 『いのちの器 臓器は誰のものか』角川文庫

橋田壽賀子, 2017, 『安楽死で死なせて下さい』文春新書

保阪正康, 1993, 『安楽死と尊厳死 医療の中の生と死』講談社現代新書

其他

アリシア・ウーレット, 2017, 『生命倫理学と障害者の対話 障害者を排除しない生命倫理へ』(安藤泰至・児玉真美訳)生活書院

Deroubaix, M., 2012, *Six mois à vivre*, Le Cherche Midi.

Humbert, V., 2003, *Je vous demande le droit de mourir*, Michel LAFON.

ANRAKUSHI O TOGERU MADE

by Yoichi MIYASHITA

ⓒ2017 Yoichi MIYASHITA

All rights reserved.

Original Japanese edition published by SHOGAKUKAN.

Chinese (in simplified character) translation rights in China (excluding Hong Kong, Macao and Taiwan) arranged with SHOGAKUKAN through Shanghai Viz Communication Inc.

图字：09－2020－586 号

图书在版编目(CIP)数据

安乐死现场/(日)宫下洋一著；木兰译. —上海：
上海译文出版社，2021.5（2024.10 重印）
（译文纪实）
ISBN 978－7－5327－8663－3

Ⅰ.①安⋯ Ⅱ.①宫⋯ ②木⋯ Ⅲ.①纪实文学－日
本－现代 Ⅳ.①I313.55

中国版本图书馆 CIP 数据核字(2021)第 073443 号

安乐死现场

［日］宫下洋一/著　木兰/译
责任编辑/常剑心　装帧设计/邵旻　观止堂_未氓
插图/infographics 4REAL　ためのり企画

上海译文出版社有限公司出版、发行
网址：www.yiwen.com.cn
201101　上海市闵行区号景路 159 弄 B 座
上海新华印刷有限公司印刷

开本 890×1240　1/32　印张 9　插页 2　字数 142,000
2021 年 6 月第 1 版　2024 年 10 月第 3 次印刷
印数：14,001—15,000 册

ISBN 978－7－5327－8663－3
定价：49.00 元

本书中文简体字专有出版权归本社独家所有,非经本社同意不得连载、摘编或复制
如有质量问题,请与承印厂质量科联系。T：021－56324200